# 文体の論理

小林秀雄の
思考の構造

柳父　章

法政大学出版局

抽象的といふ言葉は、屢々空想的といふ言葉と混同され易いが、抽象作業には元来空想的なものは這入り得ないので、抽象作業が完全に行なはれゝば、人間は最も正確な自然の像を得るわけなのだ。何故かといふと抽象の仕事は、自然から余計なものを引去る仕事であり、自然に余計なものを附加する仕事ではないからだ。自然の骨組だけを残す仕事だからだ。

　抽象的思想とか具体的思想とかいふが、そういふ区別は本来ないのであつて、凡そ思想は、思想と呼ばれ得る限り、すべて抽象的なものである。たゞ人々の使用する方法とか装置とかの如何によつて、抽象作業の完全不完全の様々な段階が現れるだけなのだ。

（小林秀雄『文学者の思想と実生活』より）

目次

第一章　〈詩〉と〈批評〉　1

第一節　〈詩〉と〈批評〉とは等価である　1

一、「馬鹿者」を敢て必要とする方法　1
二、〈詩〉と〈批評〉の構造　8
三、〈詩〉の手段としての〈批評〉　11
四、〈批評〉の手段としての〈詩〉　14
五、〈詩〉と〈批評〉の交錯　16

第二節　〈批評〉についての小林秀雄の動揺　20

一、〈批評〉への反省と居直り　20
二、意に反してでも現われる〈批評〉　24
三、〈批評〉についての〈弁解〉と、〈弁解〉の否定　28

第三節　記号による分析方法について　36

一、記号による〈詩〉と〈批評〉の表現　36
二、記号による分析方法について　39
三、記号による分析の例、その一　41
四、記号による分析の例、その二　44

第四節　小林秀雄の逆説　46
一、逆説とは何か　46
二、逆説の効果、その一　50
三、逆説の効果、その二　53

第二章　〈現実〉と〈観念〉　58
第一節　〈現実〉と〈観念〉とはたがいに相対的である　58
一、〈現実〉と〈観念〉との間の往復運動　58
二、記号による〈現実〉と〈観念〉の表現　62
第二節　「突然」ということばの思想的意味　65
一、「突然」のあちら側とこちら側　65
二、「突然」の基的構造　68
三、『平家物語』の「突然」　74
第三節　何が「見えて来る」のか　76
一、〈現実〉と〈観念〉を語る述語　76
二、矛盾のことばとしての「見る」「見えて来る」　77
三、〈現実〉を「眺める」のではない　81
四、〈現実〉の眼が大事である　84
五、否定される〈観念〉　90
六、伝統を継承している逆説　91

第四節　小林秀雄の〈観念〉　94
一、〈観念〉は抑制されている　94
二、〈観念〉は時に氾濫する　97
三、〈観念〉は発見される　102
四、〈観念〉は動いている　108

第三章　小林秀雄の思考の構造の分析　112

第一節　分析の方法　112
第二節　思考運動のモデルⅠ　124
第三節　モデルⅠの解釈　138
一、〈観念〉発見の運動　138
二、〈批評〉で閉じる運動　145
第四節　『志賀直哉』論における困難　150
第五節　思考運動のモデルⅡ　165
第六節　モデルⅡにおける〈観念〉発見の運動　176
一、思考運動の不安定な形　176
二、その続き　181
第七節　典型的でない文章の分析　184

一、〈詩〉の極への傾き　184
二、会話、描写の多い文　186
三、例外をもつベクトル群　195
四、複雑な対立関係を持つ文　204
第四章　『当麻』の構造の分析　212
第一節　前半における二つのモデル　I　212
第二節　後半における二つのモデル　II　228
第三節　分析結果を考える　239
第五章　小林秀雄の思考の構造の意味　245
あとがき　252
復刊にあたって　256

# 第一章　〈詩〉と〈批評〉

## 第一節　〈詩〉と〈批評〉とは等価である

### 一、「馬鹿者」を敢て必要とする方法

小林秀雄の文章には、二つの極がある。ほとんどいつでもある。二つは、正反対に対立している。二つの極は、小林秀雄の目の前に、同時に並べられているのではない。およそ、ものごとを目の前に並べておき、比較する、というような思考法は、小林の思考法とはもっとも縁が遠い。

小林秀雄は、ひとつときに、ただひとつのものだけを目の前におく。二つのものを並べて見ない。二つ以上のものも見ない。だから、私がここで言う小林の二つの極とは、彼の視野のうちに同時に存在しているのではない。一つの極が現われ、消えるや否や、他の極が現われる。両者は迅速に交替する。同時に現われることはあまりない。

二つの極は、ふつう、小林秀雄の作品中で、別々の文で語られている。が、両者の出現交替の瞬間は相接しているし、時にただ一つの文中で、この二極が語られることもある。しかし、小林秀雄の文章のもっとも基本的な構造として、同時に現われることのないこの二つの極を考えておかなければならない、と考える。

その事情を、比較的初期の随想風の文章の中で、小林じしんこう語っている。

> 右側に事件が起つてゐた時には何んといふ事もなく左側を見た。言はうと思ふ事とはまるで別の事を言つて平気でゐた。電車のなかで突然隣りの男の髪を引つぱりたい欲望が起きて仕方がないので彼に話しかけた。自分のすべての言動が、俺には同じ様な意味をもつた、つまり俺の眺める、いや否応なく眺めさせられる絵に過ぎなかつた。（『Xへの手紙』）

あるものが目の前にあるとき、小林は、ほとんど条件反射的に、その正反対の方向のものを見る。その「あるもの」と、その正反対の方向にあるものとが、私のいう二つの極である。右と左とを同時に見ることはできない。「髪を引っぱり」ながら「話しかけ」ることはできないだろう。両者は正反対である。が、たがいに欠くべからざる関係にある。ともに、「俺には同じ様な意味」をもっている。

それは小林秀雄の、生理的な性癖のようなものであり、条件反射のような反応である。が、同時に、それは、きわめて意識的な彼の批評の方法である。みずからの性癖ともいうべきものの中から、洗練された思考の方法をきたえあげているのである。

いくつかの彼の代表作が、このような思考の典型的な型で書き始められている。

私にこの小論を書かせるものは此の作者に対する私の敬愛だが、又、騒然と粉飾した今日新時代宣伝者等に対する私の嫌厭でもある。

志賀直哉氏は既に公定の作家であるといふ人々の言葉を、私は少しも信用してゐない。或は氏は人々の言ふ様に公定の作家かも知れない。然し如何なる世紀に於いても、人々が当代のすぐれた作家に強ひる公定なる言葉は、常にみすぼらしくも不埒なものである。今日まで氏の為に費された批評家らの祭資は巨額なものだが、誰がこの独自な個性の軌道を横切らうと努めただらうか。私は全く知らないのである。(『志賀直哉』)

冒頭に、はっきりと、「この作者に対する私の敬愛」と、「今日新時代宣伝者等に対する私の嫌厭」とが語られている。両者は、ここでは一つの文のうちで語られているが、「又」という接続詞でつなげられたこれら二つは、明らかに別々の方向に向いた、別々のことがらである。

そして、この「敬愛」と「嫌厭」とは、小林秀雄の文章において等しい価値をもっている。「俺には同じ様な意味」をもつのである。「敬愛」は反射的に「嫌厭」を語らせ、「嫌厭」を語ることによって「敬愛」を表現するのである。「嫌厭」すべき「公定の作家であるといふ人々の言葉」は、「敬愛」する

「志賀直哉氏」の方を向いている小林の、すぐ背後に存在している。反射的に、小林は後を向く。後を向いて「みすぼらしくも不埒なもの」を切り、切り捨てることによって、「この独自な個性の軌道」をいっそうよく語りうるのである。

『ドストエフスキーの生活』の「序（歴史について）」の冒頭にも、やはり同じような小林秀雄の型が見いだされる。

> 例へば、かういふ言葉がある。「最後に、土くれが少しばかり、頭の上にばら撒かれ、凡ては永久に過ぎ去る」と。当り前な事だと僕等は言ふ。だが、誰かは、それを確かパスカルの「レ・パンセ」のなかにある文句だ、と言ふだらう。当り前の事を当り前の人間が語つても始まらないと見える。パスカルは当り前の事を言ふのに色々非凡な工夫を凝らしたに違ひない。そして確かに僕等は、彼の非凡な工夫に驚いてゐるので、彼の語る当り前な真理に今更驚いてゐるのではない。驚いても始まらぬと肝に銘じてゐるからだ。処で、又、パスカルがどんな工夫を廻らさうと、彼の工夫なぞには全く関係なく、凡ては永久に過ぎ去るといふ事は何か驚くべきことではないのだらうか。

ここでは、小林秀雄がまず正面に見すえているのは、「凡ては永久に過ぎ去る」という文句である。この文句によって語られている真理である。この文句を正面にすえながら、小林はほとんど必然的に、後をふり向く。「当り前な事だ」と言っている人々がそこにいる。「僕」をふくめた「僕等」という表現で言われているが、要するに、小林が気にかかってふり向いたところにいる世の人々である。この「僕等」や「誰か」などの、いわば「公定の」常識をいったんは受けとめ、切り返し、切り捨てたところに、小林じしんの結論が現われる。それは、始めに見すえていた「凡ては永久に過ぎ去る」という文句と同じことなのである。

小林のこのような思考の筋道は、見方によれば、アマノジャクの廻りくどいやり方、とも見えるかもしれない。しかしそう受けとめれば、小林の精神の世界の半分を見逃してしまうことになるだろう。この事情については、後に詳しく述べるが、この引用文でも、その意味の半分は、「凡ては永久に過ぎ去る」という文句を「当り前」と理解し、「パスカルの文句」と反応するだけの世の人々への批評にかけられているのである。

同じような型の文の例は、いくらもある。

> 「三軍モ帥ヲ奪フ可キナリ、匹夫モ志ヲ奪フ可カラザルナリ」といふ有名な言葉は、普通、人は志を立てる事が、何より肝腎であるといふ意味に解されてゐる様だが、どうもそんな易しい言葉ではない様である。弟子の誰かが、君子はたゞ志を立てるのを貴ぶといふ様な事を言つたところ、孔子が、匹夫不可奪志也と答へた、そんな風にとれる。さうとれば孔子の言葉から弟子の質問を合点するとは馬鹿々々しい次第といふ事になる。

『匹夫不可奪志』という文章の、やはり冒頭の一節である。

　ここでは、小林のまず言いたいことは、もちろん、「匹夫モ志ヲ奪フ可カラザルナリ」である。では、この命題の正反対は何か。孔子じしんの言うところに従えば、「三軍モ帥ヲ奪フ可キナリ」である。小林は、しかし、「どうもそんな易しい言葉ではない」と、これをとらず、「君子はたゞ志を立てるのを貴ぶ」という命題を立てる。「匹夫モ志ヲ奪フ可カラザルナリ」と言った当人の立てた反対命題さえ斥けるのである。たしかに、「君子はただ志を立てるのを貴ぶ」の方が、「三軍モ帥ヲ奪フ可キナリ」よりも、「匹夫モ志ヲ奪フ可カラザルナリ」という命題に、厳しく対立している。

「君子はたゞ志を立てるのを貴ぶ」が、「匹夫モ志ヲ奪フ可カラザルナリ」の正反対であるのは、何よりも、それが、孔子ではなく、「弟子の誰かが」いかにも言ったような文句、とされているからである。その「弟子の誰か」が、孔子とは正反対の精神的位置にあり、おそらく又、論語を読む多くの人々のうちに、「弟子の誰か」と同じようなところにいる人々が想定されるからである。

　およそ名著、傑作とは、小林秀雄にとって、常に一つの極である。その正反対のところに、きっともう一つの他の極が見いだされる、と私は考えるのである。

　それは、ここに引用した三つの例が、いずれも冒頭の部分であることから知られるように、ペンを手にした小林が、まず構えてみるもっとも得意の身構えのようなものである。きわめて意識的な、きたえ抜かれた、小林秀雄の方法、ともいうべきものであろう。

　それは、しかし、他方で、始めにも述べたように、小林秀雄の固有の性癖ともいうべきところに根ざしている。だから、その根は深く、時に、小林じしんの意識もおよばないことさえあるらしい。第一線の批評家として活躍していた初期の頃の文章の中で、次のような告白めいたことを述べている。

> ロッシュフウコオの「マクシム」を、何気なくひろげてゐたら、「世には、馬鹿者がそばにゐてくれないと手持ちぶさたで困る悧巧者がゐる」と書いてあつた。横に乱暴にばつてんがつけてある処をみると、忘れてゐたが、以前にも読んで、余程癪にさわつた文句らしい。
> 　衆に優れて悧巧だなぞと夢にも思つてはゐないが、かういふ言葉が痛い程度には、私はまだまぬけである。(『批評家失格II』)

「馬鹿者」とは、今までの引用文でいえば、「公定の」意見を語る「嫌厭」すべき人々であり、「当り前」と驚かない「僕等」や「誰か」であり、そして孔子の「弟子の誰か」のような人々であろう。ロッシュフウコオのこの文句は、小林の思考方法のような型を、日常卑近な次元にひきずりおろして、辛辣である。が、ここで注意すべきことは、小林じしんが、これを「読んで、余程癪にさわつ」て、「乱暴にばつてん」をつけていることである。それは、小林にとって重々承知のことではなかったのか。

　承知のことだったはずである。自らひねくれ者と認め、そこにむしろ居直って、批評の方法をつくりだし、貫いてきたはずである。それは、ロッシュフウコオの文句を借りていうなら、「馬鹿者」を敢て必要とする方法、なのであった。

にもかかわらず、その意識化された方法は、自らの性癖のようなところに根ざす事実の前で、時にたじろぐ。それが白日に曝されると、「余程癪にさわ」る。性癖のような無意識の深みを、小林じしんの意識はとらえつくしていないからである。

だからこそ、また、「小林秀雄の思考の構造」をとらえようとする私にとって、ここのところをぜひ押さえておかなければならないのである。

## 二、〈詩〉と〈批評〉の構造

小林秀雄の思考における二つの極の対立、という構造で、もっとも基本的な対立関係は、一口に言えば、詩と批評との対立である、と私は考える。

彼の文壇における処女作『様々なる意匠』は、次のような文句で始まっている。

> 吾々にとつて幸福な事か不幸な事か知らないが、世に一つとして簡単に片付く問題はない。遠い昔、人間が意識と共に与へられた言葉といふ吾々の思索の唯一の武器は、依然として昔乍らの魔術を止めない。劣悪を指嗾しない如何なる崇高な言葉もなく、崇高を指嗾しない如何なる劣悪な言葉もない。而も、若し言葉がその人心眩惑の魔術を捨てたら恐らく影に過ぎまい。

小林秀雄は、ここから出発したのである。「劣悪を指嗾しない如何なる」名著、傑作もない。そして

「劣悪」を語りながら、小林はきっと、世の「崇高」なるものを「指嗾」するのである。ことばは、ここで彼自ら言っているように、批評家の「武器」である。「唯一の武器」である。が、ことばは、その使用者の意のままにはならない。それは、その使用者さえも、「魔術」でたぶらかす。「崇高」と「劣悪」とが両極端に対立しながら、しかも一つことの裏と表のように相ともなって現われる、という。それは、たしかに、ことばというものの働きを深くとらえた見方である、と私も考える。小林秀雄は、その「魔術」を、自らの「武器」に転化させよう、とするのである。

たとえば、前に引用した『志賀直哉』の冒頭の文を、もう一度見てみよう。

私にこの小論を書かせるものはこの作者に対する私の敬愛だが、又、騒然と粉飾した今日新時代宣伝者等に対する私の嫌厭でもある。
　志賀直哉氏はすでに公定の作家であるといふ人々の言葉を、私は少しも信用してゐない。或は氏は人々の言ふ様に公定の作家かもしれない。然し如何なる世紀に於いても、人々が当代のすぐれた作家に強ひる公定なる言葉は、常にみすぼらしくも不埒なものである。今日まで氏のために費された批評家らの祭資は巨額なものだが、誰がこの独自な個性の軌道を横切らうと努めただらうか。私は全く知らないのである。（『志賀直哉』）

ここまでのところで、志賀直哉をたたえている文句は、始めの「私にこの小論を書かせるものはこの作者に対する私の敬愛だ」だけである。以下、ずうっと、もっぱら「崇高」ではなく、「劣悪」ばかりを語っている。

「劣悪」を語り続けているこの文は、読めばすぐ理解できるように、「劣悪」だけの世界を述べているのではない。他方のかなたに「崇高」が存在し、その「崇高」との対比で「劣悪」が語られている。「劣悪」そのものではなく、もちろん「崇高」そのものでもない。「崇高」から「劣悪」へ、という強力な働きかけがあり、文章はその働きかけのようなものだ、と考える。

ここで、私の言う〈詩〉と〈批評〉ということばを使おう。ここには二つの極がある。小林秀雄のことばを借りれば、一つは「崇高」、他は「劣悪」である。この「劣悪」の極から「崇高」の極へ向かう働きかけ、運動のようなもの、それが〈詩〉である。反対に、「崇高」の極から「劣悪」の極へ向かう運動、それが〈批評〉なのである。

〈詩〉と〈批評〉とは、たがいに正反対の方向に向かう運動である。この文のばあいのように、〈批評〉を説き続けることとは、「劣悪」の極を、ますます「劣悪」の側へ押しやることになるだろう。それは、いわばマイナスのエネルギーが次第に高められた、ということであり、すなわち、相対的に、「崇高」の極はますますその反対側に高められていった、ということなのである。いわば、プラス極とマイナス極との間のポテンシャル・エネルギーが増大した、ということであろう。

〈批評〉を説き続けてきた運動は、いったん〈詩〉に転化したとき、蓄積されてきたエネルギーを一挙に解き放つ。あたかも、その時をまつように、小林秀雄は、冒頭から〈批評〉を説き立てるのである。

### 三、〈詩〉の手段としての〈批評〉

批評とは竟に己れの夢を懐疑的に語る事ではないのか！　（『様々なる意匠』）

小林秀雄は、ここで、何を言おうとしているのか。まず、「夢」を語るのに「懐疑」が不可欠である、と言っている。そして、「夢」と「懐疑」とでは、結局自分は「夢」を語りたいのだ、ということも語っているのである。「夢」と「懐疑」とは、私の言う〈詩〉と〈批評〉とに相当する。

私の使う〈批評〉とは、〈詩〉と対立する意味であって、ふつう使われるばあいよりも狭い意味になる、と思う。たとえば、小林秀雄を批評家と言い、この文のように、「夢」と「懐疑」とを含めて「批評」と言うばあいは、広い意味、ということになるであろう。

まず、〈批評〉から始めて、〈批評〉を説き続け、やがて一転して〈詩〉が現われる、という形は、この「夢を懐疑的に語る」ときの一つの典型であろう。たとえば、

　私は所謂慧眼といふものを恐れない。ある眼があるものを唯一つの側からしか眺められない処を、様々な角度から眺められる眼がある。さういふ眼を世人は慧眼と言つてゐる。つまり恐ろしくわかりのいゝ眼を言ふのであるが、わかりがいゝなどといふ容易な人間能力なら、私だつて持つてゐる。私は慧眼に眺められてまごついた事はない。慧眼の出来る事はせいぜい私の虚言を見抜く位が関の山で

ある。私に恐ろしいのは、決して見ようとはしないで見てゐる眼である。物を見るのに、どんな角度から眺めるかといふ事を必要としない眼、吾々がその眼の視点の自由度を定める事が出来ない態の眼である。志賀氏の全作の底に光る眼はさういふ眼なのである。(『志賀直哉』)

〈批評〉は、こういう型の文では、きわめて意識的に、〈詩〉の手段である。ポテンシャル・エネルギーを高めるための、計算された方策である。

「懐疑」は不可欠である。が、語りたいのは結局「夢」だ、たしかにそう理解されるこのような型の文章は、小林秀雄の作品中、いたるところにある。

> モオツアルトは、何を狙つたのだらうか。恐らく、何も狙ひはしなかつた。現代の芸術家、のみならず多くの思想家さへ毒してゐる目的とか企図とかいふものを、彼は知らなかつた。芸術や思想の世界では、目的や企図は、科学の世界に於ける仮定の様に有益なものでも有効なものでもない。それは当人の目を眩ます。或る事を成就したいといふ野心や虚栄、いや真率な希望さへ、実際に成就した実際の仕事について、人を盲目にするものである。大切なのは目的地ではない、現に歩いてゐるその歩き方である。現代のジャアナリストは、殆ど毎月の様に、目的地を新たにするが、歩き方は決して代へない。そして実際に成就した論文は先月の論文とはたしかに違つてゐると盲信してゐる。
> モオツアルトは歩き方の達人であつた。現代の芸術家には、殆ど信じられない位の達人であつた。

……（『モオツァルト』）

容易に分るように、「モオツアルトは、何を狙つたのだらうか。」以下に続く〈批評〉は、次の段落の冒頭、「モオツァルトは、歩き方の達人であつた」、という〈詩〉に対比され、対立するように設定されている。

戦後の文章から、もう一つの例をあげておこう。

「平家」の名文といふ言葉は惑はしい。例へば「海道下り」は名文だといふ。だがあの紋切型の文句の羅列を、長い間生かして来たものは、もう今はない検校の肉声であつた。逆に、肉声を以つて、自在にこれを生かす為には、読んで退屈な紋切型の文体が適してゐたとも言へるだらう。決して易しい問題ではない。古典の姿とは皆さういふものだ。これに近づくのには、迂路しか決して見附かるものではない。

古人の建てた記念碑は、石で出来てゐるとは限らない。といふ事は、古典文学にも、私達に抵抗する、石のやうに固い、謎めいた、黙した姿はあるといふ事だ。手応へは、手探りによるより他はない。

（『平家物語』）

一般に、昭和三十年代以後の頃の小林の文章は、それ以前の文章とくらべて、彼の個性的な形があまり鮮明でない。私の言う構造や型も、いくらかつかみにくくなる。が、後に述べるように、小林秀雄の文章の基本的な構造は全く変わっていない。ここでも、「『平家』の名文といふ言葉は惑はしい。」以下の段落は、「平家」を「名文」と理解する世の人々に宛てられた〈批評〉なのである。その準備の上に、次の段落で〈詩〉が現われる。「石のやうに固い、謎めいた、黙した姿」ということばは、前段の「名文」、「肉声」というようなことばとの対比の上でこそ生きているのである。

## 四、〈批評〉の手段としての〈詩〉

「批評とは竟に己れの夢を懐疑的に語る事ではないのか!」とは、小林秀雄じしんの文句である。私の理解する小林秀雄は、その思考の構造に即して言えば、この小林じしんの文句とほとんど同じような重みで、こう言わなければならない、と思う。批評とは竟に己れの懐疑を夢に託して語る事ではないのか!と。

『無常といふ事』は、『一言芳談抄』の引用で始まる。「なま女房」の、「夜うち深け、人しづまりて後、ていとう〳〵と、つゞみをうちて、心すましたる声にて、とてもかくても候、なう〳〵とうたひけり。……」という文章が紹介され、この文章についての、ある特異な体験が語られる。そして、この短篇は、次のように終るのである。

> 上手に思ひ出す事は非常に難しい。だが、それが、過去から未来に向つて飴の様に延びた時間とい

ふ蒼ざめた思想（僕にはそれは現代に於ける最大の妄想と思はれるが）から逃れる唯一の本当に有効なやり方の様に思へる。成功の期はあるのだ。この世は無常とは決して仏説といふ様なものではあるまい。それは幾時如何なる時代でも、人間の置かれる一種の動物的状態である。現代人には、鎌倉時代の何処かのなま女房ほどにも、無常といふ事がわかつてゐない。常なるものを見失つたからである。

ここで、「現代人には」以下の終りの文句が、短篇『無常といふ事』のうちに占めている重味は疑いないであろう。少なくとも、これは、「夢」を説くための「懐疑」ではない。

〈批評〉で始め、やがて〈詩〉が現われる、という前に述べた型と反対に、この例のように、〈詩〉で始め、〈批評〉で終える、という型の文も、小林秀雄の作品中に少なくない。このようなばあいは、とりわけ、「懐疑を夢に託して語る」と言えそうである。たとえば、

> 大日の種子よりいでてさまや形さまやぎやう又尊形となる
>
> 実朝の歌を言ふものは、皆この歌を秀歌のうちに選んでゐる様だ。深い宗教上の暗示を読む者もあり、密教の観法の心理が歌はれてゐる処から、作者の密教修行の深さを言ふ者もある。僕は、こゝに無邪気な好奇心に光つた子供の様な正直な作者の眼を見るだけだ。観法も修してみた実朝の無頓着な報告の様に受け取れる。確かに大胆な延び延びした姿はある、極端に言へば子供の落着きの様な。併し、この歌人の深い魂はない。彼の詩魂が密教の観法に動かされる様な観念派のものとは考へない。

> だが、秀作ではないと強くは主張したいとも思はぬ、僕は歌の評釈をしてゐるわけではないのだから。人々が好むところを読みとるに如くはない。彼の性格についても深入りはしまい。それは歴史小説家の任務であらうし、それに、僕は、近代文学によつて誇張された性格とか心理とかいふ実在めいた概念をあまり信用してもゐない。（『実朝』）

ここには〈詩〉と〈批評〉とが交錯しているが、「僕は、こゝに無邪気な好奇心に光つた子供の様な正直な作者の眼を見るだけだ。」という〈詩〉が、文章前半の中心であろう。これに対して、焦点がもう一つある。終りに、あたかもさり気ないかのようにつけ加えた、「それに、僕は、近代文学によつて誇張された性格とか心理とかいふ実在めいた概念をあまり信用してもゐない。」という〈批評〉である。この二つの焦点、〈詩〉と〈批評〉とは、正面から対立している。

「無邪気な好奇心に光つた子供の様な正直な作者の眼」と、「近代文学によつて誇張された性格とか心理とかいう実在めいた概念」とは、たがいに呼応し、対比され、際立っている。結末の文句の切れ込みの深さは、反す刀の切れ味である。その切れ味を知りたいために、作者はあらかじめ〈詩〉をうたいあげておいたのだ、ととっても、それほど的外れではないだろう。

## 五、〈詩〉と〈批評〉の交錯

小林秀雄の〈批評〉は、やはり彼の計算を越えている。計算とか、策とかいうものも、決して小林秀雄の文章に無縁ではない。『様々なる意匠』の冒頭にすぐ続いて、彼じしんこう言っている。

> この様な私にも、やつぱり軍略は必要だとするなら、「搦手から」、これが私には最も人性論的法則に適つた軍略に見えるのだ。

つまり「軍略」である。前の節であげた二つの型は、その典型のうちだろう。つまり、いきなり〈批評〉から始め、やがて不意に〈詩〉が出現するような型、その反対に、まず〈詩〉を説き、説き続け、終りにさり気なく〈批評〉をつけ加える、というような型である。ねらいは、いずれも後の方にある、と言えそうである。いわば「搦手から」始めているのである。

小林秀雄の〈批評〉は、このような「軍略」だけの問題ではない。それは、あるときは、彼の生理的な息づかいのように、自ずと現われてくるように思う。文章の調子が高まり、筆使いが冴えてくるときは、その息づかいも又激しくなる。

> 確かに、モオツァルトのかなしさは疾走する。涙は追ひつけない。涙の裡に玩弄するには美しすぎる。空の青さや海の匂ひの様に、万葉の歌人が、その使用法をよく知つてゐた「かなし」といふ言葉の様にかなしい。こんなアレグロを書いた音楽家は、モオツァルトの後にも先にもない。まるで歌声の様に、低音部のない彼の短い生涯を駈け抜ける。彼はあせつてもゐないし急いでもゐない。彼の足

どりは正確で健康である。彼は手ぶらで、裸で、余計な重荷を引摺つてゐないだけだ。彼は悲しんではゐない。ただ孤独なだけだ。孤独は、至極当り前な、ありのまゝの命であり、でつち上げた孤独に伴ふ嘲笑や皮肉の影さへない。(『モオツァルト』)

〈詩〉と、〈批評〉とが、ここで激しく交錯している。ほとんど各文章ごとに、二極の間を正反対の向きに運動する作者の精神の動きが見てとれる。

「確かに、モオツァルトのかなしさは疾走する。」は、〈詩〉である。続く文の、「涙は追ひつ」く、「涙の裡に玩弄する」は、〈批評〉である。この〈批評〉は、否定されて、〈詩〉の方へとって帰す。「空の青さや海の匂いの様に、万葉の歌人が、その使用法をよく知つてゐた『かなし』といふ言葉の様にかなしい。」は〈詩〉であり、続く「こんなアレグロを書いた音楽家は、モオツァルトの後にも先にもない。」は〈批評〉である。「まるで歌声の様に、低音部のない彼の短い生涯を駈け抜ける。」は〈詩〉で、次の文の「彼はあせつて」、「急いで」の〈批評〉が、又打消されて〈詩〉になる。「彼の足どりは正確で健康である。」は〈詩〉、「彼は手ぶらで、裸で、」までが〈詩〉で、「余計な重荷を引摺つて」という〈批評〉が否定され、〈詩〉になる。「彼は悲しんではゐない。」は、同じく〈批評〉の否定、「ただ孤独なだけだ」は〈詩〉、「孤独は、至極当り前な、ありのまゝの命であり、」までが〈詩〉、「でつち上げた孤独に伴う嘲笑や皮肉の影」が〈批評〉で、もう一度打消されて、〈詩〉に帰る。

「ない」で終る否定形の文章は、それぞれに、ごく短い間とはいえ、その瞬間、小林は肝腎のモオツァルトを見ていない。正反対をふり返り、ある標的にねらいをつけているのである。そうして又、瞬時のうちに帰ってくる。この激しい精神の往復運動は、「軍略」ではあるまい。モオツァルトのアレグロが「疾走する」ように、小林秀雄の思考がこう動くのである。自ずと、そう動くのであろう。

次の例でも、やはり同じように、感動の頂点にあるときの小林秀雄の激しい息づかいを聞くことができるだろう。

大海の磯もとどろによする波われてくだけてさけて散るかも

かういふ分析的な表現が、何が壮快な歌であらうか。大海に向つて心開けた人に、この様な発想の到底不可能な事を思ふなら、青年の殆ど生理的とも言ひたい様な憂悶を感じないであらうか。恐らくこの歌は、子規が驚嘆するまで（真淵はこれを認めなかつた）孤独だつただらうが、以来有名になつたこの歌から、誰も直かに作者の孤独を読まうとはしなかつた。勿論、作者は、新技工を凝さうとして、この様な緊張した調べを得たのではなからう。又、第一、当時の歌壇の誰を目当に、この様な新工夫を案じ得たらうか。自ら成つた歌が詠み捨てられたまでだ。いかにも独創の姿だが、独創は彼の工夫のうちにあつたといふよりも寧ろ彼の孤独が独創的だつたと言つた方がいゝ様に思ふ。自分の不幸を非常によく知つてゐたこの不幸な人間には、思ひあぐむ種はあり余る程あつた筈だ。これが、ある日悶々として波に見入つてゐた時の彼の心の嵐の形でないならば、たゞの洒落に過ぎまい。さういふ彼を荒磯にひとり置き去りにして、この歌の本歌やら類歌やら求めるのは、心ないわざと思はれる。

(『実朝』)

歌にすぐ続いて、「かういふ分析的な表現が、何が壮快な歌であらうか。」から、終りの「この歌の本歌やら類歌やら求めるのは、心ないわざと思はれる。」に至るまで、小林秀雄はここでいったい何を見て語っているのか、と疑いたいくらいであろう。〈批評〉が、ここでは主調音である。その間を縫って、力強く張られた弓弦が、時おり鋭く鳴るように、正反対の方向に〈詩〉が動いている。〈批評〉はしきりに否定されるが、単純な形ではなく、「この様な発想の到底不可能な事を思ふ」とか、「ではなからう。」のような反語で表現されている。激しい動きであり、この名歌の前に立った小林秀雄の表情がほうふつとしている。

## 第二節　〈批評〉についての小林秀雄の動揺

### 一、〈批評〉への反省と居直り

〈批評〉は、だいじな、欠くべからざる働きである。〈詩〉にとって必要であるのは構造上当然であるが、小林秀雄の「批評」、広い意味での批評にとっても、重要で、かつ必要である。

にもかかわらず、小林秀雄じしんは、自分の精神における〈批評〉活動や、〈批評〉への傾向を、内心のどこかで、かなり嫌悪していたらしい。若い頃から、ごく近年に至るまで、いろいろなところで、そのことを語っているのである。

文壇に登場してまもなく、『故郷を失つた文学』で、こう語っている。

> 振り返つてみると、私の心なぞは年少の頃から、物事の限りない雑多と早すぎる変化のうちにいぢめられて来たので、確乎たる事物に即して後年の強い思ひ出の内容をはぐくむ暇がなかつたと言へる。思ひ出はあるが現実的な内容がない。殆ど架空の味ひさへ感ずるのである。……　……母親の子供の頃の話を聞いてゐる時でもよく感ずる事だが、別に何んの感動もなくごく普通な話をして、それでゐて何かしらしつかりとした感情が自ら流れてゐる。何気ない思ひ出話しが、恰も物語の態を備へてゐる。羨しい事だ。私には努力しても到底つかめない何かしらがある、と思ふ。何等かの粉飾、粉飾と言つて悪ければ意見とか批評とかいふ主観上の細工をほどこさなければ、自分の思ひ出が一貫した物語の体をなさない、どう考へても正道とは言ひがたい、といふ風に考へ込んで了ふ。

小林秀雄にしてはめずらしい、しんみりとした語り口である。そして、自分じしんの思考の方法を反省し、「どう考へても正道とは言ひがたい」と批判している。

この自己批判は、まことに的確である。世人が、時に小林秀雄をあげつらって言うときの、おそらくもっとも辛辣な批判は、この中で十分受けとめられている、と思える。

が、小林は、この恐縮したところで引き下がっていたのではなかった。逆に、そうと承知の上で、「正道とは言ひがたい」と知りつつ、そこに居直っていたのである。この『故郷を失つた文学』でも、結論は、結局反省ではない。

　私達が故郷を失つた文学を抱いた、青春を失つた青年達である事に間違ひはないが、又私達はかういふ代償を払つて、今日やつと西洋文学の伝統的性格を歪曲する事なく理解しはじめたのだ。西洋文学は私達の手によつてはじめて正当に忠実に輸入されはじめたのだ、と言へると思ふ。

「ごく普通な話をして、それでゐて何かしらしつかりとした感情が自ら流れてゐる」ような、話のし方、理解のし方は、自分たちにはできない、西洋文学、文化の輸入が、私たちをそうしてしまったのだし、又、その西洋文学、文物を、私たちはそのような状態の中で受けとる。「物事の限りない雑多と早すぎる変化のうちにいぢめられ」ながら受けとめざるをえない。

　そのような状態におかれた自分たちには、手に入れたものの受けとめ方について、自ずからの工夫があった。それが、「何等かの粉飾、粉飾と言つて悪ければ意見とか批評とかいふ主観上の細工をほどこ」してみる、というやり方であった、そう、小林は弁明しているように思われる。

　この『故郷を失つた文学』では、小林秀雄は、自らの思考方法の反省を、一つの時代精神として、文化的・社会的背景の中で考察しているのであるが、その二年ほど前に、もっと端的に、自分自身の方法についての反省と居直りとを、こう語っている。

> この世の真実を、陥穽を構へて、捕へようとする習慣が、私の身について此方、この世は壊血病の歌しか歌はなかつた筈だつたが、その歌は、いつも私には、美しい、見知らぬ欲情も持つてゐるものと聞えたのだ。
>
> で、私は、後悔するのが、いつも人より遅かつた。（『批評家失格II』）

「この世の真実を、陥穽を構へて、捕へ」る、とは、前の文例でいえば、「何等かの粉飾、粉飾と言って悪ければ意見とか批評とかいふ主観上の細工をほどこ」してみる、ということであろう。私の言い方で言えば、〈批評〉によって〈詩〉をよむ、ということに他ならない。

ここには、このような方法についての反省が、やはりまず語られている。「この世は壊血病の歌しか歌わなかつた筈だつた」のである。

しかし、すぐ続いて、「が、その歌は、いつも私には、美しい、見知らぬ欲情も持つてゐるものと聞えたのだ。」と言う。その方法は、意外な成果をもたらしてくれた、と言うのである。

だから自分は後悔しない、と言うのではない。「で、私は、後悔するのが、いつも人より遅かつた。」である。いずれは後悔するかも知れない。後悔すべきなのかも知れない、といった、一抹の後めたさが、やはりある。しかし、今は後悔していない。その居直りの、一種ふてぶてしさが、この最後の一句にうかがわれるのである。

## 二、意に反してでも現われる〈批評〉

昭和の敗戦後、とくに昭和三十年代頃以後の小林秀雄は変わった、と言われる。小林秀雄じしん、かなり意識的に、変わったと思い、変えようとしてきた、と私には思われる。

とくに、自らの方法における、〈批評〉についての反省の仕方、という点では、確かに変わっている。一口に言えば、批評とは、私の定義するような〈批評〉ではない。つまり悪口を言うことではない、と言うのである。

> 自分の仕事の具体例を顧ると、批評文としてよく書かれてゐるものは、皆他人への讃辞であつて、他人への悪口で文を成したものはない事に、はつきりと気附く。そこから率直に発言してみると、批評とは人をほめる特殊の技術だ、と言へさうだ。人をけなすのは批評家の持つ一技術ですらなく、批評精神に全く反する精神的態度である、と言へさうだ。(『批評』)

自分は過去に、「他人への悪口」、私の言う〈批評〉をやってきた、が、それはよくなかった、と、今や「後悔」を語っているのである。そして、「他人への讃辞」、私の言う〈詩〉こそ正しい「批評」だ、と言う。ここで小林の使っている「批評」とは、もちろん広い意味のことばである。

「批評」とは、果たして「悪口」を言うことであるのか、これについては、以下に、小林秀雄じしんの説明がある。批評ということばの意味の本質にかかわることなので、少し長いが、次に引用しよう。

　さう言ふと、あるひは逆説的言辞と取られるかも知れない。批評家と言へば、悪口にたけた人と一般に考へられてゐるから。また、さう考へるのが全く間違つてゐるとも言へない。試みに「大言海」で、批評といふ言葉を引いてみると、「非ヲ摘ミテ評スルコト」とある。批評、批判の批といふ言葉の本来の義は、「手ヲ反シテ撃ツ」といふ事ださうである。してみると、クリチックといふ外来語に、批評、批判の字を当てたのは、ちとまずかつたといふ事にもならうか。クリチックといふ言葉には、非を難ずるといふ意味はあるまい。カントのやうな厳格な思想象は、クリチックといふ言葉を厳格に使つたと考へてよささうだが、普通「批評哲学」と言はれてゐる彼の仕事は、人間理性の在るがまゝの形をつかむには、独断的態度はもちろん懐疑的態度もすてなければならない、すてみれば、そこにおのずから批判的態度と呼ぶべきものが現れる、さういふ姿をしてゐる、と言つてもいゝだらう。

　ある対象を批判するとは、それを正しく評価する事であり、正しく評価するとは、その在るがまゝの性質を、積極的に肯定する事であり、そのためには、対象の他のものとは違ふ特質を明瞭化しなければならず、また、そのためには、分析あるひは限定といふ手段は必至のものだ。カントの批判は、さういふ働きをしてゐる。彼の開いたのは、近代的クリチックの大道であり、これをあと戻りする理由は、どこにもない。批評、批判が、クリチックの誤訳であらうとなからうと。批評文を書いた経験のある人たちならだれでも、悪口を言ふ退屈を、非難否定の働きの非生産性を、よく承知してゐるはずなのだ。承知してゐながら一向やめないのは、自分の主張といふものがあるからだらう。主張するためには、非難もやむを得ない、といふわけだらう。文学界でも、論戦は相変らず盛んだが、大体において、非難的主張あるいは主張的非難の形を取つてゐるのが普通である。さういふものが、みな無意味だと言ふのではないが、論戦の盛行は、必ずしも批評精神の旺盛を証するものではない。むしろその混乱を証する、といふ点に注意したいまでだ。

「他人への悪口」という批評は、過去に自分が行なってきたばかりでなく、一般にも、批評とは「悪口」と考えられている。文壇でも、そのような「悪口」の批評が盛んである。そういう事実に対して、小林秀雄は、ここで、「悪口」を言うこととは関係のない批評を主張する。カントのクリチックこそ、「近代的クリチックの大道であり、これをあと戻りする理由は、どこにもない。」と言うのである。

しかし、事実として、私たち日本人にとって、「批評」とは、少なくともその不可欠の要素として、「悪口」を含んでいる。その事実は、小林秀雄じしんも認めている。認めながら、そうでない「批評」を主張するとすれば、その根拠は何か。根拠は、西欧思想である。とすれば、それは、私たちが翻訳し、輸入した限りで、輸入し受容可能であった限りでだけ、主張しうることなのである。

小林秀雄の「批評」には、このような意味の「クリチック」は、基本的に欠けている、と私は考える。

ここは、私がカントや「クリチック」について論ずべき場ではない。そこで、小林秀雄が、文中でカントの「クリチック」について述べていることを、そのまま受けとめて考えてみよう。小林秀雄の批評の方法は、およそそれとは縁が遠いのである。「……そのためには、対象の他のものとは違ふ特質を明瞭化しなければならず、また、そのためには、分析あるいは限定といふ手段は必至のものだ」と言う。「他のものとは違ふ特質を明瞭化」するには、方法としての比較が必至である。小林秀雄の思考には、比較という視点は、基本的にない。

また、「分析あるひは限定といふ手段」は、いずれも小林秀雄の思考法とは異質の、西欧哲学や科学の論理上の操作である。「分析」は、綜合とともに一対の論理的構成の方法であり、「限定」、つまり定義化し、条件づけるとは、抽象的な論理構成の前提である。後に詳しく述べるが、このような論理的思考方法は、小林秀雄にはない。

こうして、もし「対象」が「分析あるひは限定」され、その「特質が明瞭化」されるならば、そのような思考は、ほめることでも、けなすことでもないはずである。「クリチック」とは、価値の評価を下すことではない。しかるに、小林秀雄は、ここで、「批評とは人をほめる特殊の技術だ」と言う。「ほめる」とは、もともと、けなすことと表裏の関係にある。小林秀雄の「批評」は、どうしても「クリチック」ではないのである。

私たち日本人にとって、批評とは、ほとんど常に、ほめるか、けなすか、である。日常、私たちが、「批評」ということばを、どんな意味で受けとっているか、を考えれば、すぐ分ることである。

小林秀雄は、いわば、私たちのこの伝統的、かつ日常的な考え方を、独自な、洗練された思考方法に仕立てあげたのだ、と私は考える。

小林秀雄が、ここで説いているのは、もっぱら彼の意識の表面に起こっていることを語っているのだ、と考える。「悪口を言ふ退屈を、非難否定の働きの非生産性」を衝き、「近代的クリチックの大道」を説いているのは、もっぱら彼の意識の表面に起こっていることを語っているのだ、と考える。おそらく、過去における小林じしんの批評活動についての反省と後悔とが、こう語らせているのであろう。

ここに引用した文じたいが、彼のそのような主張を裏切っている。いちばん終りの段落は、文壇における「論戦の盛行」への批判であるが、これこそ、他方の主張の部分を支える構造上不可欠の〈批評〉なのである。

三、〈批評〉についての〈弁解〉と、〈弁解〉の否定

若い頃の小林秀雄は、自分の方法としての〈批評〉を、どこか後めたい気持で反省していた。「どう考へても正道とは言ひがたい」とさえ言っていた。しかし、〈批評〉を止めるわけにいかないことも承知し、むしろそこに居直っていた。

年をとってから、彼は、批評とは悪口を言うことではない、といたるところで語っている。〈批評〉への反省という点では、若い頃と変わりはない。違っているのは、そのような〈批評〉は、自分はもうやらない、と言っている点である。

しかし、私のみる限り、小林秀雄は、近年に至るまで、若い頃とほとんど同じように、〈批評〉し続けている。

〈批評〉は、すでに述べたように、好んで言う悪口ではない。小林秀雄の思考の構造を支える不可欠の働きなのである。〈批評〉を取り去ったら小林秀雄の思想はない、と言ってもさしつかえないだろう。たとえば、自分はもう〈批評〉はやらない、と語ったこういう文章がある。同じようなことを述べていた、あの「批評」という題の文が昭和三十九年、これは昭和三十四年である。

作品評をする興味が、私を去つてから久しく、もう今では、好きな作品の理解を深めようとする希ひだけが残つてゐる。尤も、嫌ひな作品とは、作品とは言へぬと判断した作品で、判断は直ちに無関心をもたらすから、私には嫌ひな作品といふものもない事になる。嫌ひといふ感情は不毛である。侮蔑の行く道は袋小路だ。いつの間にか、そんな簡明な事になつた。（「井伏君の『貸間あり』」）

ここで、私の言う〈詩〉を端的に語っている部分は、「好きな作品の理解を深めようとする希ひだけが残つてゐる」である。〈詩〉は、表裏のように〈批評〉の動きを誘う。「好きな作品」で始まった文の、その裏は、「嫌ひな作品」で始まるであろうか。事実すぐ続けて、「尤も、嫌ひな作品とは、……」と語られる。が、これは実は〈批評〉ではない。〈批評〉に陥ろうとする自ずからな動きを慎重に押さえ、「私には嫌ひな作品といふものもない事になる。」と結ぶ。こういう部分は、若い頃の小林秀雄にはなかったところである。
が、続けて、「嫌ひといふ感情は不毛である。侮蔑の行く道は袋小路だ。」と口をついて出る。これが、私の言う〈批評〉である。
〈詩〉の主題は、「好きな作品」ではない。「希ひ」である。だから、「尤も、嫌ひな作品とは、……」の文は、〈詩〉に対する正反対の動きではない。自分はもう〈批評〉はやらない、と広言していた小林は、ここで「嫌ひな作品」についての〈批評〉を語ることなしにすませて、あるいは一安心していたかも知れない。ここで、満を持していたように、はじめの〈詩〉と正反対の動きが表に出る。「希ひ」という感情に対して、「嫌ひといふ感情」が主題として語られ、否定され、断定される。この〈批評〉を対の動きとして、はじめの〈詩〉が際立っているのである。

年をとってからの小林秀雄の文章には、ここで中間に現われた文のように、〈詩〉と〈批評〉との鮮明な対立をやわらげようとするかのような、打消そうとするかのような、弁解めいた文がよく語られる。が、〈詩〉と〈批評〉は、そのような反省とは関係なしに出現し、対立している。弁解めいた文の部分は、構造上、重要ではないのである。

おわりに、昭和三十六年に書かれた『徂徠』の冒頭の部分を考察してみよう。すでに考察した『志賀直哉』や、『ドストエフスキイの生活』や、『匹夫不可奪志』の冒頭の文章と比べて、どこが違っているであろうか。

「見聞広く、事実に行われたり候を、学問と申事に候故、学問は歴史に極まり候事に候」、これは、徂徠の言葉である。古典の現代語訳といふ事が、今日流行してゐるが、この文章のやうに、まるで現代語訳者を小馬鹿にしたやうな顔をした、言はば現代語で書かれた古典といふものもある。言葉といふものはむつかしい。徂徠は、この言葉の発する難問を、簡略に、だが、意味深長に言つてゐる、

「世ハ言ヲ載セテ遷リ、言ハ道ヲ載セテ遷ル、道ノ明カナラザル、モトヨリ之ニ由ル」

仁斎の学問の実際的な文献学的な方法は、徂徠に受けつがれ、拡大されたといふのが通説のやうだ。無論、今日のやうなはつきりした形で在つたとは言はないが、さういふものの先駆的な形、さういふものの萌芽は、明らかに彼等の仕事に覗へる、とする。かういふ説を、頭から否定しようとするのではない。そんな事は、道理上出来はしない。今日、私達が持つてゐる知識を、過去の人の仕事の或る面に結びつけて考へていけない理由はないからだ。私の言ひたいのは、ただ次のやうな事である。事の萌芽は確かにあつたと考へてみるのは差支へないが、さう考へる時、萌芽といふ言葉は、事を成就した当人の発明品であり、従つてその言葉の真意は、当人にしか理解出来ない、その事を心に止めて置く事は、大変困難な事だ。人間の仕事の歴史をさかのぼり、いろいろな処に、先駆者を捜してみるのも、歴史の一法だが、一法に過ぎない。例へば、先駆者徂徠は、私達が歴史を回顧して、はじめて描ける像であり、それは徂徠の顔といふより、むしろ私達の自画像である。これを忘れて了ふのは愚かであらう。

まず、はじめの段落は、徂徠のことばで始まる。この徂徠のことばと、それを讃える小林秀雄のことばが、ここにおける〈詩〉である。その小林じしんのことばは、「古典の現代語訳」の「流行」や、「現代語訳者」に対する〈批評〉と対置されている。
次の段落では、〈詩〉は、「例へば、先駆者徂徠は」以下「むしろ私達の自画像である。」まで、これだけである。残りは、〈批評〉、および、前に述べた〈詩〉と〈批評〉との対立を中和させようとするような部分、私の言う弁解めいた文句、の部分である。
この弁解めいた文句の部分について考察しよう。それは、次の三つである。

　かういふ説を、頭から否定しようとするのではない。そんな事は、道理上出来はしない。今日、私達が持つてゐる知識を、過去の人の仕事の或る面に結びつけて考へていけない理由はないからだ。…

　事の萌芽は確かにあつたと考へてみるのは差支へないが、……

　人間の仕事の歴史をさかのぼり、いろいろな処に、先駆者を捜してみるのも、歴史を知る一法だが、……

以上、いずれも、徂徠を文献学的な方法の「萌芽」、「先駆者」とみる「通説」について、一応その意見はもっともである、と認めるような発言である。これらは、いずれも、すぐに打消される。第一の例文は、続く「私の言ひたいのは、たゞ次のやうな事である。」によって、第二の例文では、終りの逆接の助詞「が」、および、「さう考へる時」以下の文によって、第三の例文では、同じく「が」、および、次の「一法に過ぎない」という文句によって、打消される。

これらの文句を打消しながら、〈批評〉が現われる。〈批評〉は、「通説」を否定する。〈批評〉は、「通説」を否定しているばかりではない。自ら一応認めたばかりの、これら弁解めいた文句をも否定しているのである。ここが重要である。

弁解めいた文句に続く文をみてみよう。「私の言ひたいのは、ただ次のやうな事である。」という言い方は、私はただ「次のやうな事」だけを問題とする、と、前の意見をはっきり打切っているのである。その前の弁解めいた文句は、この一句で泡のごとく消えてしまう。第二の例文は、やや間をおいて、「その事を心に止めておくことは、大変困難な事だ。」と、「大変困難」という逆説によって、これもはっきりと否定される。第三の例文は、「一法に過ぎない。」という文句で、これも問題にせずにはねつけられる。

以上、三つの弁解めいた文を否定する文を指摘したが、これらは、ふつうの論理学の形式論理からみると、いずれも決して全面的な否定ではない、一部肯定、一部否定ではないか、ともみられるだろう。しかし、日本語の語調を知っている私たちは、これらの言い方が、いかに厳しい否定の文句であるかを了解できるはずである。

こうして、〈詩〉と、〈批評〉と、もう一つ〈弁解〉との三つの動きがここにはあるが、その〈弁解〉は、〈批評〉によってはっきり否定される。そこでは、〈詩〉と〈批評〉との二つが重要なのであり、第三の動き〈弁解〉は、確かにあるが、重要ではない。これが、年をとってからの、小林秀雄の思考の構造の特徴であろう、と思う。

〈批評〉が〈弁解〉を否定している、という事情を、以上で、文と文との論理的関係のうちに探ったが、もっと広く、この作品全体を見渡してみると、やや後の方で、同じような〈弁解〉否定の〈批評〉が、もっと明瞭に主張されているのである。たとえば、

> 何故、この頭脳は、歴史に先駆者ばかりを見たがるか。先駆者が、充分に先駆的でなかつた事を発見し、歴史的限界といふ言葉を用ひて、歴史的理解を整へたがるか。解り切つた事だ。自分を未来の先駆者だと思つてゐるからだ。強迫症を捕へて離さぬ固定観念のやうに、この頭脳のなかでは、それが歴史の意味だ、といふ言葉が鳴つてゐる。彼の言葉への服従は完全であるから、この患者は、決して苦痛を訴へはしないが、当人の知らぬ症候は明らかであり、それは、現在の生との接触感の脱落なのである。

と痛烈である。これでは、はじめに、「かういふ説を、頭から否定しようとするのではない。そんな事は、道理上出来はしない。」と言った〈弁解〉に、いったい何の意味があったのか、と疑われるであろ

〈弁解〉には、しかし、やはりそれなりの意味がある、と私は考える。それは、〈批評〉は結局よくないことなのだ、という若い頃以来の積年の反省であり、その後悔が、ついに具体的には、このような形をとったのであろう、と思う。〈弁解〉は、〈批評〉を否定しようとするように働く。ちょうど、自分はもう〈批評〉はやらない、と言いながら、そのことばの裏からすぐに〈批評〉が現われてくるように、〈弁解〉は、小林秀雄の意識的努力の現われであるが、そのあとからすぐに、おそらく無意識的な思考の動きが、いっそう手厳しい〈批評〉をよびもどすのであろう。

　〈弁解〉は、直接には〈批評〉を否定するように働く。が、〈批評〉の否定は、やがて〈詩〉の否定なのである。すでに述べたように〈詩〉と〈批評〉とは、たがいに逆方向に均衡を保つように働き合っているからである。否定と言わないまでも、もし〈弁解〉が〈批評〉を多少なりとも減殺すれば、小林秀雄の思考の構造全体としては、その減殺量の二倍のエネルギーが失われることになろう。〈弁解〉が〈批評〉をいくらかでも減殺すれば、同じ分だけ〈詩〉も割引かれるであろう。〈弁解〉が〈批評〉をいくらかでも減殺すれば、小林秀雄の思考の構造全体としては、その減殺量の二倍のエネルギーが失われることになろう。

　だから、構造全体のエネルギーが変わらぬように保たれているとすれば、〈弁解〉は、きっとどこかで、その働きを消し去るように否定されなければならない。それは、いわば構造がもともと持っている力の均衡を、自ずから恢復する働きであろう。いわば構造の自己制御の働きであろう。それは、小林秀雄の意識的な意図に反してでも起こるのである。このことは、私の言う構造が、小林秀雄の精神の無意識の領域をも支配していることを示している、と考えられるのである。

# 第三節　記号による分析方法について

## 一、記号による〈詩〉と〈批評〉の表現

ここで、いままで述べてきたことの骨組みを、簡潔な形で表現してみよう。

これまで、私は〈詩〉と〈批評〉ということばを使って説明してきたが、これは、始めにも言ったように、必ずしもことばの適当な使い方ではない。説明の便宜上、比較的理解されやすいと思われることばを用いたのである。私の説く構造を説明するためには、もっと純粋に抽象化された概念である記号で表現するのがよいのである。

そこで、まず、基本的に二つの極がある。この二つは、価値判断に関して、たがいに正反対である。二つの判断とは、小林秀雄のことばで言えば、「好き」と「嫌ひ」、「敬愛」と「嫌厭」、などである。これら二つの極は、このような価値の評価に関して正反対であることが、もっとも重要であり、思考の構造にとって基本的である、と思われるので、この点だけに注目して記号を定義する。

次に、正反対に評価する、ということを、マイナスの記号$-$、で表わそう。

すると、一つの極を、かりに$\alpha$とすれば、他方の極は$\bar{\alpha}$である。$\alpha$を、肯定的に評価されている極とすれば、$\bar{\alpha}$は、否定的に評価されている極である。

$\bar{\alpha}$の極を正反対に評価すれば、$\alpha$となる。すなわち、演算の記号としてのマイナス一を前につけて、

$$-\bar{\alpha}=\alpha$$

である。

$\alpha$という記号で抽象化されている事象は、具体的に言えば、小林秀雄が感動し、讃えている作家、作品、思想、文句、あるいは小林じしんのある思想、一般的な、ある時代、ある人々の思想、文化現象、などである。$\bar{\alpha}$は、それらとは正反対に、よくないと評価されている、さまざまな事象である。

次に、小林秀雄が一つの極について語っているときは、ほとんど必ず、それとは正反対の他の極が念頭にあり、その他方の極との対比において語られている。一つの文は、多くのばあい一つの極だけについて語る。他方の極について語る文は、ふつう、その文の前後の、すぐ近くに、見出される。

一つの文は、一つの極だけについて語るが、それは、他方の極との対比で説かれている、そのような関係は、他方の極からその一つの極へ、という、方向を持った働きとして理解するのがよい、と考える。小林秀雄の文章は、一般に、その文章に直接語られていない他の極から、そこに語られている一つの極への運動である、と言うことができる。

このことを、ベクトルの記号を使って、

$\overrightarrow{\alpha\bar{\alpha}}$　又は、　$\overrightarrow{\bar{\alpha}\alpha}$

と表わそう。

$\overrightarrow{\alpha\bar{\alpha}}$は〈批評〉、$\overrightarrow{\bar{\alpha}\alpha}$は〈詩〉である。

こうして表現される運動、すなわち一つの文全体についても、価値判断が成り立つ。その判断は、極の判断の場合と同様、たがいに正反対である。一方をプラスとすれば、他方はマイナスである。したがって、次のことが成り立つ。

$$-\overrightarrow{\alpha\bar{\alpha}}=\overrightarrow{\bar{\alpha}\alpha}$$

$$-\overrightarrow{\bar{\alpha}\alpha}=\overrightarrow{\alpha\bar{\alpha}}$$

ここで、具体的な例をあげてみよう。

私は所謂慧眼といふものを恐れない。

この文は、「慧眼」について、「恐れない」という評価で語られている。「恐れない」という評価はマイナスであるから、「慧眼」という極は、$\bar{\alpha}$である。他方、この文章では直接語られていない$\alpha$という極があるはずであり、この文章は、$\overrightarrow{\alpha\bar{\alpha}}$ というベクトルで表現される。

これは、前に引用した『志賀直哉』の冒頭の一部である。この後、同じような型の文が続き、やがて、次の文がある。

私に恐ろしいのは決して見ようとはしないで見てゐる眼である。

この文は、「決して見ようとはしないで見てゐる眼」について、「恐ろしい」という評価で語っている。この評価「恐ろしい」は、前掲の文の評価と正反対である。従ってこの極が、前掲の文の極と正反対であり、

$$-\bar{\alpha}=\alpha$$

である。そこで、この文は、$\bar{\alpha}$の極から、$\alpha$に向かう運動であり、

$$\overrightarrow{\bar{\alpha}\,\alpha}$$

と表現される。

以上二つの文の間には、前述の二つの関係が成り立つ。

$$-\overrightarrow{\alpha\,\bar{\alpha}}=\overrightarrow{\bar{\alpha}\,\alpha}$$

$$-\overrightarrow{\bar{\alpha}\,\alpha}=\overrightarrow{\alpha\,\bar{\alpha}}$$

すなわち、これら二つの文は、正反対の運動の表現である。両者の、いわばスカラー量は等しい。前の文の〈批評〉の厳しさが、そのまま〈詩〉のエネルギーの量に転化している。又、その逆も成り立つのである。

## 二、記号による分析方法について

いま、ここで引用した例文は、私の言う構造の典型的なばあいである。小林秀雄の文章のすべてが、このように明快な構造を示すとは限らない。

そこで、一般的に、小林秀雄の文章を、構造分析という見地から考察してみよう。

まず、説明的な文は、構造を示さないばあいが多い。作品の筋や内容の紹介、ある出来事の描写などのばあいである。

一つの運動、すなわちベクトルは、一つの文で語られているばあいが多いが、二つ、あるいはそれ以上にわたるばあいもある。又、逆に、一つの文に、一つのベクトルとそれに対するマイナスのベクトルとが、同時に語られているばあいもある。

構造は、すでに述べたように、小林秀雄の文の調子が高まり、彼の個性的な特徴がよく出ている、と思われるところで、もっともはっきりとした形をとってくる。

文章を分析し、構造をとらえようとするとき、まず価値判断を語っていることばに注目する。私がここで言う一つの文、あるいは文章とは、実は、一つの価値判断の成立可能な単位なのである。このことは、論理学で言う命題 propositon とは、真偽判定の可能な単位と考えられていることと似ている。

価値判断のことばが見出されると、それが何について言われているのか、という主題を、次に見出す。つまり、価値判断を語る述語に対して、主語である。この主語・述語の関係は、必ずしも常に成立つわけではないが、基本的にはあてはまる、と言える。

こうして発見される主題が、私の言う極である。だが、重要なのは、極よりも、価値判断を語っていることばである。いわば、主語論理ではなく、述語論理なのである。述語論理は、小林秀雄の文の考察に、より適しているし、又一般に、日本語の文の考察に適している、と言えるであろう。

以上で、私の構造分析についての一般的な説明を、その要点だけ説いた。次に、このような方法によって、小林秀雄の文をいくつかとりあげ、分析してみよう。

## 三、記号による分析の例、その一

『私小説論』は、ルソーの『告白』の引用で始まる。それに続いて、小林秀雄はこう語っている。

> これは人も知る通り、ルソオの「レ・コンフェッシオン」の書き出しである。これらのことばの仰々しさはしばらく問ふまい。又、彼がこの前代未聞の仕事で、果して自分の姿を正確に語り得たか、語り得なかつたか、それも大して問題ではない。彼が晩年に至つて、「孤独な散歩者の夢想」のなかで、嘗て自然の帝座に供へた自分をどのやうな場所まで追ひ詰めたかを僕等は知つてゐる。僕がここで言ひたいのは、このルソオの気違ひ染みた言葉にこそ、近代小説に於いて、はじめて私小説なるものの生れた所以のものがあるといふ事であつて、第一流の私小説「ウェルテル」も「オオベルマン」も「アドルフ」も「懺悔録」冒頭の叫喚無くしては生れなかつたのである。

以上の引用文で、もっとも重要なところは、もちろん、筆者じしんが「僕がここで言ひたいのは」というところである。すなわち、「このルソオの気違ひ染みた言葉にこそ、近代小説に於いて、はじめて私小説なるものの生れた所以のものがあるといふ事」である。引用した部分全体が、この中心の主張を支えている。

この文における価値判断は、「はじめて私小説なるものの生れた所以のものがあるといふ事」である、と考える。プラスの評価である。プラスの評価であることは、この文じたいでも分るが、続く、「第一流の私小説……」の文によれば、もっと明白である。評価されている極は、「このルソオの気違ひ染みた言葉」である。

従って、この文には表現されていないが、その背後に、もう一つの極が存在している。それは、「このルソオの気違ひ染みた言葉」と正反対である。このような極は、ここまでのところには現われていない。

そこで、ずうっと読んでいくと、やがて、次のようなところがある。「彼等」とは、日本の自然主義作家たちである。

……彼等は西欧の思想を育てる充分な社会条件を持つてゐなかつたが、その代りロシアなどとは比較にならない長く強い文学の伝統は持つてゐた。作家達が見事な文学の伝統的技法のうちに、意識してゐるにせよしないにせよ、生きてゐた時、育つ地盤のない外来思想に作家等を動かす力はなかつたのである。完成された審美感に生きてゐる作家等にとつて、新しい思想を技法のうちに解消することより楽しい事はない、また自然な事はない。わが国の自然主義作家達は、この楽しい自然な仕事を最も安全に遂行出来る立場に置かれてゐた。誤解してはならない、安全にとは無論文学の理論乃至実践上安全にといふ意味であつて、彼等の実生活が安全であつたといふのではない。

明白な形はとっていないが、ここにやはり、$\bar{\alpha}$の極があり、前の文のベクトルとは正反対のベクトルがある。「完成された審美感に生きてゐる作家等にとつて」以下、「安全に遂行出来る立場に置かれてゐた。」までの文である。前の文の「このルソオの気違ひ染みた言葉」という、$\alpha$の極に対して、$\bar{\alpha}$の極は、「わが国の自然主義作家達」の「この楽しい自然な仕事を最も安全に遂行出来る立場」である。そして、価値判断を語ることばは、前の、「はじめて私小説なるものゝ生れた所以のものがあるといふ事」に対して、「新しい思想を技法のうちに解消すること」であり、前のプラスに対して、マイナスの評価なのである。

ここでとらえられた二つのベクトル、$\overrightarrow{\bar{\alpha}\alpha}$と、$\overrightarrow{\alpha\bar{\alpha}}$とは、この『私小説論』の主張の中心である。『私小説論』は、小林秀雄の文章のうちでも、特に客観的な、論文形式の叙述の体裁の文章である。小林秀雄の個性的スタイルが、比較的乏しい文章の一つであろう。従って、私の構造分析にとって、特に扱い難い作品である。

『私小説論』は、西欧、とくにフランスの近代小説と、日本の私小説との客観的な比較であるようにみえる。が、その主張の中核は、やはり私の言う構造で貫かれているのである。それは、本質的に、客観的な比較ではない。彼方を見、そして振り返ってこちらを見るのである。たとえば、冒頭で、ルソーの「仰々しさ」「気違ひ染みた言葉」を特に強調し、他方、日本の自然主義作家たちの、「楽しい自然な」

「最も安全」な立場に力点を置いているところは、おそらく客観的な比較以前の、小林秀雄の思考の構造に基づくもの、と考えられる。

### 四、記号による分析の例、その二

次に、非常に短い文章で表現された一つの構造の例をみよう。太平洋戦争前後の頃、小林秀雄のいわば中期の文章は、センテンスが短く、簡潔なひきしまったスタイルを持つ。彼の個性的な特徴がもっともよく出ている。

> いずれにせよ、註文の唐船は出来し、由比浦の進水式が失敗に終つたのは事実である。彼が親しんだ仏説の性質、宋文明に対する彼の憧憬を考へたり、或は、彼が秘めてゐた或る政治上の企図などを想像し、彼の異様と見える行為の納得のいく説明を求めやうとしても、結局は空しいであらう。謎の人物実朝を得るのが落ちであらう。史家は、得て詩人といふものを理解したがらぬものである。「宋人和卿唐船を造り畢んぬ、……然れども、此所の為体は、唐船出入す可きの海浦に非ざるの間、浮べ出すこと能はず、仍つて還御、彼船は徒に砂頭に朽ち損ずと云々」（建保五年四月十七日）実朝は、どの様な想ひでその日の夕陽を眺めたであらうか。
>
> 紅のちしほのまふり山のはに日の入る時の空にぞありける
>
> 何かしら物狂ほしい悲しみに眼を空にした人間が立つている。そんな気持ちのする歌だ。歌はこの

日に詠まれた様な気がしてならぬ。事実ではないのであるが。（『実朝』）

ここでとりあげたいのは、結びの文句、「歌はこの日に詠まれた様な気がしてならぬ。事実ではないのであるが。」である。

まず、「歌はこの日に詠まれた様な気がしてならぬ。」の文。肯定的に評価されている。それは結びの「してならぬ」から分る。肯定されている主題、すなわち、肯定のベクトルの向かっている極$\alpha$は、「歌はこの日に詠まれた様な気」である。ベクトルは、$\overrightarrow{\bar{\alpha}\alpha}$であり、$\bar{\alpha}$の極は、もちろんこの文にはない。

次の文「事実ではないのであるが」は、短いが、今のベクトルと正反対の、一つのベクトル、$\overrightarrow{\alpha\bar{\alpha}}$である。否定的な評価であることは、終りの逆接の助詞「が」で分る。前の文と正反対の意味だからである。否定されている主題、すなわち、$\bar{\alpha}$の極は、ことばを補うと、「歌がこの日に詠まれたのは事実ではない」となるであろう。言いかえれば、「……ではない」、という「事実」を語っている。

すなわち、ここでは、「気」を肯定し、「事実」を否定する、という逆説が、小林秀雄の独自の思考構造をより所として、短い文で断言されているのである。

## 第四節　小林秀雄の逆説

### 一、逆説とは何か

逆説、ということについて考えてみたい。小林秀雄は、よく逆説家と言われ、自らも又居直って、逆説を語るのだ、というようなことをよく言っている。逆説とは、ごくふつうにその意味を考えれば、逆の説である。一般に、世間の常識に対して、逆の説である。基本的に、プラスとマイナスとの対比という構造をもっている小林秀雄の説は、当然、逆説をつくりやすい。

小林秀雄の逆説的な表現を考察してみると、逆説のかなめともなるような一つのことばが見つかることが多い。逆ことば、とか、逆語、とも言うべきであろうか。ある一つのことばに、世間の常識や、論争相手とは正反対の意味を与えるのである。

およそ、ことばの意味は、使う人が勝手に決めることはできない。小林秀雄がその文章の中で、ふつうの意味とは逆の意味を与えたとしても、直ちにそのことばの意味が逆になるわけではないのである。では、小林秀雄の逆説、あるいは、逆ことばには、どのような働きがあるのだろうか。

> 私達は、毎日、読んだり、話したりして生活してゐる、つまり、私達が、社会生活に至便な言葉と

いふ道具を馳駆してゐる限り、読むともなく、見るともなく、たゞ、うつらうつらと書物を眺めるなどといふやうな事は、ただの放心に過ぎまいが、徂徠が、自分が言葉といふものについて自得するところがあつたのは、この放心によつた、と言ふなら、話は違つて来るだらう。話は逆になるだらう。

(『弁名』)

ここに二つの「放心」ということばがある。それぞれを重要な焦点として、二つの文が考えられる。前の文は、「私達が」から、「ただの放心に過ぎまい」までで、後の文は、「徂徠が、自分が言葉といふものについて自得するところがあつたのは、この放心によつた」である。

前の文における価値判断は、マイナスである。極は、「私達が、……たゞ、うつらうつらと書物を眺めるなどといふ事」である。価値判断のことばは、「ただの放心に過ぎまい」である。すなわち、この文は、$\overrightarrow{\alpha\bar{\alpha}}$ というベクトルで表現される。このベクトルにおける $\alpha$ の極は、この文のうちには直接現われていないで、後の方の文の極として語られている。

後の文では、価値判断はプラスである。極は、「徂徠が、自分が言葉といふものについて自得するところがあつた」であり、価値判断のことばは、「が」という逆接の助詞である。そこで、この文は、前の文と正反対の、$\overrightarrow{\bar{\alpha}\alpha}$ と表現される。

二つの「放心」ということばは、たがいに正反対の働きをしている。というよりも、二つの正反対のベクトルの中に、同じ「放心」ということばがそれぞれ置かれたのだ、と言った方がよいだろう。

前の「放心」は、世間一般の、ふつうの、正常な意味である。後の「放心」は、このことばじたいが、前の「放心」と正反対の、プラスの評価の意味を持っているわけではない。前後の文脈上、必然的にプラスの意味を持たされているのである。プラスの方向に向かうベクトルの中に置かれているのである。たとえば、この「放心」ということばを伏せてみると、そこにどんなことばがあるとしても、プラスの価値判断のことばであるように意味づけられる。

この文章を読んできた人は、もしここに、当然プラスの評価の意味を持つことばがあれば、そのまま読み過ぎていくだろう。が、通常マイナスの意味をもつことばがここにあるのである。そのことばの前で、読み手は否応なく立止まらされる。「放心」ということばに、ひっかかるのである。このひっかかりは、すぐ前の、もう一つの「放心」が、正反対の正常な意味であったために、いっそう加重されるのである。これが、逆説の効果である。

しかし、逆説、あるいは逆ことばの効果は、それだけではない。逆説のベクトルにおける逆ことばにひっかかった人は、おそらくもう一度、前の正常な意味に使われている方の文に帰るだろう。「放心」ということばは、今まで理解していたところと、反対の意味かも知れない。少なくとも、この「放心」から、今まで知らなかった別の視野が開けかかっている。とすれば、「私達が、……たゞ、うつらうつらと書物を眺めるなどといふやうな事は、たゞの放心に過ぎまい」と言えるのだろうか。「私達が、……たゞ、うつらうつらと書物を眺めるなどといふやうな事」も又、ふつうの意味とは反対の「放心」でありうるのではないか。これを「放心に過ぎまい」と片づけていた常識の方が誤まっていたのではないか、そのような反省が起こるかも知れない。そのような反省に誘われた限りで、「放心」ということばの意味がすでに変わっているのである。

ことばの意味は、その使い手だけで勝手に決めることはできない。ことばは、多くの人々の共有物であり、固有の深い歴史を持っている。が、その人々のうちの、或る一人の使い方も、又、そのことばの意味形成の一つの条件なのである。通常、それは、ことばの意味の重味にくらべて、ごく些細な一つの条件であるにすぎない。或る一人の使い方によることばの意味を、文脈上の意味とすれば、ここで起っていることは、ことばの体系的、歴史的な意味と、一つの文脈上の意味との矛盾、ということになるだろう。一つの具体的な文脈上の意味は、ことばの体系的・歴史的な意味にくらべて、ふつうはごく小さい重味しか持たない。両者が矛盾したとすれば、小さな一つの文脈上の意味は、たちまち消し飛んでしまうだろう。

しかし、ごく稀に、強い文章力を持った文脈の中で、この些細なはずの文脈上の意味が、意外な重味を持つ。ことばの意味形成の条件のバランスが、大きく傾くのである。

小林秀雄の文章のベクトルの構造は、このようなことばの意味変更のための、一つの強力な装置であるように思われる。一つのことばの意味について、読む人に或るひっかかりを感じさせ、立止まらせ、反省させ、そして逆方向に意味を考えさせようとするような、有効なレトリックである、と私は考える。

## 二、逆説の効果、その一

逆説、或いは、逆ことばについて、いくつかの例を、ベクトルの構造の中で考えてみよう。

……さういふ次第で、政治と文学といふ様な大袈裟な問題を取上げましたが、結局、お話は、私には政治といふものは虫が好かないといふ以上を出ないと思ひます。

私たちの生存の必須の条件である政治といふものを、虫が好かぬで片附けるわけには行くまい。だから、片附けようとは思はないが、この虫といふ奇妙な言葉に注意して戴きたい。諸君はその意味はよく御承知の筈だ。ある人の素質とは、その人自身にも決して明瞭な所有物ではない。虫の居所の気にかゝらぬどんな明瞭な自意識も空虚である。文学者とは、この虫の認識育成に骨を折つてゐる人種である。扨て、政治は虫が好かぬといふ事も、私としては大変真面目な話になります。政治に関する理論や教説がどうであれ、政治といふものに対する自分の根本態度は決めねばならない。もしこれが自分の虫との相談づくで決つたのでなければ、生活態度とは言へますまい。(『政治と文学』)

引用した文中に、「虫」ということばが七つ出てくる。価値についてみると、始めの二つがマイナス、終りから四つがプラスで、三つめの「虫」は、プラス・マイナスのいずれとも言えない。つまり中立である。

「虫」ということばの価値のマイナス・プラスに従って、文をベクトルとして考察するときの価値判断も、前後で、マイナス・プラスに分かれている。

この文章は、講演の記録からとったために、説明にくり返しが多く、そのため、小林秀雄の独特な切れ味が、多少甘くなっている。引用文中の、前二つ、後四つの、同じような形の文章から、それぞれ一つずつの二つをとり出して考察しよう。「私には政治といふものは虫が好かないといふ以上を出ないと思ひます。」と、「政治は虫が好かぬといふ事も、私としては大変真面目な話になります。」とである。

「私には政治といふものは虫が好かないといふ以上を出ないと思ひます。」という文で、価値判断はマイナスである。「といふ以上を出ないと思ひます」という言い方で分る。マイナスと評価されている極、$\bar{\alpha}$は、「私には政治といふものは虫が好かない」である。従って、この文は、$\alpha \to \bar{\alpha}$と表示される。

次に、「政治は虫が好かぬといふ事も、私としては大変真面目な話になります。」の文で、価値判断は、「私としては」以下のことばによって、プラスである。プラスに評価されている極は、「政治は虫が好かぬといふ事」であり、これが、$\alpha$である。従って、$\bar{\alpha} \to \alpha$となる。

前後で、ほとんど同じような二つの文句が、全く正反対の評価になって、$\bar{\alpha}$と$\alpha$とに分かれている。これは矛盾である。小林秀雄の意図した意識的な矛盾である。

前の文「私には政治といふものは虫が好かないといふ以上を出ないと思ひます。」で、「虫が好かない」という文句は、世間のふつうな、正常な使い方である。「虫が好かない」とは、個人的な、説明抜きの、説明不可能な感情である。「政治」のような、多数の人々の生活にかかわる、説明の必要なことがらに関して使われるべきではない。従って、ここで、「政治」を、「虫が好かない」と言ったのは、正しくない。そう言った小林秀雄の発言が正しくない、というよりも、そのような発言があれば、当然それは正しくないとする、世間一般の常識を語り、それを承認した形をとっているのである。

ところで、後の文では、「虫が好かぬ」ということばに正反対の意味を与え、文の流れを、ここで中断する。そしてここから考えを展開させるのである。「政治」を、ここで「片附け」てしまわない、というよりも、「虫が好かぬ」ということばを、ここで「片附け」ないのである。

さて、ここで、問題はもう一度はじめの方にもどる。「虫が好かぬ」ということから意外な展望を教えられた人は、前の文、「私には政治といふものは虫が好かないといふ以上を出ないと思ひます。」を見直すだろう。あるいは、日常の、私たちの同じような文句の使い方について考え直すだろう。そして、考え直すとすれば、それは、「私には政治といふものは虫が好かないといふ以上を出ないと思ひます。」という判断を、全体として、もう一度否定するように働く。それは、小林秀雄がはじめに、世間の常識を了解し、一応承認したことを否定するように働くわけである。

もし、この逆向きの働きが完全に遂行されれば、はじめのベクトルも又、後のベクトルと等しくなる。すなわち、

$$-\overrightarrow{\alpha\bar{\alpha}} = \overrightarrow{\bar{\alpha}\alpha}$$

となる。が、通常、そうはならない。なぜか。一つのことばの意味を、正常な意味と正反対に使用することをかなめとして成り立っている主張には、本質的に無理があるからである。それは、やはり逆説な

のである。

逆説は、その反対の世間の通常の判断を、たとえ一時的にせよ不安定な状態におき、常識に対して反省を迫る。が、ひっくり返してしまうことはできない。ことばの通常の意味は、一人の思想家の勝手な使い方を容易に寄せつけぬほど堅固なのである。

逆説は、まさに、ことばの意味のこの堅固さと、そして一時的な不安定とをばねとして、その反対の方向に、有効に働きかけるのである。逆説の効果は、やはり意識的に逆の方向に向けられた主張に関して、もっとも有効なのだ、と言うべきであろう。逆説は、〈批評〉の方法であるよりも、〈詩〉の方法なのである。

### 三、逆説の効果、その二

正宗白鳥氏が、トルストイに就いて書いてゐた。

「二十五年前、トルストイが家出して、田舎の停車場で病死した報道が日本に伝わつた時、人生に対する抽象的煩悶に堪へず、救済を求めるための旅に上つたといふ表面的事実を、日本の文壇人はそのまゝに信じて、甘つたれた感動を起したりしたのだが、実際は細君を怖がつて逃げたのであつた。人生救済の本家のやうに世界の識者に信頼されてゐたトルストイが、山の神を怖れ、世を怖れ、おどおどと家を抜け出て、孤往独邁の旅に出て、つひに野垂れ死した径路を日記で熟読すると、悲壮でもあり、滑稽でもあり、人生の真相を鏡に掛けて見る如くである。ああ、我が敬愛するトルストイ翁!」

ああ、我が敬愛するトルストイ翁！　貴方は果して山の神なんかを怖れたか。僕は信じない。彼は確かに怖れた、日記を読んでみよ。そんな言葉を僕は信じないのである。彼の心が、「人生に対する抽象的煩悶」で燃えてゐなかつたならば、恐らく彼は山の神を怖れる要もなかつたであらう。正宗白鳥氏なら、見事に山の神の横面をはり倒したかも知れないのだ。ドストエフスキイ、貴様が癲癇で泡を噴いてゐるざまはなんだ。ああ、実に人生の真相、鏡に掛けて見るが如くであるか。（『作家の顔』）

ここで小林秀雄が対決している相手は、世間の常識ではなく、正宗白鳥という作家である。引用された白鳥の文と、小林の文とが、たがいに正反対の方向に働いている。それぞれから、その主張の中心となる文をとってみよう。

白鳥の、「人生に対する抽象的煩悶に堪へず、救済を求めるための旅に上つたといふ表面的事実を、日本の文壇人はそのまゝに信じて、甘つたれた感動を起したりしたのだが、実際は細君を怖がつて逃げたのであつた。」と、小林の、「彼の心が、『人生に対する抽象的煩悶』で燃えてゐなかつたならば、恐らく彼は山の神を怖れる要もなかつたであらう。」とである。

白鳥の文で、「人生に対する」以下、「感動を起したりしたのだが」までを考えると、価値判断は、「表面的」、「そのまま信じ」「甘つたれた感動」などの文句で、マイナスと評価される。マイナスの評価の向かう極は、「人生に対する抽象的煩悶に堪へず、救済を求めるための旅に上つた」である。続く文、「実際は」以下は、これに対して、反対のプラスの評価であり、その極は、「細君を怖がつて逃げた」である。

以上、二つの文を別々に考察してもよいが、これに対する小林の反論とのつり合い上、一つの文、一つのベクトルとして考えてみよう。すると、全体として一つの文に、$\alpha$と$\bar{\alpha}$との極が二つとも含まれており、$\alpha$の極は、「細君を怖がつて逃げた」で、$\bar{\alpha}$の極は、「人生に対する抽象的煩悶に堪へず、救済を求めるための旅に上つた」である。ベクトルは、$\alpha$から$\bar{\alpha}$に向かっていると考えればマイナスで、反対に、$\bar{\alpha}$から$\alpha$に向かっていると考えればプラスである。そのどちらも、同じように考え得る。このばあいも、後の小林の文のベクトルとの対比の都合上、$\alpha$から$\bar{\alpha}$に向かうマイナスのベクトル、と考える。

小林の文では、やはり全体として一つの文と考えて、$\alpha$と$\bar{\alpha}$との二つの極をともに含む文として扱う。$\alpha$の極は、白鳥の文からそっくり引用した「人生に対する抽象的煩悶」で、$\bar{\alpha}$の極は、「山の神を怖れる」とする。ベクトルは、プラス・マイナスのいずれを向いていると考えても、白鳥の文のベクトルとは正反対であり、対比の便宜上、$\bar{\alpha}$から$\alpha$に向かうプラスのベクトル、とする。

以上をまとめると、白鳥の引用された文では、ベクトルは、$\overrightarrow{\alpha\bar{\alpha}}$、であり、小林の文のベクトルは、$\overrightarrow{\bar{\alpha}\alpha}$、である。二つのベクトルで、$\alpha$と$\bar{\alpha}$との極は、文句の些細な点に違いはあるが、要点をとって、白鳥の$\alpha$と、小林の$\bar{\alpha}$とは同じ、「山の神を怖れた」で、又、白鳥の$\bar{\alpha}$と、小林の$\alpha$とは同じ、「人生に対する抽象的煩悶」である。

ここで、小林秀雄の逆説の構造が現われてくる。

それは、まず、基本的に、$\overrightarrow{\alpha\bar{\alpha}}$ と $\overrightarrow{\bar{\alpha}\alpha}$ という二つの対立するベクトルの構造をもっている。ただ

し、自らの主張に対するベクトルは、ここでは世間の常識ではなく、論争相手の正宗白鳥である。そして、小林の逆説にとって本質的な点であるが、二つの相反するベクトルで、同じことばが、それぞれ正反対の価値を与えられている。しかも、それが二組ある。

この逆説における、いわば逆ことばの、二組は、「人生に対する抽象的煩悶」と、「山の神を怖れた」とである。とくに「抽象的煩悶」ということばが重要であり、小林の論文全体のかなめでもある。

小林秀雄は、「抽象的煩悶」ということばに、白鳥とは逆の、プラスの評価を与えた。相手の逆手を取ったのである。この逆説の効果は、すでに考察したところと、大体共通している。この逆ことばのところで、読者や論争相手を立止らせ、ぎくりとさせた。そして、他方、白鳥の使っている「抽象的煩悶」のことば使いについて、反省を迫ったのである。

ところで、前に考察した逆説の例では、「放心」や「虫が好かない」は、多数の同胞のうちで日常語として熟していることばであり、逆説が対決しているのは、その多数の人々の常識であった。いわば手ごわい相手だったのである。従って、逆説が切って返す〈批評〉の力量には限界があった。小林秀雄の逆説の工夫は、「放心」や「虫が好かない」ということばの通常な意味を変えるほどの効果はない、と私は考えた。

この「抽象的煩悶」のばあいには、そのような面の効果という点では、かなり異なっている、と考える。「抽象的煩悶」の、「煩悶」は、歴史の古い熟語であるが、明治の頃、西欧哲学の影響のもとで、新しく意味を与えられた、一種の流行語である。「抽象」とは、翻訳語であり、明治以後の新造語である。

「的」も又、翻訳語として使われていることばである。すなわち、「抽象的煩悶」とは、日常語ではなく、歴史的背景もきわめて乏しく、少数知識人だけに使われ、理解されることばであった。しかも、このことばによって対決する相手は、当面、正宗白鳥一人であった。小林秀雄の逆説の相手は、このばあい、それほど手ごわくはなかったのである。

従って、小林の逆説が切って返す〈批評〉は、かなり厳しく、効果的であった、と私は考えるのである。

白鳥の「抽象的煩悶」をマイナスと評価する主張は、実は彼一人の勝手な意見ではない。私たち日本人の、具体的なものごとを尊重する文化的風土の中で、「抽象的」ということばは、とかく漠然と、マイナスの評価でみられ勝ちなのである。白鳥の主張は、そのような背景に支えられているのである。

小林秀雄の逆説は、この漠然たる文化的背景全体に対して、強力な反撃を与えた、と私は思う。「抽象的煩悶」というひ弱なことばは、小林の一つの逆説によって、ゆらめいたはずである。それは、おそらく、およそ「抽象」とは何か、という反省を、否応なく読者たちにつきつけたであろう、と考えられるのである。

# 第二章　〈現実〉と〈観念〉

## 第一節　〈現実〉と〈観念〉とは、たがいに相対的である

### 一、〈現実〉と〈観念〉との間の往復運動

小林秀雄の思考における、もう一組みの、一対の正反対の運動について考察しよう。それは、一口で言えば、〈現実〉と〈観念〉とを二つの極とするような運動である。

たとえば、初期の作品『からくり』から一節をとって考えてみよう。

> うしろから俺の肩を叩くものがある。振り向くとXであった。（今は冬であるから彼もまた外套を着て手袋をはめてゐた。）俺はもう五銭玉を捜す必要がなくなったことを残念に思つた。彼は俺にスタウトを二本のましてくれて、レエモン・ラジゲの「ドルジェル伯爵の舞踏会」といふ小説を読めと言

つた。

……(中略)……

「そいで、どうしても読まないといふんだな」

「どうせスカされるんだ、いやなこつた」

「ぢや勝手にしろ、馬鹿」

もちろん俺は、その夜家に帰り、炬燵に火を入れ、南京豆をたべ乍ら、ひそかにラジゲを読み始めたのである。一体がさもしい根性からだ。尤も、どうせ退屈なのなら何を読んだつて同じ事だし、又この際、このジャン・コクトオの稚児さんを決定的に軽蔑しておくのも悪くはあるまいと考へたのだ。処が、思ひもかけず俺はガアンとやられて了つた。電気ブランか女かでないと容易に働きださない俺の脳細胞は、のたのたと読み始めるや、忽ちバッハの半音階の様に均質な彼の文体の索道に乗せられて、焼き刃のにおひの裡に、たわいもなく漾つて了つた。

俺は一気に(尤も俺はあんまり幸福になつて途中で、本の上にだらしなくよだれを垂らして暫く眠つた)、夜明け近く「ドルジェル伯爵の舞踏会」を出た。

小林秀雄は、よくリアリストである、と言われる。私の見る限り、それは彼の一面をとらえた批評にすぎない。彼の文章には、ほとんど必ず、〈現実〉とはおよそ対称的な、彼方の世界が現われてくる。それを、ここで、〈観念〉と言っておこう。〈観念〉の世界は、ほとんど必ず出てくるが、その描写のことばは少ない。ここで言えば、「たちまちバッハの半音階の様に均質な彼の文体の索道に乗せられて、焼き刃のにおひの裡に、たわいもなく漾つてしまつた。」と、「夜明け近く『ドルジェル伯爵の舞踏会』を出た。」とである。

これらの中でも、さらに注意すると、〈観念〉の世界そのものを語っていることばは、もっと少ない。前者では、「焼き刃のにおひの裡に、たわいもなく漾つてしまつた。」で、後者では、「ドルジェル伯爵の舞踏会」がそうである。

〈観念〉を直接語っている小林秀雄のことばが少ないのは、第一に、それが容易に語りうる世界ではないからである。小林秀雄の方法に従って言えば、因果関係はこの逆である。すなわち、容易に語りうる世界ではない、ということを、できる限り抑制された、少ないことばで表現するのである。

小林秀雄の〈観念〉は、およそ意識的な方法によって容易に到達可能ではない。たとえば、知識として教えられることで入手可能なものではない。とくに、それは西欧論理学の帰納的方法と対立する。現実の事象から、しだいに抽象され、やがて到達される観念ではない。

小林秀雄の〈観念〉は、〈現実〉からは断絶している。〈現実〉から離れているほど、いっそうその存在理由が明らかになるような〈観念〉である。〈観念〉と〈現実〉との距離は相対的である。〈観念〉があちら側の遠くにあればあるほど、〈現実〉はこちらの身近にある。小林秀雄の方法に従えば、この因果関係は逆で、〈現実〉がこちら側の身近にあればあるほど、〈観念〉はかなたの遠い世界になる。

「どうせスカされるんだ、いやなこつた」と言い捨て、「もちろん俺は、その夜家に帰り、炬燵に火を入れ、南京豆をたべ乍ら、ひそかにラジゲを読み始めたのである。」ここから出発するのである。「一体がさもしい根性からだ。」と、自ら認める「さもしい根性」の〈現実〉が、そこにある。「処が、思ひもかけず俺はガアンとやられて了つた。」〈観念〉は、予想に反して現われる。〈現実〉とまったく正反対の方向から、である。

「電気ブランか女かでないと容易に働きださない俺の脳細胞」と、もう一度、〈観念〉を語ろうとする直ぐ前に、「さもしい根性」の〈現実〉が確認される。

しかる後、〈観念〉に向かって、全速力の運動が開始される。「のたのたと読み始めるや、忽ちバッハの半音階の様に均質な彼の文体の索道に乗せられて」動いていく。「彼の文体」は、〈観念〉そのものではない。そこに向かう「索道」である。「焼き刃のにおひの裡に、たわいもなく漾つて了つた。」この世界が、いわば〈観念〉である。しかし、この〈観念〉は、運動の到達点なのである。前後の文章の語る運動の中に位置づけられている。そうでないとすれば、この文章じたいは、〈観念〉であるとも、ないとも言うことができない。

こうして〈観念〉の世界を、「一気に」夢中で体験していた「おれ」は、不意に、又〈現実〉にひきもどされる。「(もつとも俺はあんまり幸福になつて途中で、本の上にだらしなくよだれを垂らして暫く眠つた)」のである。できる限り身近にひきよせられた〈現実〉確認の上で、もう一度は、はずみをつけたばねが思い切り飛ぶように、〈観念〉が現われ、そして、そこを「出た」のである。「夜明け近く」「出た」「『ドルジェル伯爵の舞踏会』」は、書物の題名ではなく、「たわいもなく漾つて」いた〈観念〉の世界である。

重要なのは、〈観念〉そのものでもなく、〈現実〉そのものでもない。〈観念〉と〈現実〉との間を往復する運動である。運動は、連続した直線上の動き、と言うよりも、非連続な二点、すなわち、私の言う二つの極があり、その二極の間の飛躍、と言った方が適切であろう。「ひそかにラジゲを読み始めた」「さもしい根性」は、「思ひもかけずガアンとやられて了」う。「のたのたと読み始め」た「俺」は、たちまちのうちに「たわいもなく漾つて了」う。又、その反対に、「一気」に読み進んできた「俺」は、「あんまり幸福になつて」「だらしなくよだれを垂らして暫く眠」るのである。

このような運動の構造について、考えてみよう。

## 二、記号による〈現実〉と〈観念〉の表現

前章で、〈詩〉と〈批評〉ということばを使いながら、終りに、実は〈詩〉と〈批評〉ということばは適切でなく、定義された記号で説明するのがもっとよいのだ、と私は言った。

同じように、〈現実〉と〈観念〉ということばは、便宜上の用語である。私の言う構造の説明には、実は、純粋に定義された記号の方が都合がよい。ここで、その説明をしておこう。

まず、いま、ここにある事象を、$\beta$とする。いま、ここにあるとは、後でもっと詳しく述べるように、厳密に言えば、いま、ここにない事象ではない、ということなのである。要するに、$\beta$の基本的な定義は、相対的なのである。

しかし、具体的な分析にあたっては、多くのばあい、$\beta$じしんについて、およその意味を決めておいて指標とすることができる。それを説明すると、$\beta$とは、今まで使ったことばで言えば、〈現実〉に相当する。ある一人の人にとって、日常的、具体的に体験されているか、又は体験可能である。とくに、知覚されているか、知覚可能である。すなわち、視覚、聴覚、触覚など、五感で感得できる事象である。ある一人の人とは、評論という分析対象のため、多くは、筆者小林秀雄である。が、文章上の一人称や、一人称と同じように、感情移入で共感されている特定の人物のばあいも含む。

次に、この$\beta$に対して正反対の事象がある。今まで使った用語で言えば、〈観念〉である。基本的な定義は、$\beta$ではない、ということである。実際の分析上では、日常的・具体的ではない事象、とくに知覚可能でない事象、という指標を手がかりにすることができる。

$\beta$の正反対の事象は、さらにその正反対を考えれば、もとの$\beta$になるはずである。$\beta$とそれとの関係は、数学的に言えば、可逆的である。ちょうど、前章で述べた$\alpha$と$\bar{\alpha}$との関係に似ている。しかし、$\beta$とそれとの関係は、$\alpha$と$\bar{\alpha}$との関係と似てはいるが、同じではない。そこで、前と同じ－（マイナス）の記号を使わずに、しかも可逆的な関係を表わす記号として、逆数の記号$^{-1}$を使って、$\beta^{-1}$と表わすことにする。すなわち、

$$(\beta^{-1})^{-1}=\beta$$

である。

$\beta^{-1}$は、こうして、$\beta$を基本として、その正反対として定義される。ことばによる〈現実〉と〈観念〉とい

う表現は、その概念が、たがいに必ずしも正反対ではないので、この点がまず、記号$\beta$と$\beta^{-1}$という表現とは違っている。

$\beta$と$\beta^{-1}$とは、たがいに非連続であり、その中間はない。二つは、数学で言えば、二つの点というよりも、むしろ二つの極限、とでもいうべきだろう。こういうところも、$\alpha$と$\bar{\alpha}$との関係に似ている。やはり、極という名前で呼ぶことにする。

二つの極、$\beta$と$\beta^{-1}$との間に働く運動がある。それは、直線や曲線上における連続的な運動というよりも、飛躍に似ている。このような運動を、二点間のベクトルの記号を借りて、$\beta$から$\beta^{-1}$に向かう$\overrightarrow{\beta\beta^{-1}}$と、$\beta^{-1}$から$\beta$に向かう$\overrightarrow{\beta^{-1}\beta}$と、やはり表現することにする。

二つのベクトルは、たがいに正反対であり、このことを、演算の記号－（マイナス）を前につけて表わす。そこで、

$$-\overrightarrow{\beta\beta^{-1}} = \overrightarrow{\beta^{-1}\beta}$$

$$-\overrightarrow{\beta^{-1}\beta} = \overrightarrow{\beta\beta^{-1}}$$

となる。

ところで、〈詩〉と〈批評〉ということばは、私の記号で、二つのベクトル、$\overrightarrow{\bar{\alpha}\alpha}$と$\overrightarrow{\alpha\bar{\alpha}}$とを表わしていた。これに対して、〈現実〉と〈観念〉とは、それぞれ二つの極、$\beta$と$\beta^{-1}$とを表わしている。$\overrightarrow{\beta\beta^{-1}}$と$\overrightarrow{\beta^{-1}\beta}$というベクトルを表わすような適当なことばが、どうもない。たとえば、〈抽象〉と〈具象〉ということばが一応考えられる。抽象 abstract ということばには、抽象作用という意味もある。しかし、このことば

は、小林秀雄の思考の働きを表わすのにふさわしくない。抽象ということばを働きを表わす意味で考えれば、具象的な概念が、段階を追って、次第に抽象的な概念へ形成されていく過程が考えられる。小林秀雄の〈観念〉、すなわち$\beta^{-1}$は、〈現実〉すなわち$\beta$に対してこのような関係を持っていない。$\beta$と$\beta^{-1}$との間の運動は、飛躍であって、段階を追った過程ではないのである。

以上のような定義に従って、以下、記号を使いながら説いていきたい。

## 第二節　「突然」ということばの思想的意味

### 一、「突然」のあちら側とこちら側

$\beta$と$\beta^{-1}$の極、すなわち、小林秀雄の〈現実〉と〈観念〉とが、基本的に相対的である、という事情は、小林秀雄の得意の用語、「突然」ということばによく表われている。

「突然」ということばで語られたある瞬間を境にして、「突然」のこちら側と、あちら側は、きっぱりと区別されてしまうのである。「突然」という瞬間は、いわば絶対的である。だが、何があちら側であり、何がこちら側であるかは、結局のところ、あちら側でないものがこちら側であり、こちら側でないものがあちら側である、というしかないであろう。

「突然」という瞬間が、なぜ、どのような時にやってくるのか、は、本質的に不明である。分ることは、

「突然」のあちら側と、こちら側とが、はっきり区別されている、ということだけだ、と言うのがよい。あちら側とは、〈観念〉の世界であり、記号で表現すれば、$\beta^{-1}$の極の表現である。こちら側は、〈現実〉の世界であり、$\beta$の極の表現である。$\beta$から$\beta^{-1}$に至る道が開けてくるのは、$\beta$の側からの、一定の努力や方法によるのではない。それは、宗教上の啓示や悟りにも似ている。

もう二十年も昔の事を、どういふ風に思ひ出したらよいかわからないのであるが、僕の乱脈な放浪時代の或る冬の夜、大阪の道頓堀をうろついてゐた時、突然、このト短調シンフォニイの有名なテエマが頭の中で鳴つたのである。僕がその時、何を考へてゐたか忘れた。いづれ人生だとか文学だとか絶望だとか孤独だとか、さういふ自分でもよく意味のわからぬやくざな言葉で頭を一杯にして、犬の様にうろついてゐたのだらう。兎も角、それは、自分で想像してみたとはどうしても思へなかつた。街の雑沓の中を歩く、静まり返つた僕の頭の中で、誰かがはつきりと演奏した様に鳴つた。僕は、脳味噌に手術を受けた様に驚き、感動で慄へた。百貨店に馳け込み、レコオドを聞いたが、もはや感動は還つて来なかつた。自分のこんな病的な感覚に意味があるなどと言ふのではない。モオツァルトの事を書かうとして、彼に関する自分の一番痛切な経験が、自ら思ひ出されたに過ぎないのであるが、一体、今、自分は、ト短調シンフォニイを、その頃よりよく理解してゐるのだらうか、といふ考へは、無意味とは思へないのである。（『モオツァルト』）

「突然、このト短調シンフォニイの有名なテエマが頭の中で鳴つたのである。」このとき、「突然」きこえた「ト短調シンフォニイ」とは、ふつうのト短調シンフォニイではない。「百貨店に馳け込み、レコオドを聞いたが、もはや感動はかえつて来なかつた。」のである。前に引用した「ドルジェル伯爵の舞踏会」のばあいもそうであった。「ところが、思ひもかけず俺はガアンとやられてしまった」ときの「ドルジェル伯爵の舞踏会」は、一冊の書物ではない。手にとって読みさえすればいつでも体験できるようなことではない。小林秀雄の言い方によれば、「事件」なのである。一回限りの、「思ひもかけず」出現する出来事なのである。

「ドルジェル伯爵の舞踏会」が、かけがえのない「事件」であったのは、それが、若い小林秀雄の、或るかけがえのない一日の出来事だったからである。「南京豆をたべ乍ら、ひそかに」友人のすすめを裏切る、「さもしい根性」の若者、「あんまり幸福になつて途中で、本の上にだらしなくよだれを垂ら」す健康な肉体の、一途な青年小林秀雄がそこにいる。〈現実〉も又、もっとも観念的な〈観念〉と対比されたとき、もっとも現実的になる、のである。すなわち、$\beta$は、$\beta^{-1}$のためにのみあるのではない。$\beta$と$\beta^{-1}$とは、その存在理由をたがいに確認し合うのである。

「突然」「ト短調シンフォニイ」を聞いた小林秀雄は、「乱脈な放浪時代の冬の夜、大阪の道頓堀をうろついてゐた時」であった、「いづれ人生だとか文学だとか絶望だとか孤独だとか、さういふ自分でもよく意味のわからぬやくざな言葉で頭を一杯にして、犬の様にうろついてゐた」のである。

モオツァルトに関して書き始めようとした小林秀雄は、「彼に関する自分の一番痛切な経験」が、かつてあり、そして今では容易にとりもどせないことを感じる。それは、今ではもはやここにない「ト短調シンフォニイ」である。〈観念〉としての「ト短調シンフォニイ」である。同時に、同じような痛恨をもって、「犬の様にうろついてゐた」〈現実〉のひとときを思い出しているのである。

## 二、「突然」の基本構造

「突然」ということばは、小林秀雄の文章の、いわばクライマックスのところによく現われる。とくに、戦争前後の中期の頃の作品に目立つ。

逆に、彼の文章中に「突然」ということばが出てきたら、その近くにきっと〈観念〉が現われている、と考えられる。$\beta^{-1}$が現われている。ベクトル $\overrightarrow{\beta\beta^{-1}}$ が動いているのである。

玉くしげ箱根のみうみけけれあれや二国かけてなかにたゆたふ

彼の歌は、彼の天稟の開放に他ならず、言葉は、殆ど後からそれに追い縋る様に見える。その叫びは悲しいが、訴へるのでもなく求めるのでもない。感傷もなく、邪念も交へず透き通つてゐる。決して世間といふものに馴れ合はうとしない天稟が、同じ形で現れ、又消える。彼の様な歌人の仕事に発展も過程も考へ難い。彼は、常に何かを待ち望み、突然これを得ては、又突然これを失ふ様である。

(『実朝』)

「彼」、すなわち実朝は、「訴へるのでもなく求めるのでもない。」「訴へ」たり、「求め」たりして得られるのではない。「彼は、常に何かを待ち望」んだ。「待ち望」む者に、それは「突然」啓示されるのみである。

現われてくる$\beta^{-1}$は、ここでは「何か」である。引用されている歌では、「けけれあれや」に語られている。$\beta$の極は、文章の中には現われていない。「何か」という$\beta^{-1}$と、「待ち望み」「得て」「失ふ」ような運動におけるベクトル$\overrightarrow{\beta\beta^{-1}}$が語られているだけである。歌では、「箱根のみうみ」の情景が、$\beta$の極を語っている。「箱根のみうみ」を前にたたずんでいる一人の青年である。

小林秀雄における「突然」の意味が、もっとも典型的な形で語られているのは、『無常といふ事』の冒頭から前半に及ぶ文であろう。少し長いが、この部分を引用し、その構造を考えてみよう。

「或云、比叡の御社に、いつはりてかんなぎのまねしたるなま女房の、十禅師の御前にて、夜うち深け、人しづまりて後、ていとう〳〵と、つゞみをうちて、心すましたる声にて、とてもかくても候、なうなうとうたひけり。其心を人にしひ問はれて云、生死無常の有様を思ふに、此世のことはとてもかくても候。なう後世をたすけ給へと申すなり、云々」

これは、一言芳談抄のなかにある文で、読んだ時、いゝ文章だと心に残つたのであるが、先日、比叡山に行き、山王権現の辺りの青葉やら石垣やら眺めて、ぼんやりとうろついてゐると、突然、この短文が、当時の絵巻物の残欠でも見る様な風に心に浮び、文の節々が、まるで古びた絵の細勁な描線を辿る様に心に滲みわたつた。そんな経験は、はじめてなので、ひどく心が動き、坂本で蕎麦を喰つてゐる間も、あやしい思ひがしつゞけた。あの時、自分は何を感じ、何を考へてゐたのだらうか、今になつてそれがしきりに気にかゝる。無論、取るに足らぬある幻覚が起つたに過ぎまい。さう考へて済ますのは便利であるが、どうもさういふ便利な考へを信用する気になれないのは、どうしたものだらうか。実は、何を書くのか判然としないまゝに書き始めてゐるのである。

一言芳談抄は、恐らく兼好の愛読書の一つだつたのであるが、この文を徒然草のうちに置いても少しも遜色はない。今はもう同じ文を前にして、そんな詰らぬ事しか考へられないのである。依然として一種の名文とは思はれるが、あれほど自分を動かした美しさは何処へ消えて了つたのか。消えたのではなくて現に眼の前にあるのかも知れぬ。それを摑むに適したこちらの心身のある状態だけが消え去つて、取戻す術を自分は知らないのかも知れない。こんな子供らしい疑問が、既に僕を途方もない迷路に押しやる。僕は押されるまゝに、別段反抗はしない。さういふ美学の萌芽とも呼ぶべき状態に、少しも疑はしい性質を見付け出す事が出来ないからである。だが、僕は決して美学には行き着かない。

確かに空想なぞしてはゐなかつた。青葉が太陽に光るのやら、石垣の苔のつき具合やらを一心に見てゐたのだし、鮮やかに浮び上つた文章をはつきり辿つた。余計な事は何一つ考へなかつたのである。どの様な自然の諸条件に、僕の精神のどの様な性質が順応したのだらうか。そんな事はわからない。わからぬばかりではなく、さういふ具合な考へ方が既に一片の洒落に過ぎないかも知れない。僕は、たゞある充ち足りた時間があつた事を思ひ出してゐるだけだ。自分が生きてゐる証拠だけが充満し、その一つ一つがはっきりとわかつてゐる様な時間が、無論、今はうまく思ひ出してゐるわけではないのだが、あの時は、実は巧みに思ひ出してゐたのではなかつたか。何を。鎌倉時代をか。さうかも知れぬ。そんな気もする。

これは、前に考察した、あのモオツァルトのト短調シンフォニイを「突然」聞いた話と、ほとんど同じ型をもっている。よく似ているが、もっと詳しい。

「突然」ということばを境にして、その瞬間のあちら側とこちら側とが、はっきり二つに分かれている。この文章、『無常といふ事』を書いている時の小林秀雄は、もちろんそのこちら側にいる。ということは、その瞬間以後のすべての時間も、「突然」のこちら側にある、ということである。「突然」のあちら側の時間は、ごく短い。そして、小林秀雄がそれについて語っていることばもあまり多くない。

あちら側を語っていることばは、「突然、この短文が、当時の絵巻物の残欠でも見る様な風に心に浮び、文の節々が、まるで古びた絵の細勁な描線を辿る様に心に滲みわたつた。そんな経験は、始めてなので、ひどく心が動き、坂本で蕎麦を喰つてゐる間も、あやしい思ひがしつづけた。」と、その瞬間を回想して語っている「鮮やかに浮び上つた文章をはっきり辿つた。余計な事は何一つ考へなかつたのである。」、「たゞある充ち足りた時間があつた」、「自分が生きてゐる証拠だけが充満し、その一つ一つがはっきりとわかつてゐる様な時間」、「実に巧みに思ひ出してゐた」、などである。

「突然」のこちら側についてのことばは多いが、時間がたつにつれて反省が多くなり、その瞬間のすぐ近くでは、事実そのままの描写になる。「先日、比叡山に行き、山王権現の辺りの青葉やら石垣やらを眺めて、ぼんやりとうろついてゐると」と、一見何気なく語っている。ト短調シンフォニイの「突然」の直前にも、「犬の様にうろついてゐた」のである。同じ場面を、後で回想して、「確かに空想なぞしてはゐなかつた。青葉が太陽に光るのやら、石垣の苔のつき具合やらを一心に見てゐたのだし」と語っている。

「突然」の直前の小林秀雄の精神は、充実していると言うよりも、むしろ何もない、何もなくなっている、と言った方がよい。

時間がたつにつれて、同じ場面について語る文句は、激しく動き始める。「今になつてそれがしきりに気にかゝる。」「取るに足らぬある幻覚が起つたに過ぎまい。さう考へて済ますのは便利であるが」「そんな詰らぬ事」「名文」「疑問」「迷路」「わからない」「さうかも知れぬ」など、精神が緊張し、衝突し、動いている。小林秀雄の〈批評〉が現われているのである。

「突然」の直前よりもっと前の時間も、おそらく同じように、小林の精神が動いていたに違いない。『一言芳談抄』を読み、「心に残」り、それは主要なテーマとして小林秀雄の内部で鳴り続けていたであろう。

それが、あるとき、陽光の下の「青葉やら石垣やら」の手前で、不意に静かになる。精神が空っぽになる。そのとき、「突然」がやってくるのである。

やってきた「突然」の瞬間も、その部分の文章をよくみると、ほとんど何も語っていないようにも見える。「文章が」「鮮やかに浮び上つた」ということを述べているだけである。ト短調シンフォニイの「突然」でも、「静まり返つた僕の頭の中で、誰かがはつきりと演奏した様に鳴つた。僕は、脳味噌に手術を受けた様に驚き、感動で慄えた。」と言うだけである。在るものが在った、それだけなのである。「突然」以後、この文章を書いているときの小林秀雄は、あの瞬間からはとても遠い。「取戻す術」がないことをしきりに嘆き、その嘆きが、まさに精神の激しい運動を生みだしている。しかしあの瞬間にもっとも遠いのは、むしろ、その直前の時間であろう、と思う。遠いと言うより、正反対なのである。直前の精神には何もない。「ぼんやりとうろついてゐる」のだが、その直後のあちら側には、在るものが確かに在る、からである。

この直前の状態が、私の定義する$\beta$の典型である。それは、〈現実〉生活の、一つの極限状態である。たとえば、崖の手前の方にいる人は、谷をへだてた向う側の山とのへだたりを、それほどはっきりとは感じない。崖のすぐ上に立ったとき、向うの山が自分と正反対のところに在る、と分るであろう。$\beta$には、いま、ここに在るものだけが在る。「青葉」と「太陽」と「石垣の苔」があり、その光っている時間がある。

そして、「突然」見えてきたあちら側が、$\beta^{-1}$の典型である。「余計な」ものは何もないが、在るものは確かに在る。その在るものは、$\beta$の状態では決して見えないし、聞こえない。

$\beta$の状態のもっと前や、ずっと後の時間ではどうか。$\beta^{-1}$で在ったものは、そこにはない。そのことを小林秀雄は強調する。求め、嘆くのである。「あの時、自分は何を感じ、何を考へてゐたのだらうか、今になつてそれがしきりに気にかゝる。無論、取るに足らぬある幻覚が起つたに過ぎまい、……」、ト短調シンフォニイの「突然」の後でも、「百貨店に馳け込み、レコオドを聞いたが、もはや感動は還つて来なかつた。」そして、愚痴のように文句が続いていくのである。

なぜ小林秀雄は、こう同じような嘆きの文句をくり返しているのか。通常、私たちの常識は、それを取戻せないはずはない、と信じているからである。感動を呼び戻したければ、レコオドを廻せばよい。『一言芳談抄』はいつでも読める、と思っている。小林秀雄の愚痴は、まさにその常識に対する〈批評〉なのである。

## 三、『平家物語』の「突然」

もう一つ、「突然」の典型的なばあいをあげておこう。簡潔な文章だが、ほとんど同じような構造である。

通盛卿の討死を聞いた小宰相は、船の上に打ち臥して泣く。泣いてゐる中に、次第に物事をはつきりと見る様になる。もしや夢ではあるまいかといふ様な様々な惑ひは、涙とともに流れ去り、自殺の決意が目覚める。とともに、突然自然が眼の前に現れる。常に在り、しかも彼女の一度も見た事もない様な自然が。「漫々たる海上なれば、いづちを西とは知らねども、月の入るさの山の端を、云々」宝井其角の「平家なり太平記には月も見ず」は有名だが、この趣味人の見た月はどんな月だつただらうか覚束ない気持がする。（『平家物語』）

まず、「泣いてゐる中に、次第に物事をはっきりと見る様になる。」が、$\beta$ から $\beta^{-1}$ への運動を語る。$\overrightarrow{\beta\beta^{-1}}$ のベクトルである。「物事をはっきりと見る様になる」とは、見えないものを「見る」ということなのである。この文だけでは、そのことは分からない。その前の、「通盛卿の討死を聞いた小宰相は、船の上に打ち臥して泣く。泣いてゐる中に」という文と対比して、そう考えられるのである。愛する人の死を知って泣く、とは〈現実〉である。どうしようもない行きづまりである。行きづまりが開けてくるのは、〈現実〉の方向にではない。

そこで、開けてきた世界、「物事をはっきりと見る様になる」とは、〈現実〉ではない。〈現実〉ではない、だから〈観念〉なのである。$\beta$ではないから、$\beta^{-1}$なのである。

続いて、ベクトルは、今度は正反対の方に動く。「夢」から、ふたたび、どうしようもない〈現実〉の方に帰ってくる。「もしや夢ではあるまいかといふ様な様々な惑ひは、涙とともに流れ去り、自殺の決意が目覚める。」「もしや夢」ではない。「夢」という$\beta^{-1}$ではない。$\beta$である。ふたたび帰ってきた〈現実〉は、もっと深刻である。「自殺の決意が目覚める」。

こうして、$\beta$から$\beta^{-1}$へ、ふたたび、$\beta^{-1}$から$\beta$へ、とベクトルの往復運動があり、運動の振幅は次第に大きくなり、飛躍する。「突然」が現われる。「突然」のかなたの〈観念〉の世界である。「とともに、突然自然が眼の前に現れる。常に在り、しかも彼女の一度も見た事もない様な自然が」。

それは、矛盾である。が、「突然」のあちら側とこちら側とが、圧縮された形で語られている構造の表現なのである。「彼女の一度も見た事」がない、$\beta$ではない、〈現実〉ではない。$\beta^{-1}$である。「眼の前に現れ」、「常に在」るのは、この$\beta^{-1}$の極を語っている「自然」なのである。

## 第三節　何が「見えて来る」のか

### 一、〈現実〉と〈観念〉を語る述語

〈詩〉や〈批評〉のベクトル$\overrightarrow{\bar{\alpha}\alpha}$, $\overrightarrow{\alpha\bar{\alpha}}$で、とくにその運動を表現する固有のことばは、プラスやマイナスの価値判断のことばであった。文法上の典型的な形で言えば、その価値判断のことばは、「よい」や、「悪い」のような述語であった。

一般に、日本の文章は、西欧の文章に比べて、述語が構文上果たしている役割は大きい。日本語の文章では、主語よりもむしろ述語の方が重要である。私の方法においても、述語は構造分析上の焦点である。極よりも、むしろ述語によって語られる運動の方が重要である。だからこそ、記号表現にベクトルを借りたのである。

では、〈観念〉と〈現実〉とを両極とする運動$\overrightarrow{\beta\beta^{-1}}$, $\overrightarrow{\beta^{-1}\beta}$において、このような述語は何か。

一般的に言って、このばあいは、〈詩〉や〈批評〉のばあいほど、はっきりした特定の述語をあげること

はできない。$\beta$とは、すでに述べたように、日常的・具体的に体験される事象であり、とくに知覚可能な事象であった。そこで一応、見る、聞く、感じる、などが考えられる。事実、それらは使われている。とくに「見る」が著しい。しかし、現実に知覚可能な事象は、さまざまな述語で語られる。「南京豆をたべ」る、「よだれを垂ら」す、「犬の様にうろつ」く、など、いくらでも表現可能である。

では、$\beta^{-1}$に関してはどうか。このばあいは、比較的限られている。見る、見える、見えて来る、驚く、信ずる、などが、とくに著しい。中でも、見る、見える、見えて来る、は使用例も多く、小林秀雄の思考の構造を考察する上で重要である。

見る、見えてくる、などの述語は、言うまでもなく、本来知覚可能な事象をとらえる表現である。すなわち、〈現実〉の事象、$\beta$の極の表現のはずである。それがなぜ、小林秀雄における、固有の〈観念〉の表現、$\beta^{-1}$の極を語ることになるのか。

この問題を考えていくことは、小林秀雄の〈現実〉と〈観念〉、すなわち$\beta$と$\beta^{-1}$との相対的な、かつ逆説的な関係を説き明かすことになるであろう。

## 二、矛盾のことばとしての「見る」「見えて来る」

小林秀雄の「見る」や「見えて来る」は、どれほど実際に、「見る」や「見えて来る」であるのか。つまり、直接的な視覚の働きを意味しているのか。

> 子供が死んだといふ歴史上の一事件の掛替への無さを、母親に保証するものは、彼女の悲しみの他はあるまい。どの様な場合でも、人間の理智は、物事の掛替への無さといふものに就いては、為す処を知らないからである。悲しみが深まるほど、子供の顔は明らかに見えて来る。恐らく生きてゐた時よりも明らかに。愛児のさゝやかな遺品を前にして、母親の心に、この時何事が起るかを仔細に考へれば、さういふ日常の経験の裡に、歴史に関する僕等の根本の智慧を読取るだらう。それは歴史事実に関する根本の認識といふよりも寧ろ根本の技術だ。其処で、僕等は与へられた歴史事実を見てゐるのではなく、与へられた史料をきつかけとして、歴史事実を創つてゐるのだから。(『ドストエフスキイの生活』序)

「見えて来る」のは、死んだ「子供の顔」である。明らかに直接目にできる対象ではない。「愛児のさゝやかな遺品」は、目の前にある。が、それを見ているのだろうか。「見る」が、見る主体の能動的な働きを表わしているのに対して、「見える」、「見えて来る」は、対象の方から見える状態になってくる、ということである。見る主体は受動的である。「見えて来る」のは、目の前の「遺品」でもない。やはり、直接目に見えないものが、「見えて来る」のである。

「見えて来る」とは、では比喩であろうか。そうではない。小林秀雄は、「見る」「見えて来る」という述語について、しばしば比喩を正面切って否定している。

ほのほのみ虚空にみてる阿鼻地獄行方もなしといふもはかなし

彼の周囲は、屢々地獄と見えたであらう、といふ様な考へは、恐らく僕等の心に浮ぶ比喩に過ぎず、実朝の信じたものは何処かにある正銘の地獄であつた。(『実朝』)

あるいは、又、同じく『実朝』の、

彼が、頼家の亡霊を見たのは、意外に早かつたかも知れぬ。亡霊とは比喩ではない。無論、比喩の意味で言ふ積りも毛頭ない。それは、実朝が、見て信じたものである。

「悲しみが深まれば深まるほど、子供の顔は明らかに見えて来る」とは、比喩ではない。現に存在しないもの、目に見えないはずのものが「見えて来る」とは、矛盾である。逆説である。このことばは、まさにこの矛盾のうちに意味をもっている、と私は考える。

同じような性質のことばで、同じようなばあいにやはりよく使われるのに、「思ひ出」ということばがある。

この『ドストエフスキイの生活』序の終りに、次の一節がある。

僕は一定の方法に従つて歴史を書かうとは思はぬ。過去が生き生きと蘇る時、人間は自分の裡の互に異る或は互に矛盾するあらゆる能力を一杯に使つてゐる事を、日常の経験が教へてゐるからである。あらゆる史料は生きてゐた人物の蛻の殻に過ぎぬ。一切の蛻の殻を信用しない事も、蛻の殻を集めれば人物が出来上ると信ずる事も同じ様に容易である。立還るところは、やはり、さゝやかな遺品と深い悲しみとさへあれば、死児の顔を描くに事を欠かぬあの母親の技術より他にはない。彼女は其処で、伝記作者に必要な根本の技術の最小限度を使用してゐる。困難なのは複雑な仕事に当つても、この最小限度の技術を常に保持して忘れぬ事である。要するに僕は邪念といふものを警戒すれば足りるのだ。

「死児の顔を描くに事を欠かぬあの母親の技術」とは、母親の思い出の技術、と言ってよいであろうか。歴史も又思い出であるのか。前に引用した『無常といふ事』では、はっきり「思ひ出」と言っていた。

　僕は、ただある充ち足りた時間があつた事を思ひ出してゐるだけだ。自分が生きてゐる証拠だけが充満し、その一つ一つがはつきりとわかつてゐる様な時間が。無論、今はうまく思ひ出してゐるわけではないのだが、あの時は、実に巧みに思ひ出してゐたのではなかつたか。何を、鎌倉時代をか。さうかも知れぬ。そんな気もする。

　現代の人間が、鎌倉時代を「思ひ出」せるわけがない。では、歴史が「思ひ出」であるとは、比喩か。そうではない。直接体験していない時間を「思ひ出」すとは、矛盾である。直接知覚していない対象が

「見えて来る」のが矛盾であるのと同様である。

小林秀雄の「見る」「見えて来る」とは、直接視覚にうったえてくる対象に関することばではない。私たちの〈現実〉について語ることばではない。すなわち、$\beta$を表現することばではなく、$\beta$から$\beta^{-1}$に向かうある働き$\overrightarrow{\beta\beta^{-1}}$を語っている。

ここでは、そのことを指摘し、そして、それが本質的に矛盾の意味のことばであることに注目しておきたい。もう一度、このことについて説く。

### 三、〈現実〉を「眺める」のではない

戦後の作品『考へるヒント』の中の、「井伏君の『貸間あり』」では、「見る」、「見えて来る」ということばではないが、「眺める」とか、「視覚」ということばを使って、ほとんど同じようなことを語っている。そこでも、直接的な視覚の働きは、はっきり否定されている。

かつて、形といふものだけで語りかけて来る美術品を偏愛して、読み書きを廃して了つた時期が、私にあつたが、文学といふ観念が私の念頭を去つた事はない。その間に何が行はれたか。形から言はば無言の言葉を得ようと努力めてゐるうちに、念頭を去らなかつた文学が、一種の形として感知されるに至つたのだらうと思つてゐる。私は、この事を、文学といふものは、君が考へてゐるほど文学ではないだとか、文学を解するには、読んだだけでは駄目で、実は眺めるのが大事なのだ、とかいふ妙

な言葉で、人に語つた事がある。それはともかく、私が、「貸間あり」が純粋な散文だといふのは、その散文としての無言の形を言ふ。何が書いてあるなどといふ事は問題ではない、とでも言ひたげな、その姿なのである。この作は、勿論、実世間をモデルとして描かれたのだが、作者の密室で文が整へられ、作の形が完了すると、このモデルとの関係が、言はば逆の相を呈する。作品の無言の形が直覚されるところでは、むしろ実世間の方が作品をモデルとしてゐると言つた方がよい。

「貸間あり」といふ作品には、カメラで捕へられるやうなものは実は殆どないのである。だが、小説の映画化が盛んな現代には、意外に強い通念がある。それは、小説家の視力をそのまゝ延長し、誇張し、これに強いアクセントを持たせれば、映画の像が出来上るという通念であり、作家が、これに抗し、作家には作品の密室があると信ずる事が、なかなか難しい事になつてゐる。井伏君が、言葉の力によつて抑制しようと努めたのは、外から眼に飛び込んで来る、あの誰でも知つてゐる現実感に他ならない。生まの感覚や知覚に訴へて来るやうな言葉づかひは極力避けられてゐる。カメラの視覚は外を向いてゐるが、作者の視覚は全く逆に内を向いてゐると言つてもよい。

見えないはずのものを「見る」とは、矛盾である。逆説である。小林秀雄の思考における、もっとも重要な逆説であるかも知れない。この文でも、「眺める」とか、「視覚」ということばで同じような思想を語っているが、もし、この「見る」や「眺める」が、逆説でなくなったら、思想のことばとしての意義は消えるだろう。

「文学を解するには、読んだだけでは駄目で、実は眺めるのが大事なのだ」とは、その逆説の一つの頂点である。この命題の背後には、逆説の逆、つまり正説としての常識がある。それは、「文学を解するには、眺めたのでは駄目で、読むのが大事なのだ。」とでも言う文句であろう。小林秀雄のこの文句は、このような正説との対比の上に生きている。とくに、「眺める」ということばに、矛盾した、正反対の意味が与えられているのである。

〈詩〉と〈批評〉の章で、後期の彼の文章には、〈弁解〉という第三の運動が現われている、と述べた。〈弁解〉は、小林秀雄の固有のスタイルの直後によく現われる。ここにもそれがある。この逆説に続く文の、「とかいふ妙な言葉で」と、「それはともかく」とである。〈弁解〉が現われているということは、とりも直さず、すぐ前の逆説が生きている、ということであろう。〈弁解〉しようとする著者じしんにも、十分効いているのである。

そして、小林秀雄の〈弁解〉が一般にそうであるように、ここでも、〈弁解〉はその場限りであって、全体の論旨に影響はない。すぐそれに続く文で語られている「散文としての無言の形」、「何が書いてあるなどといふ事は問題ではない、とでも言ひたげな、その姿」は、「読んだだけでは駄目で、実は眺める」ものを説いているに外ならないからである。

「眺める」とは、「読」むことではない。が、又、それは、目で直接見ることでもない。「井伏君が、言葉の力によつて抑制しようと努めたのは、外から眼に飛び込んで来る、あの誰でも知つてゐる現実感に他ならない。」すなわち、「外から眼に飛び込んで来る」ようなものを、ここに見ようとしてはならない、と言う。それは「カメラの視覚」である。「作者の視覚」ではない。「眺める」とは、この「作者の視覚」に従って見ることである。「外から眼に飛び込んで来る」ものを「抑制し」「極力避け」るような「視覚」なのである。

小林秀雄のこの「眺める」や「視覚」は、〈現実〉を見ることではないのである。

## 四、〈現実〉の眼が大事である

小林秀雄の、思想のことばとしての「見る」、「眺める」、「観」など、視覚に関する表現は、〈現実〉を「見る」ということではない。〈現実〉の、あるとらえ方を語っているのではない。

では、それは、〈観念〉を「見る」ということであるのか。〈観念〉のあるとらえ方を語っているのか。そうである。

それはそうなのだが、そう言い切ってしまうとき、もう一方で、「見る」や「眺める」などのことばのもつ、本来〈現実〉の世界に属する意味は、決して見失われてはならない。それらは、たぶんに、小林秀雄の現実感覚に裏づけられているのである。

このことは、彼の文章に、直接、眼の表情について語った表現の多いことでも知られるであろう。たとえば、

> 僕は、その頃、モオツァルトの未完成の肖像画の写真を一枚持つてゐて、大事にしてゐた。それは、

巧みな絵ではないが、美しい女の様な顔で、何か恐ろしく不幸な感情が現れてゐる奇妙な絵であつた。モオツァルトは、大きな眼を一杯に見開いて、少しうつ向きになつてゐた。人間は、人前で、こんな顔が出来るものではない。彼は、画家が眼の前にゐる事など、全く忘れて了つてゐるに違ひない。二重瞼の大きな眼は何にも見てはゐない。世界はとうに消えてゐる。ある巨きな悩みがあり、彼の心は、それで一杯になつてゐる。眼も口も何の用もなさぬ。彼は一切を耳に賭けて待つてゐる。耳は動物の耳の様に動いてゐるかも知れぬ。が、頭髪に隠れて見えぬ。ト短調シンフォニイは、時々こんな顔をしなければならない人物から生れたものに間違いはない。僕はさう信じた。（『モオツァルト』）

「眼も口も何の用もなさぬ。彼は一切を耳に賭けて待つてゐる」と言うが、これは「耳」の描写ではない。「耳は……頭髪に隠れて見えぬ。」これは、「眼」が、「何の用もなさぬ。」という描写なのである。「モオツァルトは、大きな眼を一杯に見開いて、……二重瞼の大きな眼は何にも見てはゐない。」眼が、その視神経に映像をとらえる能力をぎりぎりまでつきつめて、その限界に至ったときの表情である。もう一歩つきつめれば、眼は存在しない。眼の存在は無意味になる。しかし、その一歩手前である。だから、描かれているのは、やはり眼なのである。

同じような、うつろな眼は、小林秀雄の文章の波のうねりの高まった頂点のあたりに、よく現われる。

……実朝は、どの様な想ひでその日の夕陽を眺めたであらうか。

紅のちしほのまふり山のはに日の入る時の空にぞありける

何かしら物狂ほしい悲しみに眼を空にした人間が立つてゐる。そんな気持ちのする歌だ。（『実朝』）

ここでも、「実朝」の「眼」は、眼の前の「夕陽」を見ているのではない。

が、眼は、しょせん眼の前にあるものしか見ることはできない。眼の前のものを見ない眼は、もはや眼ではない。そのたがいに矛盾する状態の中間に、「空にした」「眼」がある。

すでに引用した初期の作品『志賀直哉』でも、眼の描写は、その作品論の核心である。

私は所謂慧眼といふものを恐れない。ある眼があるものを唯一つの側からしか眺められない処を、様々な角度から眺められる眼がある。さういふ眼を世人は慧眼と言つてゐる。つまり恐ろしくわかりのいゝ眼を言ふのであるが、……(中略)……私に恐ろしいのは決して見ようとはしないで見てゐる眼である。物を見るのに、どんな角度から眺めるかといふ事を必要としない眼、吾々がその眼の視点の自由度を定める事が出来ない態の眼である。志賀氏の全作の底に光る眼はさういふ眼なのである。

例へば人々は、「和解」に於いて、子供が死ぬ個所の描写の異常な精到緻密を見て、あゝいふ場合にも作者の観察眼がくるはないことを訝るが、氏の様な資質が、あゝいふ場合、あゝいふ事件を観察すると思つてみるだけでも滑稽な事である。恐らく氏にとつては、見ようともしない処を、覚えようともしないでまざまざと覚えてゐたに過ぎない。これは驚く可き事であるが、一層重要な事は、氏の眼が見ようとしないで見てゐる許りでなく、見ようとすれば無駄なものを見て了ふといふ事を心得てゐるといふ事だ。氏の視点の自由度は、氏の資質といふ一自然によつてあやまつ事なく定められるのだ。氏にとつて対象は、表現される為に氏の意識によつて改変さる可きものとして現れるのではない。氏の眺める諸風景が表現そのものなのである。

「慧眼」とは、見ようとするものを見る眼であるが、志賀直哉の眼は、「見ようとしないで見てゐる」眼である。むだなものを見ず、「眺める諸風景が表現そのもの」である眼、である。その「眼」は、「見ようと」する意識を越え、「観察すると思つてゐる」ことを越え、志賀直哉といふ眼の所有者さえも、ほとんど越えているかのごとくである。「氏の資質といふ一自然によつてあやまつことなく定められる」と言う。「一自然」とは、どこまで志賀直哉個人であるのか。

この志賀直哉の「眼」論は、次に、作品『豊年虫』で、こう展開する。

其処にあるものは一種の寂莫だが虚無ではない。一種の非情だが、氏の所謂「色」といふ肉感がこれを貫く。主人公の見物した田舎の夜の街の諸風景だが、主人公の姿は全く街の風景に没入してゐる。彼はその街の諸風景を構成する一機構となる。彼は自然が幸福でも不幸でもない様に幸福でも不幸でもない。快活でも憂鬱でもない。彼の肉体は車にゆられて車夫とその密度を同じくし、停車場は豊年虫とその密度を同じくする。主人公は床に寝そべつて豊年虫の死んで行くのを眺めてゐる、豊年虫が彼を眺めてゐる様に。この時、眼を所有しているものは彼でもない、豊年虫でもない。
「眼」は、主人公のものでなく、豊年虫のものでもなく、停車場のものでもない。が、「眼」は確かに存在し、「眺めてゐる」ということがある。「眺め」られているものは、〈現実〉そのものである。モオツアルトの「何にも見てはゐない」「大きな眼」や、実朝の「物狂ほしい悲しみに眼を空にした」「眼」が、〈現実〉を越え出て〈観念〉へ向かおうとしながら、きわどい一線で〈現実〉にふみとどまっていたのとは逆に、「志賀直哉」の「眼」は、およそ〈観念〉に背を向けて、〈現実〉そのものの側に徹しようとしている。

〈現実〉の此岸に徹しようとするこの「眼」は、遂にその所有者を見失って、「眼」そのものとなる。そして「眺め」られている〈現実〉は、不思議に透明になる。今一歩先に〈観念〉が現われるかも知れない。が、現われないのである。

次にあげる例では、むしろ〈観念〉がはっきりと現われているようにみえる。

……二階に上ると、菊池さんは、独り寝ころんで岩波文庫を読んでゐた。起き上つて傍に置いた本を見ると、ドーソンの「蒙古史」であつた。「ひどいもんだねえ、ずい分人を殺すもんだねえ」と私の顔をじつと見詰め乍ら、言つた。無論、私の顔など見てゐたのではなく、蒙古の砂漠を見てゐたのである。寂しい異様な顔であつた。晩年、時々、菊池さんのいかにも寂しさうな顔を見るごとに、私は、心のなかで、あゝ、蒙古襲来だ、と思つた。(『菊池寛』)

「私の顔をじつと見詰め乍ら」「無論、私の顔など見てゐたのではなく、蒙古の沙漠を見てゐた」。その「蒙古の砂漠」は、書物の語った〈観念〉の世界である。

しかし、ここで語られている主題は、「蒙古襲来」という〈観念〉の世界ではない。〈観念〉を見ている「菊池さんのいかにも寂しさうな顔」である。「私の顔」の正面を突き抜けて、どこか遠いかなたを見ているうつろなその眼なのである。

小林秀雄は、〈観念〉の世界そのものを語るよりも、〈観念〉を追い求めている人の〈現実〉について、とかく語りたがる。それは、『様々なる意匠』の、

> 私には常に舞台より楽屋の方が面白い。この様な私にも、やっぱり軍略は必要だとするなら、「搦手から」、これが私には最も人性論的法則に適った軍略に見えるのだ。

という、「軍略」でもあろう。文壇登場以来の一貫した「軍略」である。

「搦手から」攻める、とは、足をすくって〈批評〉するばあいばかりではない。「搦手から」語って、〈詩〉をうたうこともある。〈観念〉について直接説くよりも、〈観念〉を想う「眼」について語る小林秀雄の筆先は、いっそう生き生きとして、冴えているように思われる。

## 五、否定される〈観念〉

『私の人生観』は、「観」ということばの説明にほとんどを宛てている。小林秀雄にとっては異例のこの長編評論の中で、「観」の一字を、さまざまな角度から論じているのである。仏教思想や、ベルグソンなど東西古今の思想を論じながら、ここで小林秀雄は、彼じしんの「見えてくる」「眺める」の哲学を語っている、と受取ることができるだろう。

> 武蔵は、見るといふ事について、観見二つの見様があるといふ事を言つてゐる。細川忠利の為に書いた覚書のなかに、目付之事といふのがあつて、立ち会いの際、相手方に目を付ける場合、観の目強く、見の目弱く見るべし、と言つてをります。見の目とは、彼に言はせれば常の目、普通の目の働き方である。敵の動きがあゝだとかかうだとか分析的に知的に合点する目であるが、もう一つ相手の存在を全体的に直覚する目がある。「目の玉を動かさず、うらやかに見る」目がある、さういふ目は、「敵合近づくとも、いか程も遠く見る目」だと言ふのです。「意は目に付き、心は付かざるもの也」、常の目は見ようとするが、見ようとしない心にも目はあるのである。言はば心眼です。見ようとする意が目を曇らせる。だから見の目を弱く観の目を強くせよと言ふ。
>
> 今日、史観とか歴史観とかいふ言葉が、しきりに使はれてゐるが、武蔵流に言ふと、どうもこれは観といふより見と言つた方がよろしい様だ。……

「見の目」とは、「常の目、普通の目の働き方」であり、「観の目」とは反対に、「目の玉を動か」して見る目、のことである。直接視覚にうったえてくる感覚によって見る目のことであろう。

小林秀雄は、しかし、「見の目」とは「分析的に知的に合点する目である」と言う。この解釈が武蔵の説明と一致しているかどうかは、私の問題ではない。小林秀雄は、ここで、「見の目」を否定し、「観の目」がだいじである、と説く。「観の目」に対して、「見の目」を、「分析的に知的に合点する目」と理解し、否定している。そして、このような意味の「見の目」の否定として、「観の目」を説いているのである。それは、引用されている武蔵の説や、その解釈の問題ではなくて、小林秀雄の論理の問題なのである。

このような「見の目」「観の目」の論理から、次の段落以後に展開される「史観とか歴史観」への〈批判〉が説かれる。「分析的に知的に合点する目」としての「史観」の「観」に対する〈批評〉である。同じ「観」ではあるが、武蔵を引用して小林秀雄の説く「観」ではない。それは、今日の私たちのことばで言えば、「観念」によって見る、ということであろう。すなわち、〈観念〉が、ここで〈批評〉されているのである。

### 六、伝統を継承している逆説

『私の人生観』から、もう一つ、西欧の物の見方 observation と、東洋、日本の物の見方「観」とを対比して論じているところを見ておこう。ここでも、「観」とは、〈観念〉によって見ることではない、と説いているところに注目したい。

……斎藤氏は写生を説いて実相観入といふ様な言葉を使つてゐる。観入とは聞きなれぬ言葉ですが、やはり仏典にある言葉なのだらうと思ひます。空海なら目撃と言ふところかも知れない、空海は詩を論じ、「須らく心を凝らして其物を目撃すべし、便ち心を以て之を撃ち、深く其境を穿れ」と教へてゐる。さういふ意味合ひと思はれるので、これは、近代の西洋の科学思想が齎したrealismとは、まるで違った心掛けなのであります。やはりこれは観なのであり、心を物に入れる、心で物を撃つ、それは現実の体験に関する工夫である。realismは現実のobsrvationといふものを根本としてゐるが、observationには適当な訳語がない。観察と訳してゐますが、仏典では観察といふ言葉は、観法とか観行とかいふ言葉と同じ意味で使はれてゐた様です。もつと平たい意味にとつても、私達には、観察といふ言葉は、見抜くとかいふ伝統的な語感を持つてゐる。observeといふ言葉は、もともと規則などを守るといふ意味です。近代科学の言ふ自然の正確なobservationとは、自然の合法則性だけに注目する。実相の合法則性の遵奉者としての成功の道は、実相観入といふ様な法則を捨てる道とは別なのであります。西洋からrealismといふ言葉が輸入されて、誰でもリアリズムといふ言葉を使ふ様になつた。万葉のリアリズム、西鶴のリアリズム、といふ具合に。併し、人間聞きなれぬ言葉は、自分流に合点して使ふ他はない。realismにあるobservationの精神などは、自分流ではないから考へないことに致した、こゝにはどうも意識するとしないとにかゝはらず、日本人である私たちにはどうも止むを得ないものがある様です。

observation とは、「合法則性だけに注目」してものを見ることである。それに対して、私たちの「観」は、「法則を捨てる道」である。「法則」とは、〈現実〉から抽象された〈観念〉であり、このような〈観念〉は、近代以後西欧から教えられて、今日の私たちの教養の中心を占めている。

小林秀雄の〈観念〉への〈批判〉は、現代の私たち日本人、とくに知識人たちに照準が合わされており、彼らの〈観念〉の源流をたどれば、西欧思想に行き着かざるをえない。

これに対して、小林秀雄の説く「見る」「見えてくる」あるいは、ここで説く「観」は、どうもその背景には、東洋や日本の思想があるように思われる。ここでも引用されているように、「観法」、「目撃」、「実相観入」など、古来、中国や日本の思想家は、視覚に関することばで、その思想の真髄を語ってきたのである。

小林秀雄の「見る」や「観」などのことばは、基本的に逆説である。逆説は、もしそれに対立する正説が、ことばの正統な意味であるならば、その逆説としての効果には限界がある。そのことは、すでに考察した。「見る」や「観」などのことばの逆説は、異端ではない。むしろ正統なのである。読者は、小林秀雄のこの逆説によって、改めて、私たちのことばが継承してきた思想を発見するのである。

## 第四節　小林秀雄の〈観念〉

### 一、〈観念〉は抑制されている

小林秀雄の「見る」、「見えて来る」、「眺める」、「観」などのことばは、〈現実〉の事象を、直接視覚によって見ることではない。しかし、又、彼は、〈観念〉否定を、はっきりと、いたるところで語っている。「見る」とは、〈観念〉によって見、〈観念〉を見ることではない、と言う。

では、それはいったい何を「見る」のか。

やはり、私の言う〈観念〉なのだ、と考える。では、小林秀雄の見る〈観念〉と、彼によって否定されている〈観念〉とはどう違うのか。

> 「よき細工は、少し鈍き刀を使ふ、といふ。妙観が刀は、いたく立たず」彼は利き過ぎる腕と鈍い刀の必要とを痛感してゐる自分の事を言つてゐるのである。物が見え過ぎる眼を如何に御したらいゝか、これが徒然草の文体の精髄である。
>
> 彼には常に物が見えてゐる、見え過ぎてゐる、どんな思想も意見も彼を動かすに足りぬ。評家は、彼の尚古趣味を云々するが、彼には趣味といふ様なものは全くない。古い美しい形をしつかり見て、

それを書いただけだ。「今やうは無下に卑しくこそなりゆくめれ」と言ふが、無下に卑しくなる時勢とともに現れる様々な人間の興味ある真実な形を一つも見逃してゐやしない。さういふものも、しつかり見てはつきり書いてゐる。（『徒然草』）

「見る」ことをくり返し説き、はっきりと〈観念〉を否定している。「彼には常にものが見えてゐる、人間が見えている、見え過ぎてゐる、どんな思想も意見も彼を動かすに足りぬ。」これは、小林秀雄の基本命題である、と言ってもよいだろう。「どんな思想も意見も」と、あらゆる〈観念〉を否定する語調である。

しかし、注意しなければいけない。否定の直後に肯定が、〈批評〉の直後に〈詩〉が現われるのである。これほど厳しい〈観念〉否定は、いわば、もう一つの、別の〈観念〉肯定の準備である。

続けて、こう述べている。

彼の厭世観の不徹底を言ふものもあるが、「人皆生を楽まざるは、死を恐れざるが故なり」といふ人が厭世観なぞを信用してゐる筈がない。徒然草の二百四十幾つの短文は、すべて彼の批評と観察との冒険である。それぞれが矛盾撞着してゐるといふ様な事は何事でもない、どの糸も作者の徒然なる心に集つて来る。

「人皆生を楽まざるは、死を恐れざるが故なり」。〈批評〉、すなわち $\overrightarrow{\alpha\bar{\alpha}}$ の形で語られたこの文句を、その裏である〈詩〉、$\overrightarrow{\bar{\alpha}\alpha}$ の形で言えば、「死を恐れる者は、生を楽しむ」ということになろう。「死」という、この〈現実〉にない、目に見えないものが恐ろしい。その恐ろしさが、生を楽しませる。ここには、$\overrightarrow{\bar{\alpha}\alpha}$ のベクトルと同時に、$\overrightarrow{\beta^{-1}\beta}$ のベクトルがある。「生を楽し」む、という文句じしんのうちに、「死を恐れ」る〈観念〉が、そのすぐ背後にかくれているのである。

このような事情は、『徒然草』の終りのクライマックスで、さらにこう語られている。

鈍刀を使って彫られた名作のほんの一例を引いて書かう。これは全文である。

「因幡の国に、何の入道とかやいふ者の娘容美しと聞きて、人数多言ひわたりけれども、この娘、唯栗のみ食ひて、更に米の類を食はざりければ、斯る異様の者、人に見ゆべきにあらずとて、親、許さざりけり」(第四十段)これは珍談ではない。徒然なる心がどんなに沢山な事を感じ、どんなに沢山な事を言はずに我慢したか。

引用されている『徒然草』の文章は、〈現実〉にあった事象、聞いたことだけである。〈観念〉の影すら見えない。ここに、小林秀雄は、「我慢」を見る。「どんなに沢山な事を感じ、どんなに沢山な事を言はずに我慢したか。」と言う。〈現実〉の事象、すなわち $\beta$ の極の表現だけでつづられた文章の背後に、「言はずに我慢」されているものがあるなら、それは、$\beta^{-1}$、〈観念〉に他ならない。この文章はベクトル $\overrightarrow{\beta^{-1}\beta}$

を語っている、と小林秀雄が理解し、説いていることに他ならない。

徒然草第四十段のこの文章が、果たしてその背後の「我慢」を語っていたか、それとも、これは兼好のちょっとした覚え書きにすぎなかったのか、そのような問題は、ここで私が関心を持つべきことではない。

小林秀雄が、ここに、彼じしんの思考と同質の思考構造を受けとめていたということ、それが問題なのである。

小林秀雄の文章の多くは、〈現実〉について語っている。小林秀雄が〈観念〉について語るとすれば、〈批評〉として、〈観念〉の否定を語るばあいが多い。

しかし、その背後には、小林秀雄の「我慢」がある。「どんなに沢山な事を感じ、どんなに沢山な事を言はずに我慢したか。」その「我慢」は、吉田兼好のものと言うよりは、小林秀雄のものである。でき合いの〈観念〉ではない。小林秀雄のオーダー・メイドの〈観念〉である。だから、人に簡単に分かってもらっては困る。だから敢て抑制し、かくすのである。

## 二、〈観念〉は時に氾濫する

小林秀雄には、〈観念〉について極度に禁欲的な態度がある。それが極まれば、在るものが在っただけだ、見えるものが見えただけだ、と言うことになる。そして、在るものが在っただけだ、というような文句が口にされるとき、その背後に、見えないものが在るのだ、というその反対の命題が、もっとも厳しく抑制されている。

それは、だから、ささいなきっかけで一転し、在るものが在るのは、見えないものが在るからだ、と明言することになる。

この、在るものが在るだけだ、という命題も、見えないものがかなたに在るから、在るものが在るという命題も、ともに、私の記号表現によれば、ベクトル $\overrightarrow{\beta^{-1}\beta}$ で表現されるわけである。

それは、小林秀雄の文壇登場以来の一貫したものの見方である。小林秀雄の文章の断定の魅力もそこにあり、また彼のともすれば、強引なひきつけ、誤解、ある種の神秘主義も、そこにある。

> 「人間喜劇」を書かうとしたバルザックの眼に、恐らく最も驚くべきものと見えた事は、人の世が各々異つた無限なる外貌をもつて、あるが儘であるといふ事であつたのだ。彼には、あらゆるものが神秘であるといふ事と、あらゆるものが明瞭であるといふ事とは二つの事ではないのである。如何なる理論も自然の皮膚に最も瑣細な傷すらつける事は不可能であるし、又、彼の眼にとつて、自然の皮膚の下に何物かを探らんとする事は愚劣な事であつたのだ。（『様々なる意匠』）

「人の世が」「あるが儘であるといふ事」が、「最も驚くべきものと見えた」、と言う。〈観念〉は、この「あるが儘」のすぐ背後に迫っていながら、あくまでも抑えられている。「いかなる理論も自然の皮膚に最も瑣細な傷すらつける事は不可能」で、「自然の皮膚の下に何物かを探らんとする事は愚劣な事」である、と言う。『徒然草』第四十段の文章を、名作と断定する小林秀雄の眼が、やはりここにある。
ところで、『様々なる意匠』のこの文は、続いて一転する。

> さういふ人には、「写実主義」なる朦朧たる意匠の裸形は明瞭に狂詩人ジェラル・ド・ネルヴァルの言葉の裡に存するではないか、「この世のものであらうがなからうが、私が斯くも明瞭に見た処を、私は疑ふ事は出来ぬ」と。かゝる時、「写実主義」とは、芸術家にとっては、彼の存在の根本的規定を指すではないか、彼等が各自の資質に従って、各自の夢を築かんとする地盤を指すではないか。

〈観念〉が、ここでは白日の下に登場する。「写実主義」とは、「各自の夢を築かんとする地盤を指す」と言うのである。バルザックと、ジェラール・ド・ネルヴァルとを、「写実主義」ということばの下で同列に見ることの当否は問題ではない。そんなことなら、小林じしん、文学史の常識に反することを承知の上である。問題は、小林秀雄という人間が、バルザックにも、ネルヴァルにも、同一の思考の構造を見つけだしてくる、ということなのである。

セザンヌの画面に「神秘」を見出すのも、この同じ目である。

> 二人は、カルタをしてゐるが、実は、それに聞き入つてゐる様である。彼等は農夫らしいが、明日になれば、畠に出るとも思へず、じつとして、勝負は永遠につゞく様である。彼等は画中の人物とな

つて、はじめてめいめいの本性に立ち返つた様な様子であるが、二人はその事を知らず、二人の顔の姿態も、言葉になる様なものを何一つ現してはゐない。ただ沈黙があり、対象を知らぬ信仰の様なものがあり、どんな宗派にも属さぬ宗教画の感がある。（『近代絵画』セザンヌ）

「二人はその事を知らず、二人の顔の姿態も、言葉になる様なものを何一つ現してゐない。」、あるがままである。見えるものがあるだけ、である。だが、「対象を知らぬ信仰の様なものがあり、どんな宗派にも属さぬ宗教画の感がある。」

ここまでのところは、まだ〈観念〉はひかえ目な語調で抑制されているが、これに続く段落では、禁欲の堤が突如として切れたように、〈観念〉が文中に溢れ出る。

セザンヌは、夫人の肖像をいくつも描いてゐるが、こゝにも同じ音楽が流れて、「セザンヌ夫人」は「匿名夫人」となつてゐる。或は、言はば、「永遠の夫人」と化してゐる。表情といふ騒音を消された卵形の顔が何を語つているか誰にも言ふ事は出来まい。卵の中には、彼女の思ひ出が、何一つ失はれず、閉ぢこめられてゐる様でもあり、又、それ故に、彼女は、総てを忘れ果てた様な顔をしてゐるのかも知れない。どの肖像を見ても、一種物悲しい感情が漂つてゐるが、さう呼んでいゝものかどうかは解らない。私の感情は、これを物悲しいと名付ける前に、もつと名附難い感情に既に確かに捕えられて了つてゐる様だ。私は勝手に考へる、それは例へば「女の一生」と題する音楽の力の様なものではあるまいか、と。モーパッサンは、「女の一生」を描いて来て、終末になつて、この世は、人が思ふ程、善いものでも悪いものでもない、と女に言はせる。「セザンヌ夫人」の像を見てゐると、セザンヌの眼が、そんな事を、たうとう言ひだす様に思われる。これは、余り文学的な絵の鑑賞だらうか。併し、「セザンヌ夫人」像に、キュービスト、ピカソの肖像画の先駆を見るのは、余り絵画的な鑑賞ではあるまいか。（『近代絵画』セザンヌ）

画面を前にして、とりわけこの造形的な作家の作品を前にして、ほしいままの〈観念〉の氾濫である。「『永遠の夫人』」、「彼女の思ひ出が、何一つ失はれず、閉ぢこめられてゐる様』な「卵」の形、「女の一生」で語られている人生哲学を「たうとう言ひだす様」である、とまで言うにいたるのである。文中の「私は勝手に考へる」とは、〈弁解〉ではない。居直りである。『近代絵画』は、昭和三十年前後に書かれているが、ここにはまだ、後期の作品の特徴である〈弁解〉は現われていない。「これは、余りに文学的な絵の鑑賞だらうか。」も、反省の〈弁解〉ではない。すぐ後に、「……余り絵画的な鑑賞ではあるまいか。」と、正反対の方向に切って返すのである。

これはもう、造形を「見る」とは言い難い。小林じしん、「『セザンヌ夫人』の像を見てゐると、セザンヌの眼が、そんな事を、たうとう言ひだす様に思はれる。」と言う。「見てゐる」のではなく、むしろ、「思はれる」のである。「見る」ということばの限界を越えているのである。

## 三、〈観念〉は発見される

セザンヌの造形的な作品を前にして、「見ている」よりも、「思はれる」ことを語る小林秀雄は、他方、本来読んで思うべき文学や文字を前にして、かえって「見る」ことを説くのである。前に引用した「井伏君の『貸間あり』」の、「文学を解するには、読んだだけでは駄目で、実は眺めるのが大事なのだ」という文句が、その例である。

このような事情を理解するには、小林秀雄の思考の構造を、〈現実〉と〈観念〉とを両極とするベクトルの運動として考えるだけでなく、前章に説いた〈詩〉と〈批評〉のベクトル運動とも合わせて考察しなければならない。

この考察を通じて、小林秀雄の〈観念〉の正体に、いっそう近づけることと思う。

> 徂徠は、自分の学問の種は、「本文ばかりを、年月久しく、詠《なが》め暮し」てゐるうちに、直覚したところに蒔かれた。或は、四書五経を、「読むともなく、見るともなく、ただうつらうつらと見居候内に」浮んだ様々な疑ひを種として、経学とは、かくの如きものと合点するに至つたとまで極言してゐる……(中略)……
>
> では、読むともなく、見るともなく、詠められた古文辞とは、徂徠にはどういふ物であつたか。無論、これは言ひ難い事だが、別段不思議な経験ではないだらう。

例へば、岩に刻まれた意味不明の碑文でも現れたら、これに対して誰でも見るともなく、読むともない態度を取らざるを得まい。見えてゐるのは岩ではなく、精神の印しに違ひない。だが、印しは読めない。だが、また、読むことを私達に要求してゐる事は確かである。言葉は、私達の日常の使用を脱し、私達から離れて生きる存在となり、私達に謎をかけて来る物となる。徂徠が、古文辞を詠め暮して出会つたものは、さういふ気味合いの言葉の現前であつて、彼が、これが、経学といふものを合点する種となつたと言ふのは、この経験によつて、言葉の本質に触れたと信じたといふ意味なのだ。

　喋つてばかりゐる人は、言葉は、意のまゝにどうにでも使へる私物のやうに錯覚し勝ちなものであり、又、事実、言葉は、さういふ惑はしい性質を持つが、彼等が侮る放心を、心を傾けて逆用し、言葉を静観すれば、言葉は、人々の思惑ではどうにもならぬ独立の生を営んでゐるものである事を知るであらう。特定の古文辞に限らず、古い過去から伝承して来てゐる私達の凡ての言葉には、みなその定かならぬ起源を暗示してゐる意味不明の碑文の如き性質が秘められてゐる事を知るであらう。それなら、学問は、雄弁や修辞を目指すものではあるまい、先ず言語の学でなければならぬ筈だ。これが、徂徠が、彼のさゝやかな種から導かれた思想であり、その基本的な著作を「弁名」と呼んだ所以である。(『弁名』)

ことばを、読むのではない。「読むともなく、見るともなく、詠《なが》め」る。すると、「言葉は、私達の日常の使用を脱し、私達から離れて生きる存在となり、私達に謎をかけて来る物となる。」、ことばは、遂に「謎」である、と言う。

同じようなことを、今度は「すべての言葉」について、こう言っている。「言葉を静観すれば」「私達の凡ての言葉には、みなその定かならぬ起源を暗示してゐる意味不明の碑文の如き性質が秘められてゐる事を知るであらう」

〈観念〉とは、もともと見ることも、聞くことも、さわることもできない事象の世界である。そのような〈観念〉は、では、何によってとらえられるか。ことばである。ことばは、〈現実〉の事象も、〈観念〉の事象も語る。が、〈観念〉を語る方法は、ことばの他にはない。

小林秀雄が、ここで徂徠を引用して説いているところは、その〈観念〉理解の手段としてのことばを否定してしまうことである。「詠め」ても、「静観」しても、〈観念〉は現われない。〈観念〉は、読んで、思わなければとらえることができないのである。

「詠め」るや、「静観す」るは、ことばを、〈観念〉理解の道から断ち切ってしまうことである。ことばを、その意味から切り離し、あたかも、ことばじたいが独立した〈現実〉の事象であるかのように扱うことである。

それは、奇妙な実験である。「別段不思議な経験ではないだらう。」と断わりながら、「例へば、岩に刻まれた意味不明の碑文でも現れたら、これに対し、誰でも見るともなく、読むともない態度をとらざるを得まい。」と言う。だが、そんな「経験」は、めったにあることではない。たまたま「意味不明の碑文」に出会ったら、そうするかも知れない。そのときでも、私たちはまず、読もうとするはずだ。まして、今まで当然意味のある文字として扱ってきたものを、敢て意味から引き離して「詠《なが》め」たり、「静観す」るようなことは、まことに「不思議な経験」なのである。

なぜ、小林秀雄は、敢てそのような態度を説くのか。徂徠は、古文辞に対してそのような態度で接した、と小林は言う。小林は、さらに、「私達の凡ての言葉に対して、そのように「詠め」、「静観す」る「不思議な」実験をすすめる。これは、小林秀雄の意見である。それはなぜか。

前掲の文に続いて、こう言っている。

> 彼が、宋儒に頼る学者達と正面衝突をしたのも、これを言語の究明を避けた、当時最も有力な雄弁と考へたからだ。彼等は、究理の上に、学問を築いて疑はぬが、理とは言葉である。沢山の名のうちの或る名に過ぎぬ。それならば、この理といふ名は、その奥に何をしのばせてゐるかを弁ずる事なく、理を言ふのは、ただのお喋りではないか。お喋りが昂じて、「天地自然の道」を言ひ、「事物当行の理」を言つても、もともと名といふものの恐ろしさに気が付いてゐないのだから、「己ヲ直トセン」とする私心さへあれば、理といふ名は、思ふやうに使へるであらう。だが、名の問題には、私心などには関係のない大事がある。

これは〈批評〉である。それは、「宋儒」たちの「お喋り」に向けられている。「名といふものの恐ろしさ」を知らず、「『天地自然の道』を言い、『事物当行の理』を言」う〈観念〉についての〈批評〉なのである。

この〈観念〉に対する〈批評〉が、小林秀雄の思考のベクトルを、これとは正反対の方向に働かせるのである。すなわち、〈現実〉について〈詩〉を語る、それが、あの「不思議な」実験の意味である、と考える。「天地自然の道」や「事物当行の理」を言う〈観念〉への〈批評〉は、一変して、「名」という〈現実〉に目の前に存在するものを「恐ろし」い、と感得させる。その「恐ろし」い〈現実〉の方向に、小林秀雄はまっすぐに進み、その極限までつきつめる。「詠《なが》め」るや、「静観す」るは、その極限を求め、極限からさらにかなたの向うに働いていこうとするベクトルを語っている。

そのかなたは、遂に見えてくる。「謎」として、「その定かならぬ起源を暗示する意味不明の碑文の如き性質」として、現われてくる。〈観念〉が現われるのである。

それは、「宋儒」たちの「お喋り」の〈観念〉ではない。〈現実〉に立ち帰り、〈現実〉からやり直し、つきつめ、遂に発見された〈観念〉である。始源における〈観念〉の姿である。

宋儒たちの〈観念〉論批判は、徂徠の古文辞追求をもたらした。が、小林秀雄がここで言っているのは、古文辞ばかりではない。「私達の凡ての言葉」が問題なのである。「私達の凡ての言葉」を、敢て「静観」し、そのかなたに「意味不明の碑文の如き性質」を見出す、という小林秀雄の精神の運動には、当然、これに対応する正反対の運動があるはずである。

実は、この『弁名』の後半は、もっぱら、それに当てられている。そのうちから一節を引用すると、

> 現代知識人達は、言葉といふものを正当に侮蔑してゐると思ひ上つてゐるが、彼等を思ひ上らせてゐるものは、何んの事はない、科学的といふ、えたいの知れぬ言葉の力に過ぎない。これは、知識人達の精神環境を、一瞥しただけで分る事だらう。日常の言葉から全く離脱した厳密な意味での科学は黙し、科学的な科学といふ半科学のお喋りに取巻かれてゐるからだ。心理学とか社会学とか歴史学とかいふ、人間について一番大切な事を説明しなければならぬ学問が、扱ふ対象の本質的な曖昧につき、表現の数式化の本質的な困難につき、何んの嘆きも現してゐない。それどころか、逆に、まさにその事が、学者達を元気付けてゐるとは奇怪な事だ。彼等は、我が意に反し、止むを得ず、仕事の上で日常言語を引摺つてゐるとは決して考へない。そんな考へが浮ぶのには、彼等が手足を延ばし、任意に、専門語、術語が発明出来る世界は、ちと居心地がよすぎる。

「科学的といふ、えたいの知れぬ言葉の力」に翻弄されている人々に対する〈批評〉である。彼らは、「日常言語」の〈現実〉を軽蔑し、「専門語、術語が発明できる世界」という〈観念〉の世界に安住している。実は、「えたいの知れぬ言葉の力」が、そうさせているのである。

この〈批評〉が、その正反対の方向に切って返されて、〈現実〉のことばじしんの方に立ち向かわせるのである。「私達のすべての言葉」を「静観」せよ、という前の意見は、この〈批評〉に対応する〈詩〉である。『弁名』後半の、知識人たちの〈観念〉に向けられた〈批評〉は手厳しい。激しい語調が頻発している。この〈批評〉のエネルギーは、そのまま保存されながら、方向は一転して、〈現実〉のことばの方に向かっている、と考えられる。「静観」は、その極限までつきつめられ、「謎」が見えてくる。〈観念〉が発見されるのである。

## 四、〈観念〉は動いている

『弁名』の文章で考察した、小林秀雄の〈観念〉発見の過程を、一口に言えば、こうなるだろう。――既成の〈観念〉に対する〈批評〉が、その正反対の、〈現実〉への〈詩〉という方向に向きかえらせる。その〈現実〉の〈詩〉をつきつめた、ある極限のあちら側に、〈詩〉としての〈観念〉が現われる。

ここで、『ドストエフスキイの生活』序における、あの〈観念〉発見のところを、もう一度ふりかえってみよう。今、『弁名』で考察したところと、論旨の展開は違っているように見える。が、展開の順序にこだわらずに、構造として見るとき、ほとんど同じような、〈観念〉発見の構造を見いだすことができるのである。

> 悲しみが深まれば深まるほど、子供の顔は明らかに見えて来る。恐らく生きてゐた時よりも明らかに。愛児のさゝやかな遺品を前にして、母親の心に、この時何事が起るかを仔細に考へれば、さういふ日常の経験の裡に、歴史に関する僕等の根本の知恵を読取るだらう。それは歴史事実に関する根本の認識といふよりも寧ろ根本の技術だ。其処で、僕等は与へられた歴史事実を見てゐるのではなく、与へられた史料をきつかけとして、歴史事実を創つてゐるのだから。この様な知恵にとつて、歴史事実

とは客観的なものでもなければ、主観的なものでもない。この様な知恵は、認識論的には曖昧だが、行為として、僕等が生きてゐるのと同様に確実である。

　歴史上の客観的事実といふ言葉の濫用は、僕等の日常経験のうちにある歴史に関する知恵から、知らず識らずのうちに、僕等を引離し、客観的歴史の世界といふ一種異様な世界を徘徊させる。だが一見何も明瞭なこの世界は、実は客観的といふ言葉の軽信或は過信の上に築かれてゐるに過ぎない。客観的といふ言葉が極めて簡単な歴史事実も覆ふに足りない事を、僕等は日常経験によつてよく知つてゐ乍ら、どうして、限りない歴史事実の集り流れる客観的な歴史世界といふ様なものを信ずるに至るのであらうか。……


　引用されている文の後半、「歴史上の客観的事実といふ言葉の濫用」以後の文章には、〈観念〉に対する手厳しい〈批判〉が説かれている。これに対して、「僕等は日常経験によつてよく知つて」いること、が対比されている。〈現実〉についての〈詩〉が、ここで語られているのである。

　そこで、始めにかえろう。「悲しみが深まれば深まるほど」と、まず、〈現実〉についての〈詩〉の極限が語られている。そこから、一挙に飛躍して、「子供の顔は明らかに見えて来る。」と、〈詩〉としての〈観念〉が現われるのである。

　いま私は、もとの文章の展開の順序とは逆に述べた。前の、『弁名』の構造と対比するためである。文章の展開の順は、もちろん重要である。だが、ここにある思考の往復運動に焦点を合わせて見るならば、前後の往復運動は、相互に呼応し合っているのである。順序は違っても往復運動が、全体として閉じている一群の思考の構造には、本質的な違いはない、と考えられるのである。

このような一群の思考運動の中に、小林秀雄の〈観念〉が見いだされるのである。

小林秀雄の〈観念〉は、彼じしんの目で発見された〈観念〉である。あるいは、彼の手で創られた〈観念〉である。

小林秀雄の〈観念〉は、私たちが通常知っているような、すでに創られている〈観念〉ではない。彼は、その違いに敏感で、文章のいたるところで、二種類の〈観念〉の違いを強調する。通常の〈観念〉への〈批評〉に力を注ぐ、そのため、読者はとかく〈観念〉論者小林秀雄を見失いがちである。

小林秀雄の〈観念〉は、〈観念〉創造の母胎としての〈現実〉から始める。そして到達された〈観念〉は、遠い彼岸に安住してしまわない。彼の精神は、〈観念〉の彼岸と、〈現実〉の此岸との間を、激しく動いている。その動きが、小林秀雄の〈観念〉の生命である。

その動きを止めて、静止した平面上で考察すると、小林秀雄の〈観念〉形成の過程は、矛盾である。逆説である。「見る」「眺める」「観」などの視覚に関する彼のことば使いは、そのような矛盾、逆説の頂点である。小林秀雄のこれらのことばは、とりわけダイナミックなベクトルとして理解しなければならない。

「生きてゐた時よりも明らかに」「見えて来る」「子供の顔」とは、小林秀雄の〈観念〉である。明らかに矛盾である。死児の顔が「見え」るわけがなく、まして「生きてゐた時よりも明らか」であるわけがない。しかし、この〈観念〉は、「愛児のさゝやかな遺品を前にして」「悲しみが深まれば深まるほど」という〈現実〉に対して存在している。この〈現実〉がなければ、この〈観念〉もない。二つの極はまったく離れていながら、支え合っている。「見えて来る」ということばが、この絶望的な距離をつなぐのである。

小林秀雄の、もっとも重要な思想は、ここに語られている、と私は考える。だいじであるだけに、軽々しく理解されてはならない、と思うのであろうか。発見された〈観念〉は、長く彼をとどめておかない。直ちに〈現実〉に立ち帰って〈批評〉し、あるいは、世の多くの〈観念〉を痛烈に〈批評〉する。極と極との間のそのような往復運動が、また、小林秀雄の〈観念〉の生命を支えているのである。

# 第三章　小林秀雄の思考の構造の分析

## 第一節　分析の方法

### 一

前の二章で、小林秀雄の思考の構造を、〈詩〉と〈批評〉という運動、および〈現実〉と〈観念〉とを両極とする運動として、それぞれ別に考察してきた。この二組の運動を、これから、一つの構造として考えていきたいと思う。

〈詩〉と〈批評〉、すなわち、相対立する二つのベクトル $\overrightarrow{\bar{\alpha}\alpha}$, $\overrightarrow{\alpha\bar{\alpha}}$ で表現される運動は、価値の評価に関して、たがいに否定的な判断を語っている。

これに対して、〈現実〉と〈観念〉とを二極とする一対の運動、$\overrightarrow{\beta\beta^{-1}}$, $\overrightarrow{\beta^{-1}\beta}$ は、いま、ここにあるか否か、という、事実のあり方に関して、たがいに否定的な判断を語っている。

これらの二組の運動を、綜合的に理解するために、まず、記号の表現を統一したい。$\alpha$、$\bar{\alpha}$、および、$\beta$、$\beta^{-1}$、の四つの極は、ただ一つの記号をもとにして表現できるはずである。

この、もとになる記号を、A、とする。Aは一つの極である。

Aを、価値に関して否定した意味の極を、$\bar{A}$と表示する。Aの上につけた－の記号を、極の変換についての演算の記号、と考えることもできる。すると、$\bar{A}$を、価値に関して否定すれば、もとのAになる。すなわち、

$$\bar{\bar{A}}=A$$

である。

次に、Aを、事実のあり方に関して否定した意味の極を、$A^{-1}$と表示する。Aの右肩につけた $^{-1}$の記号は、極の変換について可逆的な関係が成り立つように、逆数の記号を借りたのである。このばあいにも、$A^{-1}$の極を、さらに事実のあり方に関して否定すれば、もとのAとなる。すなわち、

$$(A^{-1})^{-1}=A$$

である。

以上の定義から、理論上、さらにもう一つの極が考えられる。Aを、価値に関して否定し、かつ事実に関しても否定した極である。これを、$\overline{A^{-1}}$と表示する。

この四つめの極、$\overline{A^{-1}}$は、極変換の操作の上から言えば、Aを、まず価値に関して否定し、次にそれを事実のあり方に関して否定したばあいと、この順序を逆にして、Aを、まず事実のあり方に関して、次

に価値に関して否定したばあいとの、二つが考えられる。この両者は、結局同じことになる。すなわち、

$$(\overline{A})^{-1}=\overline{A^{-1}}$$

である。数学上の言い方を借りると、極の意味変換について、交換法則が成り立つわけである。

さて、以上四つの極の間に、いろいろな運動が考えられる。四つの極の任意の二つの間に運動が成り立ち、そして、それぞれが可逆的であるから、合計十二の運動が考えられる。

それぞれの運動を、ベクトルの記号を借りて表現する。この十二のベクトルは、次のようになる。

$\overrightarrow{A\overline{A}}$, $\overrightarrow{\overline{A}A}$, $\overrightarrow{\overline{A}\,\overline{A^{-1}}}$, $\overrightarrow{\overline{A^{-1}}\,\overline{A}}$, $\overrightarrow{\overline{A^{-1}}A^{-1}}$, $\overrightarrow{A^{-1}\overline{A^{-1}}}$, $\overrightarrow{A^{-1}A}$, $\overrightarrow{AA^{-1}}$, $\overrightarrow{A\overline{A^{-1}}}$, $\overrightarrow{\overline{A^{-1}}A}$, $\overrightarrow{\overline{A}A^{-1}}$, $\overrightarrow{A^{-1}\overline{A}}$

以上の十二のベクトルを、理解の便宜上、一つにまとめて、図で表示しよう(第1図)。縦の座標に、価値に関する否定関係をとり、横に、事実のあり方に関する否定関係をとる。図の矢じるしは、べ

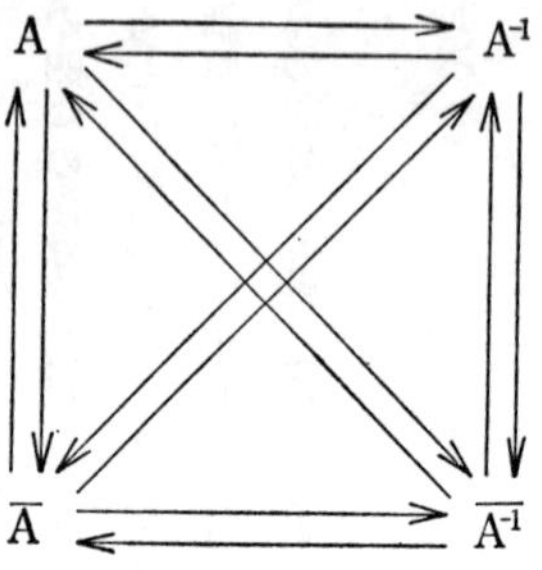


第 1 図

クトルを表わしている。

ここで、前の二章で説いてきたことばの表現と、これから用いる記号の表現との関係を説明しよう。

すでに述べたように、私の分析は、もともと、ことばよりも、記号によっている。定義された記号の意味が基本であって、ことばは、それに対して近似的な意味で使われている、ということになる。抽象的な記号は、具体的なことばを母胎として、抽象されたものであるが、こうして考えられた記号は、逆に、記号が基本で、ことばは近似である、という理論を必要とするのである。

そこで、こうして記号表現を統一して全体としての構造を考えていくことになったので、改めて、記号の原点の定義に帰って述べよう。

まず、Ａという記号で表示される事象がある。ことばで言えば、いま、ここにあって、いいとされていることがらである。

しかし、このような説明は、Ａが、$A^{-1}$に対して持っている意味、および、Ａが、$\bar{A}$に対して持っている意味を語ったものである。だから、この説明は、次のように言うのと同じことになる。すなわち、Ａは、$\bar{A}$でもなく、$A^{-1}$でもない、と。

では、Ａそのものの意味は何か。それを敢て問うことには意味はない、と答えるしかないであろう。

そこで、まず、Ａというある事象を、ここに設定する。

Ａは、Ａでないものに対して、Ａである。Ａでないものを、いま、一般的な否定の記号～を使って、～Ａと表示すれば、大げさに言えば、あらゆる事象は、Ａであるか、又は～Ａである。全宇宙は、Ａ、および、~Aである、と表現できる。

Aと、~Aとが、基本的に、可逆的な対立する事象として定義された以上、どちらの方が上であるとか、先であるとか、だいじであるとか言うことはできない。私がAを先に述べたのは、説明の便宜上のことである。Aと~Aとは、たがいに否定する関係であって、Aの否定が~Aで、~Aの否定がAなのである。

さて、A、および~Aとは、全宇宙であり、全世界であるが、ここでは、具体的に、小林秀雄という一個人に対してあり、この主体によって語られている事象である。そこで、Aと~Aとの対立関係は、この主体の世界に対する係わり方によって、二つの方向に考えることができる。

一つは、主体から世界の方へ働きかけてつくり出されていく基本的な対立関係で、いいか、わるいか、という価値判断によって示される。

もう一つは、世界の方から主体に働きかけて決定されてくる基本的な対立関係で、主体の受けとめ方としてみると、いま、ここにあるか、否か、という対立関係である。事実のあり方に関する対立関係である。

小林秀雄の思考は、基本的に、この二つの対立関係によって動いていく、と私は考える。それは、彼の思考のすべてをつくし、跡づける、というのではない。が、すでに前の二章でも述べたように、小林秀雄の思考の、基本的な構造をつくっている。

以上の、一つに綜合して考察される構造で、今までの分析上の用語を対応させてみよう。第一章で考察した〈詩〉とは、$\bar{A}$、又は$\overline{A^{-1}}$の極から、A、又は$A^{-1}$の極に向かうベクトルである。すなわち、次のいずれかである。

$\overrightarrow{\bar{A}A}$, $\overrightarrow{\bar{A}A^{-1}}$, $\overrightarrow{\overline{A^{-1}}A}$, $\overrightarrow{\overline{A^{-1}}A^{-1}}$

そして、〈批評〉とは、A、又は$A^{-1}$の極から、$\bar{A}$、又は$\overline{A^{-1}}$の極へ向かうベクトルであり、次のいずれかである。

$\overrightarrow{A\bar{A}}$, $\overrightarrow{A\overline{A^{-1}}}$, $\overrightarrow{A^{-1}\bar{A}}$, $\overrightarrow{A^{-1}\overline{A^{-1}}}$

次に、〈現実〉とは、A、又は$\bar{A}$の極のことであり、〈観念〉とは、$A^{-1}$、又は$\overline{A^{-1}}$の極のことである。そして、第二章で考察した〈現実〉から〈観念〉に向かう運動とは、次のいずれかのベクトルで表現される。

$\overrightarrow{AA^{-1}}$, $\overrightarrow{A\overline{A^{-1}}}$, $\overrightarrow{\bar{A}A^{-1}}$, $\overrightarrow{\bar{A}\overline{A^{-1}}}$

これとは逆に、〈観念〉から〈現実〉へ向かう運動とは、次のいずれかである。

$\overrightarrow{A^{-1}A}$, $\overrightarrow{A^{-1}\bar{A}}$, $\overrightarrow{\overline{A^{-1}}A}$, $\overrightarrow{\overline{A^{-1}}\bar{A}}$

## 二

以上のような定義された記号と、基本的な構造とを前提において、これから、小林秀雄の文章を分析していきたい。

前の二章までの私の説明は、ことばを中心とし、記号による表現は、ところどころ遠慮がちにしか使わなかった。小林秀雄の文章をよく読むような人々の嗜好を考慮したこともある。が、前二章は、これから述べる小林秀雄の思考の構造について、ことばの表現から記号表現へ導くための、いわば準備でもあったわけである。これから以後は、記号による構造の分析を中心にして説いていきたい。

そこで、文章の具体的な分析にのぞむ基本的な方法や、方針を、ここで述べておきたい。

小林秀雄の文章において、多くの文はたがいに対立した関係をもっている。そして、一つの文は、一つの極だけを表現しているばあいが多い。従って、一組の文の対立は、極の対立としてとらえることができる。たとえば、Aの極を表現する文、$S_1$と、$\overline{A^{-1}}$の極を表現する文、$S_2$とが、たがいに対立しているとしよう。$S_1$に直接表現されていることがらはAだけであるが、このAは、$S_2$の$\overline{A^{-1}}$との対立関係の中でこそ意味をもっている。この点を、私はもっとも重視する。そこで、この$S_1$の文の構造上の意味を、ベクトルの記号を借りて、$\overrightarrow{\overline{A^{-1}}A}$として表現するのである。

具体的な文の分析にあたっては、まず、文と文との対立関係に注目する。次に、その対立の単位として、個々の文をとらえる。

ここで言う文とは何か。常識的、文法的に言われている文の形は尊重しなければならないし、それと一致するばあいが多い。が、あるばあいには、それよりも長くなる。小林秀雄じしんの意見が乏しく、描写や説明が中心の文は、その前後の、意見がはっきり表われている文と、一つの文とみなすことが多い。主張の明らかな文に対して、その補足や、部分的説明、くり返し、とみられるばあいも、一つにまとめて考えるばあいが多い。

これに対して、常識的、文法的な文よりも、短くなるばあいも稀にある。一つの文に、二つの極がともに表現されていて、その二つが、文としてそれほど無理がなく分割できるばあいである。

分割が困難な一つの文に、二つの極がともに表現されているばあいもかなりある。このような文では、二極の対立関係は、それほど際立っていない。別々の文で語られている二極が、たがいに厳しく断絶され、それだけにいっそう、対立する意味が鮮明に表われるのにくらべて、意味の対比が、やや薄れ、意味がどちらの極の方へ働いているのかがそれほど明瞭でなくなる。従って、ベクトルとして表現する必然性も、やや乏しくなる。

だが、このような二極を含む文でも、いずれかの極の方に焦点があり、その極の方に向かうベクトルを考えてみることは、それほど困難ではない。

一つの文は、一つの極をもっているのがふつうだが、そのばあいでも、他の文との対立関係が、二つ以上のことがある。そのときは、対立関係の数に応じたベクトルを、一つの文が持つことになる。

次に、文の対立関係の指標となる極の判定について述べよう。極は四つであるが、二つの方向で考えた結果の組み合わせで決定される。

まず、価値の評価に関して、問題となる点を述べる。

価値の評価は、基本的に、相対的である。同じような文句で表現されていながら、他のどの文と対立関係にあるかによって、異なる極と評価されることがあるのは当然である。

価値の評価は、わりあい明白である。要するに、いいか、悪いか、だからである。

文法的・論理的に考えて、必ずしも肯定、否定のいずれとも決め難くても、私たちの日本語の語感に従って明白に決められるばあいがある。そのような例では、常識的な語感に従う。たとえば、「いないいとも限るまい」や、「ではないのだろうか」や、「と思われてならぬ」のような、一見婉曲な表現は、いずれも明白な肯定である。その反対に、「と呼んで安心している」や、「そう思うのは勝手であるが」や、「容易には解らぬものだ」のような、まともに考えると、どちらともつかぬような表現は、いずれも明白な否定の表現である。

次に、事実のあり方に関して、いま、ここにあるか否か、の判定上、問題となる点を述べよう。

ある特定の事象が、私の言う、いま、ここにあるか、否か、という問題は、基本的に、相対的なのである。一口に言えば、あちら側にあるか、こちら側にあるか、ということで決められる。

しかし、具体的な文章の分析にあたっては、その文だけをみて、一応判定できるばあいが多い。基準を言えば、著者小林秀雄や、文中の主人公にとって、日常的・具体的に体験され、又は体験可能なことがらである。とくに、知覚可能な事象がそうである。

いま、ここにあるか否かという事実のあり方が、本質的に相対的である、という事情は、小林秀雄の文章が、思想の核心に近づくに従って明らかになってくる。思想は、核心に迫るに従って、逆説的になるのである。「見える」や、「聞える」のような、常識的には知覚可能な、当然いま、ここを語ると思われることばが、すでに述べたように、その例である。それらのことばは、文脈上、他のことばとの相対的な関係によって、いま、ここにない事象を語っている、と解釈されるのである。

個々のことばの意味の解釈については、そのことばを含む文、および、その文と対立している文の、文脈上の論理的関係を第一にする。次いで、その文を含む段落における文脈上の関係、そして、次に、その作品全体の文脈上の関係をよりどころとする。

文章を読んで、通常理解できる、と思われるばあいは、説明を省略する。

以上のようにして、文の対立関係がとらえられ、ことばの意味が解釈され、それぞれの文の表現する極が決定され、そして、そこに働いている思考の運動が、ベクトル記号で表現される。その結果は、例文のあとで、まとめて示す。

まとめて表示するとき、記号表現と合わせて、理解の便宜上、図による表現を示す。図による表示は、縦軸に、価値の評価をとり、横軸に、事実のあり方についての判断をとるが、その関係を簡単にして、四角い枡だけで示し、そこにベクトルの矢じるしを書き入れることにする。

たとえば、次の例で、上に書いてあるベクトル記号に対して、下は、それに対応する図の表現である。

第2図

次に、一つの文が、その対立関係の数によって、二つ以上のベクトルを持つばあいの表示方法について述べよう。

いま、三つの文、1、2、3、があって、その極は、それぞれ、A、$\bar{A}$、$A^{-1}$であるとする。1の文は2の文と対立しているとする。そのとき、1の文のベクトルは、$\overrightarrow{\bar{A}\ A}$で、2の文のベクトルは、$\overrightarrow{A\ \bar{A}}$である。

次に、この2の文が、3の文と対立している、とする。そのとき、3の文のベクトルは、$\overrightarrow{\bar{A}A^{-1}}$ であり、2の文は、この3の文との関係では、ベクトルは、$\overrightarrow{A^{-1}\bar{A}}$ となる。すなわち、2の文は、二つのベクトル、$\overrightarrow{A\bar{A}}$ と、$\overrightarrow{A^{-1}\bar{A}}$ とを持つわけである。

このようなばあいには、次のように表示する。

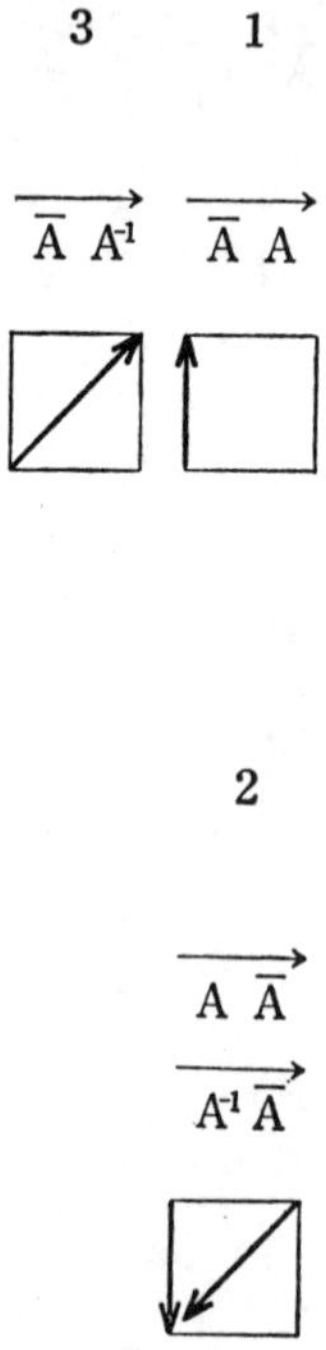


第3図

これと基本的に同じであるが、一つの文が他の二つ以上の文と対立し、二つ以上のベクトルを持つが、そのベクトルが同じであるばあいは、一つで代表させ、残りは書かないことにする。ベクトルの数の多少、ということは、私の分析上、あまり意味はないのである。

## 三

こうして分析されたベクトルは、いくつか集まって、あるまとまりを持った集合になっている。ベクトルが文に対応するのに対して、このまとまりは、大体、文の段落に対応している。

しかし、このまとまりは、文の段落によって決定されるのではない。それは、複数個のベクトルが、全体として示す、ある規則的な形によって決まる。それは、ベクトル運動の時間的展開を無視した三極間のベクトル運動全体の形によって決められる。

四極間のベクトルは、合計十二であるが、とくに、そのうち三極間のベクトル六、ないし六以内の数が、ひとつづきの文の中で集中して現われてくる、ということは、特定のまとまりを示している、と言うに価するであろう。

このようなまとまりは、論理的には四つ考えられる。が、以下では、とくにそのうち二つをとりあげて考察したい。これらを、私は、モデルⅠ、モデルⅡ、と名づける。

これらのモデルでは、ゆるやかな形ではあるが、ある規則的な、一連のベクトル運動をとらえることができる。ごく大ざっぱに言えば、ある二極間の往復運動のベクトルと、もう一つの極へのベクトル運動とからできている、と分析できるように思う。このような一連のベクトル運動が示す意味については、後に、具体的な分析を通じて詳しく述べよう。

モデルを形成する一連の複数個のベクトルを、以下では、群とよぶこともあるが、数学で言う群 group ではない。が、似ているところもいくらかある。

このような一連のベクトルは、原文の文章の段落を尊重しつつ、その一段落、あるいは三段落ぐらいまでの長さで、一単位をとらえることができる。

以下の小林秀雄の文章の分析では、モデルを構成している文の長さごとに区切り、その分析結果のベクトルを、一つに重ねて表現した図に示してまとめる。

こうして、個々の文を二極対立の構造としてとらえ、文から成る段落を、三極対立の構造としてとらえ、さらに、一つの作品の全体を、窮極的な四極対立の構造としてとらえることができるか。構造と言いうるような、ある規則的な、安定した、閉じた形を見出しうるか。それは、最後の『当麻』全篇の分析で試みる。

## 第二節　思考運動のモデルⅠ

### 一、モデルⅠの例、その一

1　もう二十年も昔の事を、どういふ風に思ひ出したらよいかわからないのであるが、僕の乱脈な放浪時代の或る冬の夜、大阪の道頓堀をうろついてゐた時、／2　突然、このト短調シンフォニイの有名なテエマが頭の中で鳴つたのである。／3　僕がその時、何を考へてゐたか忘れた。いずれ人生だとか文学だとか絶望だとか孤独だとか、さういふ自分でもよく意味のわからぬやくざな言葉で頭を一杯にして、犬の様にうろついてゐたのだらう。／4　ともかく、それは、自分で想像してみたとはどうしても思へなかった。街の雑音の中を歩く、静まり返った僕の頭の中で、誰かがはっきりと演奏した様に鳴つた。／5 僕は、脳味噌に手術を受けた様に驚き、感動で慄へた。／6 百貨店に馳け込み、レコォドを聞いたが、もはや感動は還つて来なかつた。／7 自分のこんな病的な感覚に意味があるなどと言ふのではない。モオツァルトの事を書かうとして、彼に関する自分の一番痛切な経験が、自ら思ひ出されたに過ぎないのであるが、一体、今、自分は、ト短調シンフォニイを、その頃よりよく理解してゐるのだらうか、といふ考へは、無意味とは思へないのである。

1の文は、2の文と対立している。2の文の始めの、「突然」ということばを境に、そのあちら側と、こちら側の世界との対立である。2の文は、日常の〈現実〉の世界ではありえないことを述べている。評価はマイナスである。従って、$A^{-1}$の極を表現している。

これに対して、1の文の方は、〈現実〉の世界であるが、いい、とされているのか、よくないとされているのか。一見、「乱脈」「放浪」、「うろついてゐた時」など、よくないととれるようなことばが並んでいる。が、いずれも、青春時代をなつかしんで回想する表現、と理解すべきである。プラスの評価と考える。従って、この1の文の極は、Aである。

1の文の極はAであるが、対立している2の文の極$A^{-1}$から、このAの極に働いているベクトルは、「うろついて」いた、という表現は、『無常といふ事』にもあつた。日常の〈現実〉の生活をつきつめた、ある極限の状態を語っていることばである。

そこで、1の文の極はAであるが、対立している2の文の極$A^{-1}$から、このAの極に働いているベクトルが考えられる。従って、1の文は、$\overrightarrow{A^{-1}A}$というベクトルで表現される運動を語っている、と考えるのである。

この反対に、2の文の極は$A^{-1}$であるが、対立している1の文の極Aからのベクトルを考えて、$\overrightarrow{AA^{-1}}$というベクトルである。

3の文は、4および5の文と対立している。「犬の様にうろついてゐた」状態は、「驚き、感動で慄へた」体験から断絶しているが、その一歩手前にあって、対立した関係にある。又「人生」や「文学」や「絶望」や「孤独」は、それじたいがここの主題ではなく、「やくざな言葉で頭を一杯にして」「うろついてゐた」ことが中心である。従って、A。これに対して、4および5は、「誰かがはつきりと演奏した」ことはありえないのに、「鳴つた」のである。「見えて来る」と同じように、聞こえないものが聞こえたのである。4および5は、ともに$A^{-1}$の極を語っている。4と5は、一つの文と考えてもよいが、文の切れ目を一応尊重しておく。以上、3は、4および5と対立し、たがいに正反対のベクトルを語っているから、3は、$\overrightarrow{A^{-1}A}$、4および5は、$\overrightarrow{AA^{-1}}$である。

6の文は、この4および5と対立している。現実の体験を語っていて、マイナスの評価である。7の文は、前の6と、時は違っているが、同じように、4および5と対立している。ともに、ベクトルは、$\overrightarrow{A^{-1}A}$である。

従って、この6と7の文との関係で、前の4と5の文は、ベクトルは、それぞれ、$\overrightarrow{AA^{-1}}$となる。

さて、以上七つのベクトルを、次に並べて表示する（第4図）。下は、図による表示である。

以上九つのベクトルを綜合的に理解しやすいように、図によって、一つに重ねて表示する(第5図)。ベクトルの矢じるしの記号で、矢じりの数は、ベクトルの数を表わす。

七つのベクトルは、三つの極A、$A^{-1}$、$\bar{A}$の間を動いている。$\overline{A^{-1}}$の極は現われていない。従って、A、$A^{-1}$、$\bar{A}$のそれぞれと、$\overline{A^{-1}}$の極との間のベクトルは、現われる余地がない。

ここには、小林秀雄の思考の、一つの典型が、ベクトル群として表現されている、と思われるのだが、この典型をもっと明らかにするために、もう少し他の例も考察してみよう。

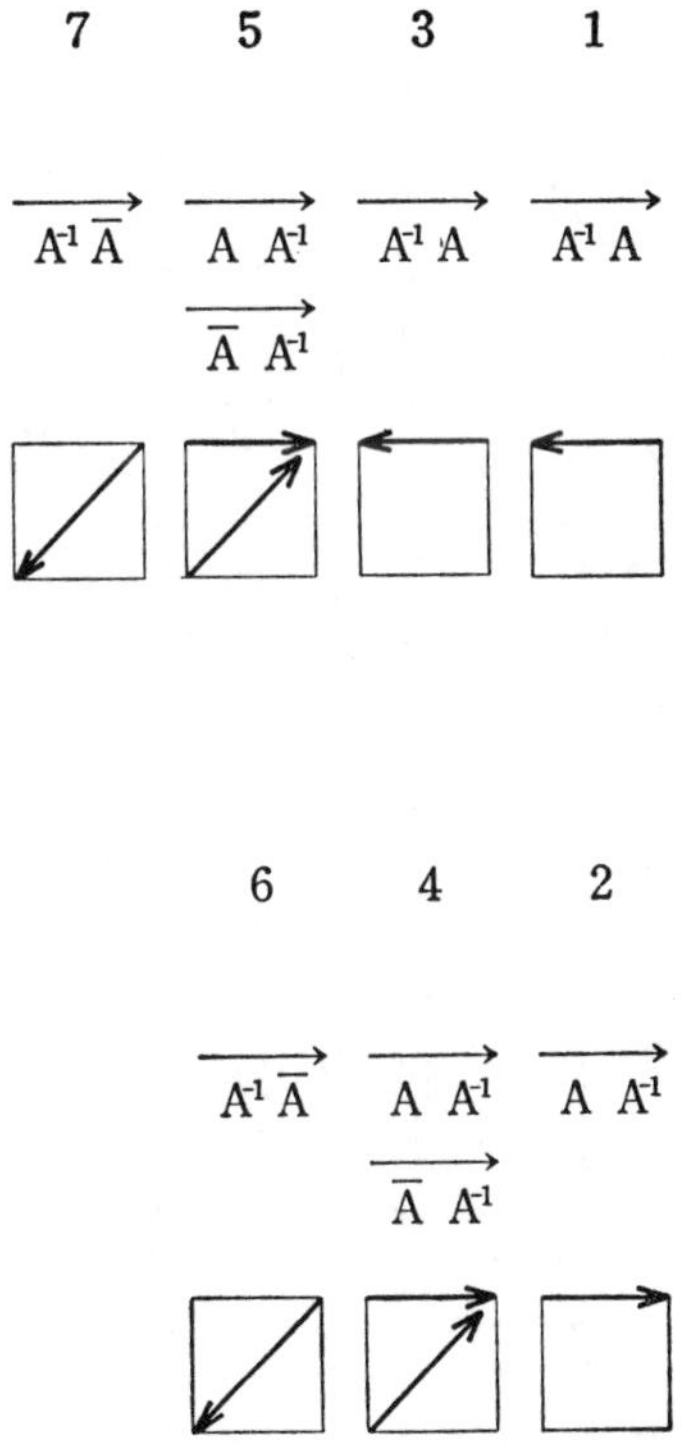


第4図

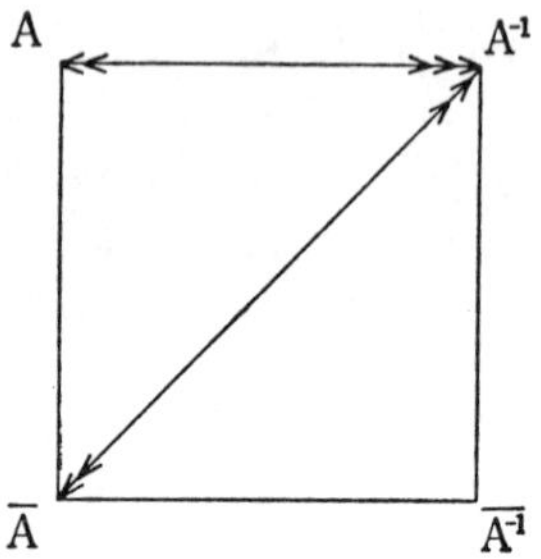


第 5 図

二、モデルIの例、その二

込み上げて来るわだかまりのない哄笑が激戦の合図だ。これが平家といふ大音楽の精髄である。／1　平家の人々はよく笑ひ、よく泣く。僕等は、彼等自然児達の強靱な声帯を感ずる様に、彼等の涙がどんなに塩辛いかも理解する。／2　誰も徒らに泣いてはゐない。空想は彼等を泣かす事は出来ない。／3　通盛卿の討死を聞いた小宰相は、船の上に打ち臥して泣く。／4　泣いてゐる中に、次第に物事をはつきりと見る様になる。／5　もしや夢ではあるまいかといふ様な様々な惑ひは、涙とともに流れ去り、自殺の決意が目覚める。／6　とともに突然自然が眼の前に現れる。常に在り、而も彼女の一度も見た事もない様な自然が。／7　「漫々たる海上なれば、いづちを西とは知らねども、月の入るさの山の端を、云々」／8　宝井其角の「平家なり太平記には月も見ず」は有名だが、この趣味人の見た月はどんな月だつただらうか覚束ない気持がする。（『平家物語』）

この段落の始めの文は、前の段落の、『平家物語』の笑いについて書いた文を受けている。この段落の文と関係ないわけではないが、一応切れているので、考察から省く。

1の文は、2の文と対立している。が、この対立の仕方は、やや複雑である。まず、1の文は、「平家」の「自然児達」の「涙」について語っている。この「涙」が、2の文の、「徒らに泣」き、「空想」で泣くような涙と対立しているのである。前者はA、後者は$\bar{A}$の極の表現である。従って、1の文の語っているベクトルは、$\overrightarrow{AA}$となる。ところで、2の文では、この$\bar{A}$の極は、否定されている。文全体の意味は、結局、1の文と同じになり、$\bar{A}$の極の否定によって、$\bar{\bar{A}}=A$、つまりAの極を表現していることになる。そして、この文のベクトルは、$\bar{A}$の極から、Aの極に向かって働いている、と考えられることになるのである。すなわち、2の文も又、$\overrightarrow{\bar{A}A}$である。

3の文は、2の文と極は同じだが、4の文と対立している。ともに「平家」の「涙」であり、プラスの評価であるが、4では、「物事をはっきりと見る」のに対して、3では見えていない。この「見る」は、すでに述べたように、見えないものを見る、小林秀雄の独自のことばである。3は、$\overrightarrow{A^{-1}A}$のベクトルで、4は、これとは正反対の、$\overrightarrow{AA^{-1}}$である。

5の文と、6の文との関係も、この3と4との関係に似ている。3と4のばあいよりも、ともにもっと調子が強い。5と6とは、たがいに正反対であり、5は$\overrightarrow{A^{-1}A}$で、6は、$\overrightarrow{AA^{-1}}$のベクトルである。

7の文は、「平家」からの引用文であるが、小林秀雄の文脈中に位置づけて評価する。6の文と同じベクトルと考える。$\overrightarrow{AA^{-1}}$。

8の文は、7の文と対立している。7の文で直接語られている極は$A^{-1}$であるが、この8の文では、「趣味人」の感覚、$\bar{A}$が語られている。従ってベクトルは、$\overrightarrow{A^{-1}\bar{A}}$である。又、7は$\overrightarrow{\bar{A}A^{-1}}$である。

以上、九つのベクトルを、並べて表示する。

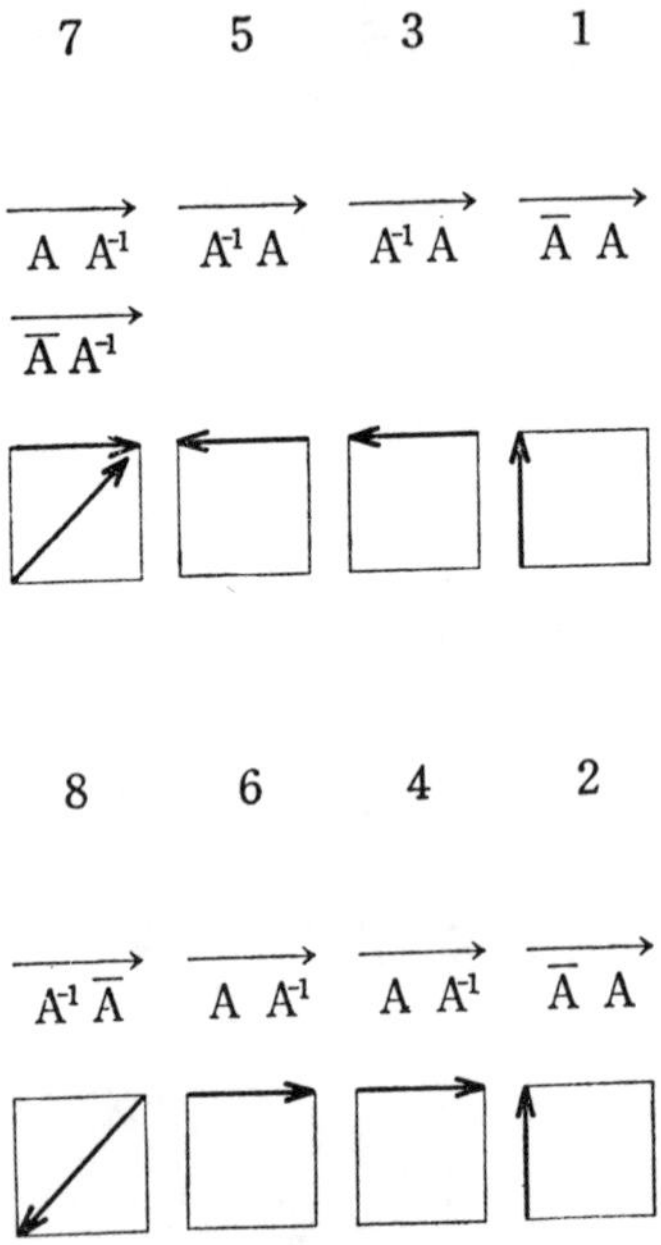


第6図

ここで、九つのベクトルを、一つに重ねて表示してみよう。

ここにも、前と同じように、三つの極$A$、$\bar{A}$、$A^{-1}$の間を動くベクトル群が現われる。

このベクトル群は、そこで演算が行なわれているわけではないが、一連の運動が、常にこの三極の中におさまっている。数学の言い方を借りれば、閉じている、のである。

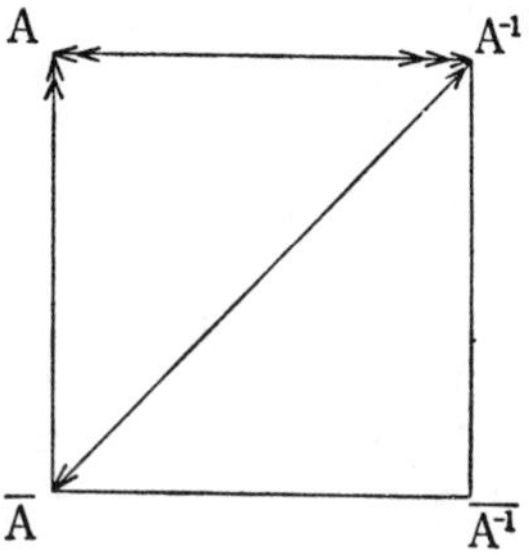


第 7 図

ベクトルの時間の軸に沿った動きは、九つのベクトルを、並べてある図を、番号の順に追っていくと、とらえられる。$\bar{A}$から始まって、$A$へ、そして、$A^{-1}$へ動き、$A^{-1}$と$A$との間を往復運動し、やがて、$A^{-1}$から$\bar{A}$へ帰ってくる。$\bar{A}$から始まって$\bar{A}$へ帰る。一つの群のベクトルが、ある極から始まって、その同じ極に帰る例は、それほどはっきり定型的に現われるわけではないが、少なくない。ベクトル運動が閉じていることの一つの現われであろう。

ベクトルが、一つの群の中で、空間的に閉じた形を描いていることは、九つの図を重ねた図を見ると、とらえられる。前と同じ$A$、$\bar{A}$、$A^{-1}$の極を結んで、前よりもはっきりと三角形を描いている。

### 三、モデルⅠの例、その三

1　Xはおれの話を聞いてつまらなさうな顔をした。おれもしかたがないから、つまらなさうな顔のまねをした。

「そいで、どうしても読まないといふんだな」

「どうせスカされるんだ、いやなこつた」

「ぢや勝手にしろ、馬鹿」

2　もちろん俺は、その夜家に帰り、炬燵に火を入れ、南京豆をたべ乍ら、ひそかにラジゲを読み始めたのである。一体がさもしい根性からだ。／3、尤も、どうせ退屈なのなら何を読んだつて同じ事だし、またこの際、このジャン・コクトオの稚児さんを決定的に軽蔑しておくのも悪くはあるまいと考へたのだ。

4　処が、思ひもかけず俺はガアンとやられて了つた。／5　電気ブランか女かでないと容易に働きださない俺の脳細胞は、のたのたと読み始めるや、／6　忽ちバッハの半音階の様に均質な彼の文体の索道に乗せられて、焼き刃のにおひの裡に、たわいもなく漾つて了つた。

7　俺は一気に／8　(尤もおれはあんまり幸福になつて途中で、本の上にだらしがなくよだれを垂らして暫く眠つた)、／7　夜明け近く「ドルジェル伯爵の舞踏会」を出た。

9　俺は彼の舞踏会を出て、凡そ近代小説がどれもこれも物欲しさうな野暮天に見えた。／10　これ程的確な颯爽とした造型美をもつた長編小説を、近頃嘗て見ない。／11　それにしても子供の癖に何んといふ取り澄し方だらう。／12　やつぱり天才といふものはあるものだ、世に色男がある様に。13　想へば二十歳で死んで了つたとは如何にもくやしい事である。／14　ほかに死んでもいゝ奴が佃煮にする程ゐるものを（『からくり』）

1の文は、2の文と対立している。「ラジゲ」の小説に対して、1では、「どうせスカされるんだ、いやなこつた」と言い、2では、「ひそかに」「読み始め」ている。態度は正反対である。この正反対の態度は、すなわち、この二つの文の表現する極の対立関係である。二つの文は、どちらも〈現実〉を語っているが、1の文は、マイナスに評価されている〈現実〉で、2の文は、「ひそかに」、「さもしい」などのことばはあるが、内心期待をもって、「ラジゲ」に接近しようという動きが語られている。1の文の極は $\bar{A}$ で、2の文の極は、Aである。

次の3の文は、ふたたび、1の文と同じ極の方向に帰っている。$\bar{A}$ の極の表現である。

以上、三つの文は、Aの極と、$\bar{A}$ の極との間の往復運動であり、そのベクトルは、1の文は、$\overrightarrow{A\bar{A}}$、2の文は、$\overrightarrow{\bar{A}A}$、3の文は、$\overrightarrow{A\bar{A}}$ である。

4の文と5の文は、次の6の文と対立している。ここは、すでに述べたように、「焼き刃のにおひの裡に、たわいもなく漾つて了つた」が、$A^{-1}$ の極の表現で、これに対する4と5の文は、$\bar{A}$ の極の表現である。従って、ベクトルは、4の文は、$\overrightarrow{A^{-1}\bar{A}}$、5の文も$\overrightarrow{A^{-1}\bar{A}}$、で、6の文は、$\overrightarrow{\bar{A}A^{-1}}$、である。

7の文と8の文との関係は、文体の上からみるとやや変則的である。が、構造の上からみると、それほど変則ではなく、たがいに対立する関係、ととらえられる。この対立関係は、〈観念〉と〈現実〉との対立で、どちらもプラスに評価される。7の『ドルジェル伯爵の舞踏会』とは、一冊の書物のことではなく、「たわいもなく漾つて」いた世界である。8の、「だらしがなくよだれを垂らして」という状態は、「あんまり幸福になつて」の結果である。ベクトルは、7の文では、$\overrightarrow{AA^{-1}}$、8の文は、$\overrightarrow{A^{-1}\bar{A}}$、である。

9の文は、この一つの文のうちに、二つの極をもっている。一つは、「彼の舞踏会」で、7の文と同じ、$A^{-1}$の極、もう一つは、そこを「出て」、「見えた」世界である。$A^{-1}$の極に対する、こちら側の、〈現実〉の世界に対する〈批評〉が語られている。$\bar{A}$である。結局、この文は、$A^{-1}$の極から、$\bar{A}$の極に向かう働きが語られているのであり、ベクトルは、$\overrightarrow{A^{-1}\bar{A}}$ である。

10の文は、前の文の、こちら側の世界に対立し、ふたたび、あちら側について語っている。9の文のベクトルと正反対であり、$\overrightarrow{\bar{A}A^{-1}}$ である。

11の文は、12の文と対立している。どちらも、もちろんプラスに評価しながら、11は、「子供の癖に」と、こちら側にひきつけて表現し、12は、「天才といふものはあるものだ」と、あちら側の、日常の〈現実〉を越えた存在として語っている。11の文は、A、12の文は、$A^{-1}$の極の表現で、ベクトルは、11の文は、$\overrightarrow{A^{-1}A}$、12の文は、$\overrightarrow{AA^{-1}}$ である。

11の文は、前の10の文とも対立している。10の文の極は、$A^{-1}$であるから、11の文との関係で、10の文のベクトルは、$\overrightarrow{AA^{-1}}$ である。

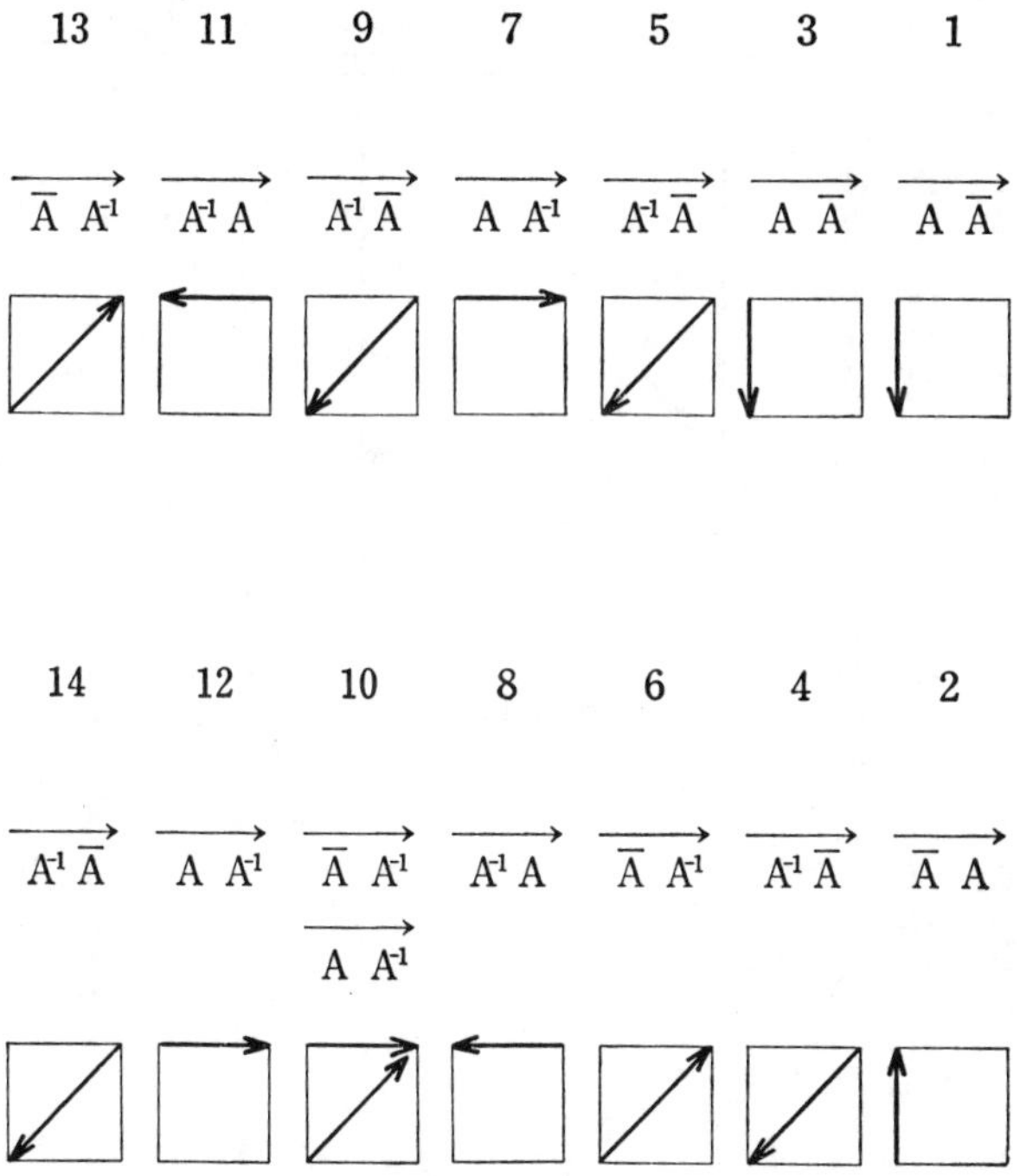
1 $\overrightarrow{A\ \bar{A}}$
2 $\overrightarrow{\bar{A}\ A}$
3 $\overrightarrow{A\ \bar{A}}$
4 $\overrightarrow{A^{-1}\bar{A}}$
5 $\overrightarrow{A^{-1}\bar{A}}$
6 $\overrightarrow{\bar{A}\ A^{-1}}$
7 $\overrightarrow{A\ A^{-1}}$
8 $\overrightarrow{A^{-1}A}$
9 $\overrightarrow{A^{-1}\bar{A}}$
10 $\overrightarrow{\bar{A}\ A^{-1}}$ $\overrightarrow{A\ A^{-1}}$
11 $\overrightarrow{A^{-1}A}$
12 $\overrightarrow{A\ A^{-1}}$
13 $\overrightarrow{\bar{A}\ A^{-1}}$
14 $\overrightarrow{A^{-1}\bar{A}}$

第 8 図

13の文は14の文と、対立している。やはり、あちら側とこちら側、そして、プラスとマイナスとの対立で、13の文のベクトルは、$\overrightarrow{\bar{A}A^{-1}}$、14の文のベクトルは、$\overrightarrow{A^{-1}\bar{A}}$ である。

以上の十五のベクトルを、次に、対応する文の順序に従って、記号と図とで並べて表示する（第8図）。

以上十五のベクトルの図を、前と同じように、一つに重ねてみよう（第9図）。

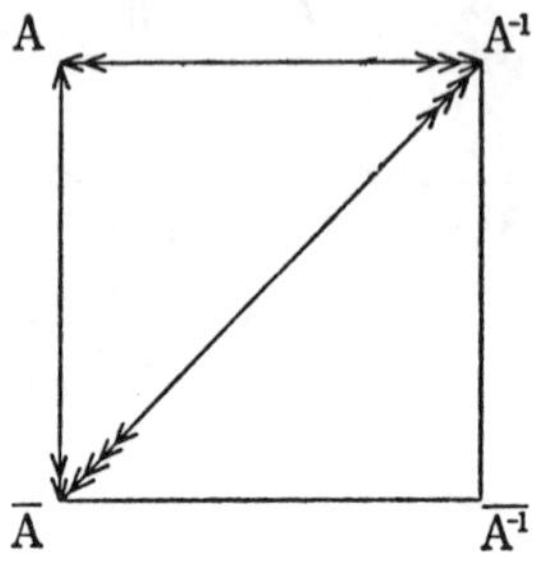


第 9 図

前の例とよく似たベクトル群が、ここにもある。同じように、$\bar{A}$の極から始まって、十四のベクトルが、A、$\bar{A}$、$A^{-1}$の三つの極の間を動き、おわりに、出発点の$\bar{A}$に帰っている。

ここで、もとの文章に帰って、以上のベクトル群の構造を踏まえながら見直してみよう。

1の文で、「どうせスカされるんだ、いやなこつた」と言い捨てたのは、「ひそか」な「さもしい根性」を内心に秘めていたのである。アマノジャクである。が、このアマノジャクは、「ひそかにラジゲを読む」ところにもとどまっていない。その直後に、又、「どうせ退屈」なら「何を読んだつて」とくる。アマノジャクによる往復運動である。

このような往復運動は、小林秀雄の思考の基本である。いわば本質的アマノジャクである。二極間の往復運動は、やがて不意に方向を転じ、もう一つの極が現われる。そのもう一つの極との間に、又、もう一つの往復運動が開始される。「電気ブランか女かでないと容易に働きださない俺の脳細胞」が、はるか彼方の、「焼き刃のにおひの裡に」「漾つて了つた」かと思うと、ふたたび「だらしがなくよだれを垂ら」すこちら側に、急速にひき返してくるのである。

そして、もう一度、『ドルジェル伯爵の舞踏会』の方へ行き、そこを「出て」、今度は、こちら側の世界に向かって、〈批評〉の運動が帰ってくる。これは三つめの往復運動の開始である。「物欲しさうな野暮天」から、「的確な颯爽とした造型美」へ急施回する。

次いで、「子供の癖に何んといふ」と、こちらに引きつけた感嘆が語られ、又、「やつぱり天才」と、向こうへ飛躍する。

そして、引用文の終りに、ふたたび、〈詩〉と〈批評〉が一往復、くり返すのである。

以上のように、基本的には、二極の対立、往復の思考運動であるが、前の一極を受けながら、もう一つの一極を求める変換があり、この変換をくり返しつつ、全体として、三極の間を、思考が動いていくのである。

この三極が、今までに考察した三つの例のように、A、$\bar{A}$、$A^{-1}$の三極であるばあいは、とくに、小林秀雄の思考の構造における、一つの典型である、と思われる。そこで、この構造をもつベクトル群を、以下、便宜上、モデルI、と名づけることにする。

## 第三節　モデルIの解釈

### 一、〈観念〉発見の運動

1 もう大分以前の事だ。丹後の宮津の宿で、朝食の折、習慣で、トーストと油漬のサーディンを所望したところ、出してくれたサーディンが非常においしかつた。ひよつとすると、これは世界一のサーディンではあるまいか、どうもただの鰯ではないと思へたので、宿の人に聞くと、天の橋立に抱かれた入江に居るキンタル鰯といふ鰯だと言はれ、送つてもらつた事がある。／2 先日、宮津に旅行して、それを思ひ出した。この辺の海に、キンタル鰯といふのが居るだらうと言ふと、どういふわけか、近頃は、取れなくなつたので養殖をしてゐると言はれた。

3 私は、前に来た時と同じやうに、舟に乗り、橋立に沿うて、阿蘇の海を一の宮に向つた。振り返ると、街には大規模なヘルス・センターが出来かゝつてゐるのが見える。やがて、対岸までケーブルが吊られ、「股のぞき」に舟で行く労も要らなくなると言ふ。そんな説明を聞くともなく聞きながら、打続く橋立の松を、ぼんやり眺めてゐた。それは、絶間なく往来するオートバイの爆音で慄へてゐるやうに見えた。

4　わが国の、昔から名勝と言はれてゐるものは、どれを見ても、まことに細かな出来である。特に、天の橋立は、三景のうちでも、一番繊細な造化のやうである。なるほど、これは、キンタル鰯を抱き育てて来た母親の腕のやうなものだ、と思つた。／5　とても大袈裟な観光施設などに堪へられる身体ではない。気のせゐか、橋立は何んとなく元気のない様子に見えた。

6　キンタル鰯の自然の発生や発育を拒むに到つた条件が、どのやうなものか、私は知らないが、子供の生存を脅した条件が、母親に無関係な筈はあるまい。／7　僅かばかりの砂地の上に幾千本といふ老松を乗せて、これを育てて来たについては、どれほど複雑な微妙に均衡した幸運な条件を必要として来たか。／8　瑣細な事から、何時、がたがたつと来るか知れたものではない。例へば、鰯を発育させない同じ条件が、この辺りの鳥の発育を拒んでゐるかも知れない。或る日、一匹の毛虫が松の枝に附いた時、もはやこれを発見する鳥は一羽もゐないかも知れない。いつたん始まつた自然の条件の激変は、昼も夜も、休まず、人目をかすめて作用しつゞけてゐるであらう。／9　ケーブルが完成した時、橋立は真つ赤になつてゐるかも知れない。観光事業家は、感傷家の寝言と言ふであらうか。

(『天の橋立』)

これは、短篇の、始めから半分以上までの部分である。くだけた説明の多い文章なので、一つのまとまりをもった意見が、三つの段落にわたっている。

1の文は、2の文と対立している。いずれも「キンタル鰯」に関する話で、対立点は、1では「天の橋立」でとれる、ということで、2では、「どういふわけか、近頃は取れなくなつた」ということである。1の極はA、2の極は、$\bar{A}$。ベクトルは、1の文では、$\overrightarrow{\bar{A}A}$で、2の文では、$\overrightarrow{A\bar{A}}$である。

3の文は、次の4の文と対立している。4では、「天の橋立」が、「一番繊細な造化」であるのに対して、3では、「大規模なヘルス・センター」や、「絶間なく往来するオートバイの爆音で慄へてゐる」という現状が語られている。3は、$\bar{A}$で、4は、A。従って、3の文のベクトルは、$\overrightarrow{A\bar{A}}$、4の文のベクトルは、$\overrightarrow{\bar{A}A}$。

5の文は、3と同じく、4と対立し、正反対のベクトルで、$\overrightarrow{A\bar{A}}$。

6の文は、5の文と共通点をもつ。5では、『橋立は何んとなく元気のない様子に見えた。』とあるが、6では、「キンタル鰯の自然の発生や発育を拒むに到つた」と、「天の橋立」について、ともにマイナスの評価をされるべき状況を語っている。5も6も、極は、ともに$\bar{A}$なのである。ところが、6は、次の7の文と対立している。すなわち、ベクトルの向かう極は、6は5と同じであるが、ベクトルの働きかけてくる極は、次の7で語られている極なのである。つまり、6のベクトルは、1から5に至るベクトルにつながりながら、今までなかった新しい方向、$A^{-1}$の極の方に運動を転換させているのである。

「……条件が、どのやうなものか、私は知らないが」ということばは、文字通りに受けとってはならない。ベクトルが$A^{-1}$に向かおうとする直前に、よくこのような文句が現われるのである。続いて言う「……

条件が、母親に無関係な筈はあるまい。」は、もっとつきつめて、何ごとかを推察させながら、まだ何も言ってはいない。知覚可能な世界の限界ぎりぎりのところに立っているのである。

これに対して、7の文は、はっきりと、「どれほど複雑な、微妙に均衡した幸運な条件を必要として来たか。」と、目に見えない世界に飛躍する。小林秀雄の文章に、いつかは必ず現われる、あの〈観念〉の世界である。$A^{-1}$の極を語っている。そこで、6の文のベクトルは、$\overrightarrow{A^{-1}\bar{A}}$ である。7の文は、これと

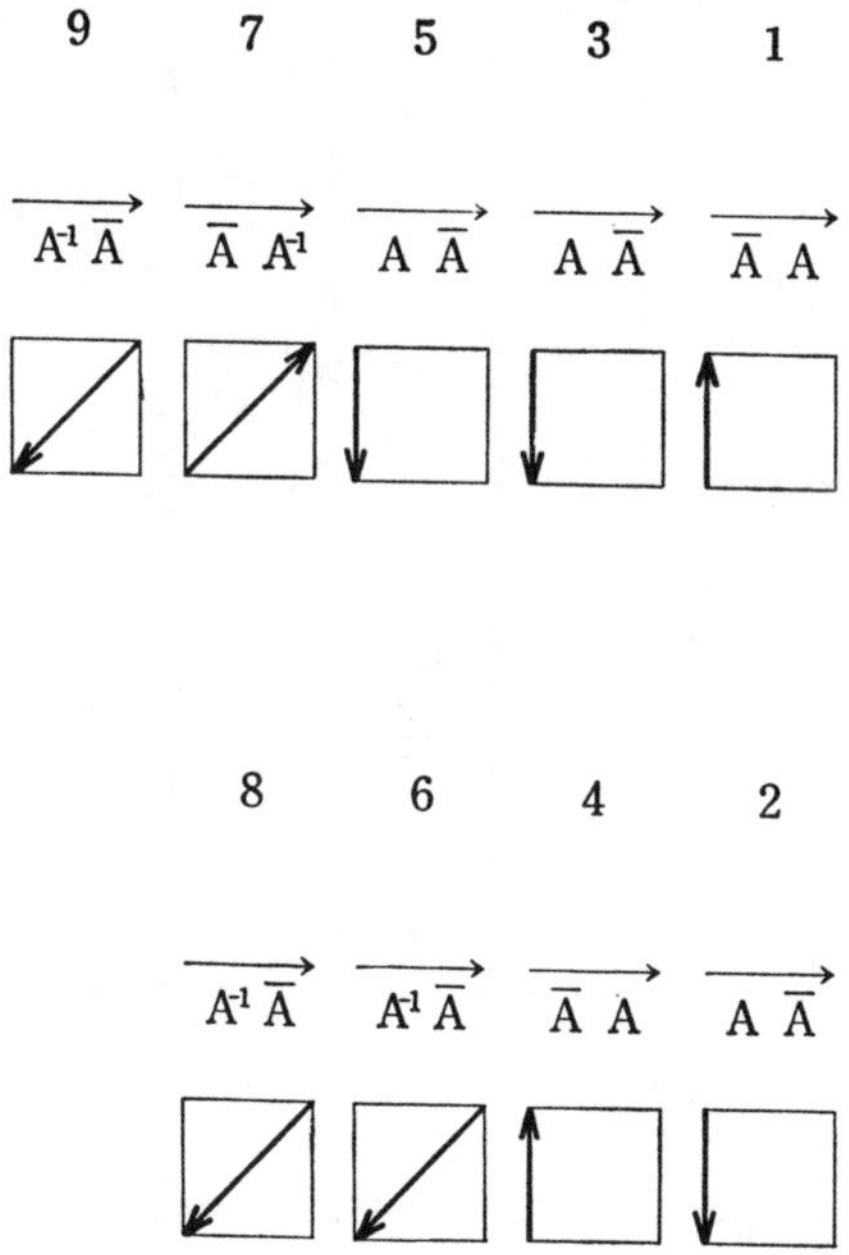


第10図

正反対の、$\overrightarrow{\bar{A}A^{-1}}$ である。

8の文は、6の文と同じで、同じように、7の文と対立している。「例へば」以下、具体的描写で、「鰯を発育させない同じ条件」を展開し、〈批評〉している。$\bar{A}$の極の表現である。ベクトルは、$\overrightarrow{A^{-1}\bar{A}}$ である。

9の文も、8と同じ、$\overrightarrow{A^{-1}\bar{A}}$。

以上九つのベクトルを、文の順序に従って示す（第10図）。

次に、以上九つの図を、一つに重ねて表示する（第11図）。

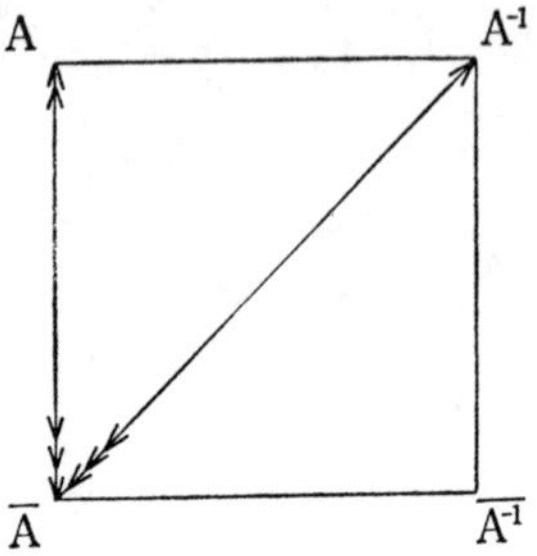


第 11 図

明らかに、モデルIである。

このようなベクトル群の解釈を考えてみよう。$A^{-1}$に向かうベクトル、ここではただ一つある $\overrightarrow{\bar{A}A^{-1}}$ を中心として解釈してみることができる。時間の軸に沿って並んでいるベクトルを見ていくと、まず、Aと$\bar{A}$の二極だけを両端とするベクトルの往復運動がある。計五回ある。次に、$A^{-1}$と$\bar{A}$の二極の間の運動が、計四回ある。Aと$\bar{A}$の二極間往復運動が、不意に方向を転換する。あたかも、はじめの往復運動が、次の$A^{-1}$に向かう方向転換のためのエネルギーをたくわえていたかのようである。

このような解釈は、モデルⅠについて、その多くの場合に可能である。

さて、ここで、文章にもどって考えてみよう。

作者の思考は、「キンタル鰯」が「非常においしかつた。」という直接体験から出発する。それは、「近頃は取れなくなつた」と言う。「キンタル鰯」がとれた「天の橋立」には、「大規模なヘルス・センター」ができ、「オートバイの爆音で慄へてゐる」。「天の橋立」の「繊細な造化」は、「何んとなく元気のない様子」である。

このような知覚可能な〈現実〉についての、思考の往復運動から、やがて一つの展望が開ける。それは、この「繊細な造化」が、「どれほど複雑な、微妙に均衡した幸運な条件を必要として来たか。」という、目に見えるもののかなたにあって、それらを支配している〈観念〉の世界への展望である。

この〈観念〉への展望は、直ちに〈現実〉に切って返され、鋭い〈批評〉となる。〈観念〉を背景にもつこの〈批評〉は、鋭く、かつ広い。それは目に見える限りの〈現実〉を憂え、その先の行く末に及ぶ。「鰯を発育させない同じ条件が、この辺りの鳥の発育を拒んでゐるかも知れない。或る日、一匹の毛虫が松の枝に附いた時、もはやこれを発見する鳥は一羽もゐないかも知れない。……」と、具体的情景をとらえながら、目に見えぬ〈観念〉が、その背景を支えている。

こうして、小林秀雄の、このモデルIの文章は、〈現実〉から〈観念〉へ、という〈観念〉発見の過程と、その〈観念〉が〈批評〉として〈現実〉に帰ってくる過程とから構成されている、と解釈することができる。

このように解釈するとき、〈観念〉発見こそ、小林秀雄の思考運動の中心である、という見方も成り立つだろう。

しかし、注意しなければならない。〈観念〉発見の過程、つまり、ベクトルで言えば、とくにここでは $\overrightarrow{\bar{A}A^{-1}}$ であるが、これを中心と考えることは、ベクトル群の全体としてのダイナミックな運動を見逃すことであってはならない。その全体の運動の中で、〈観念〉発見のベクトル $\overrightarrow{\bar{A}A^{-1}}$ は、〈現実〉〈批評〉のベクトル $\overrightarrow{A^{-1}\bar{A}}$ のための、かえって手段である、とも解釈できるのである。小林秀雄の思考の構造は、一つ一つが、他の一つ一つと厳しく対立しながら、たがいに支え合っている。全体として、静止した視点を拒むような一つの運動のうちに生きているのである。

小林秀雄の思考構造の中で発見される〈観念〉は、〈現実〉からは飛躍している。それは、〈現実〉についての思考の中から導かれるが、西欧の論理における帰納法のように、段階的に次第に〈観念〉に上昇していく過程をとらない。あるとき、突然、一挙に〈観念〉に到達する。〈現実〉についての思考の往復運動は、この飛躍からみれば、そのためのエネルギーを蓄える準備運動のようにみえる。

小林秀雄の〈観念〉は、〈現実〉からみれば、飛躍であり、断絶されている。容易に近づき難く、神秘的にさえみえる。が、それがまさしく、彼の思考構造において有効なのである。広い意味で、ものの役に立つのである。そればかりではなく、強い説得力があり、それなりの客観性を備えている。たとえば、この文章は、このように発見された〈観念〉から、今日言う公害批判を展開している。人々が、まだ公害についてほとんど論じていなかった高度成長時代、昭和三十七年の文章なのである。

## 二、〈批評〉で閉じる運動

Aの極と、$\bar{A}$の極との往復運動から、やがて、$A^{-1}$の極への展望が開け、飛躍する、という、いわば〈観念〉発見の思考運動は、モデルIにおける一つの典型であろうと思う。小林秀雄の思考の構造における一つの典型である。

しかし、同じように分析の結果、モデルIと考えられるベクトル群でも、これとは対称的な別の思考運動の型がある。理論上、当然考えられるように、Aの極と$A^{-1}$の極との往復運動から、やがて$\bar{A}$の極へ飛躍する型、および、$\bar{A}$の極と$A^{-1}$の極との往復運動から、Aの極に飛躍する型とである。いずれも、小林秀雄の文章のうちに見出すことができる。

始めに分析した『モオツアルト』の文章が、$\bar{A}$で終る例であった。

次に、それと同じような例を、一つとりあげよう。

1　「オリムピア」といふ映画を見て非常に気持ちがよかつた。近頃、稀有な事である。

2　健康といふものはいゝものだ。肉体といふものは美しいものだ。映画の主題が、執拗に語つてゐる処は、たつたそれだけの事に過ぎないのだが、／3　たつたそれだけの事が、何んといふ底知れず豊富な思想を孕んでゐるだらう、見てゐてそんな事を思つた。出て来てもそんな事を考へてゐた。

4　砲丸投げの選手が、左手を挙げ、右手に握つた冷い黒い鉄の丸を、しきりに首根つこに擦りつけてゐる。鉄の丸を枕に寝附かうとする人間が、鉄の丸ではどうにも具合が悪く、全精神を傾けて、枕の位置を修整してゐる、／5　鉄の丸の硬い冷い表面と、首の筋肉の柔らかい暖い肌とが、ぴつたりと合つて、不安定な頭が、一瞬の安定を得た時を狙つて、彼はぐつすり眠るであらう、いや、咄嗟にこの選手は丸を投げねばならぬ。／6　どちらでもよい、兎も角彼は苦しい状態から今に解放されるのだ。／7　解放される一瞬を狙つてもがいている。掌と首筋との間で、鉄の丸は、団子にでも捏ねられる様なあんばいに、グリグリと揉まれてゐる、それに連れて、差し挙げた左手は、空気の抵抗でも確かめる様に、上下する、肌着の下で腹筋が捩れる、スパイクで支へられた下肢の腱が緊張する。／8　彼は知らないのだ、これらの悉くの筋肉が、解放を目指して協力してゐる事は知つてゐるが、それがどういふ方法で行はれるかは全く知らないのだ。／9　鉄の丸の語る言葉を聞かうとする様な眼附きをしてゐる。恐らくもう何も考へてはゐまい。／10　普段は頭の中にあつたと覚しい彼の精神は、鉄の丸から吸ひとられて、彼の全肉体を、血液の様に流れ始めてゐる。彼はたゞ待つてゐる、心が本当に虚しくなる瞬間を、精神が全く肉体と化する瞬間を。

11　僕の眼の前には、これに類する場面が次から次へと現れた。高速度写真のカメラによつて映し出される様々な肉体の動きの印象は、いかにも強く、こちらの視覚に何か変調が起り、感受性の世界が脹れ上る様な想ひがした。あまりの美しさにぼんやりとした。／12 ある秩序の裡にゐて、ある目的の為に、精神と肉体とが一致するといふ事は、何んと難しい事であらうか。僕等の肉体は、僕等に実に親しいものでありながら、又、実に遠いものではないのだらうか。これは僕の意見とか解釈とかいふ様なものではない。心ないカメラが、僕の眼の前にまざまざと映し出してくれた光景そのものである。(『オリムピア』)

1と2の文は、3の文と対立している。1と2は、「見て非常に気持ちがよかつた」ことを語り、3は、それについて「思つた」、「考へてゐた」ことを語っている。どちらも、評価はプラスである。1と2の文はAの極の表現で、3の文は、$A^{-1}$の表現。従って、1と2の文のベクトルは、それぞれ、$\overrightarrow{A^{-1}A}$で、3の文のベクトルは、$\overrightarrow{AA^{-1}}$

4の文と5の文は、6の文と対立している。6は、「一瞬の安定を得た時」のあちら側について、「ぐつすり眠る」のも、「丸を投げ」るのも、「どちらでもよい」ようなある状態、が語られている。これは肉体の状態のことではない。「解放される」世界である。4と5は、その「一瞬」のこちら側の世界の具体的描写である。4と5はA、6は$A^{-1}$。ベクトルは、4と5の文は、$\overrightarrow{A^{-1}A}$で、6の文は、$\overrightarrow{AA^{-1}}$

7の文と8の文とは対立している。7は、前の6の文とも対立し、「一瞬」のこちら側の世界である。8は、「彼」の「知らない」ことを述べる。感得されていず、知られていない、が、存在するあることである。8は$A^{-1}$で、7はA。ベクトルは、7の文は、$\overrightarrow{A^{-1}A}$で、8の文は、$\overrightarrow{AA^{-1}}$

９の文は、10の文と対立している。９は、具体的描写によって、10は、「精神」が、「血液のように流れ始めている」という、具体的にとらえられない描写によって、同じような状態を語っている。９はAの極の表現で、10は$A^{-1}$の極の表現である。従って、９の文のベクトルは、$\overrightarrow{A^{-1}A}$で、10の文のベクトルは、$\overrightarrow{AA^{-1}}$

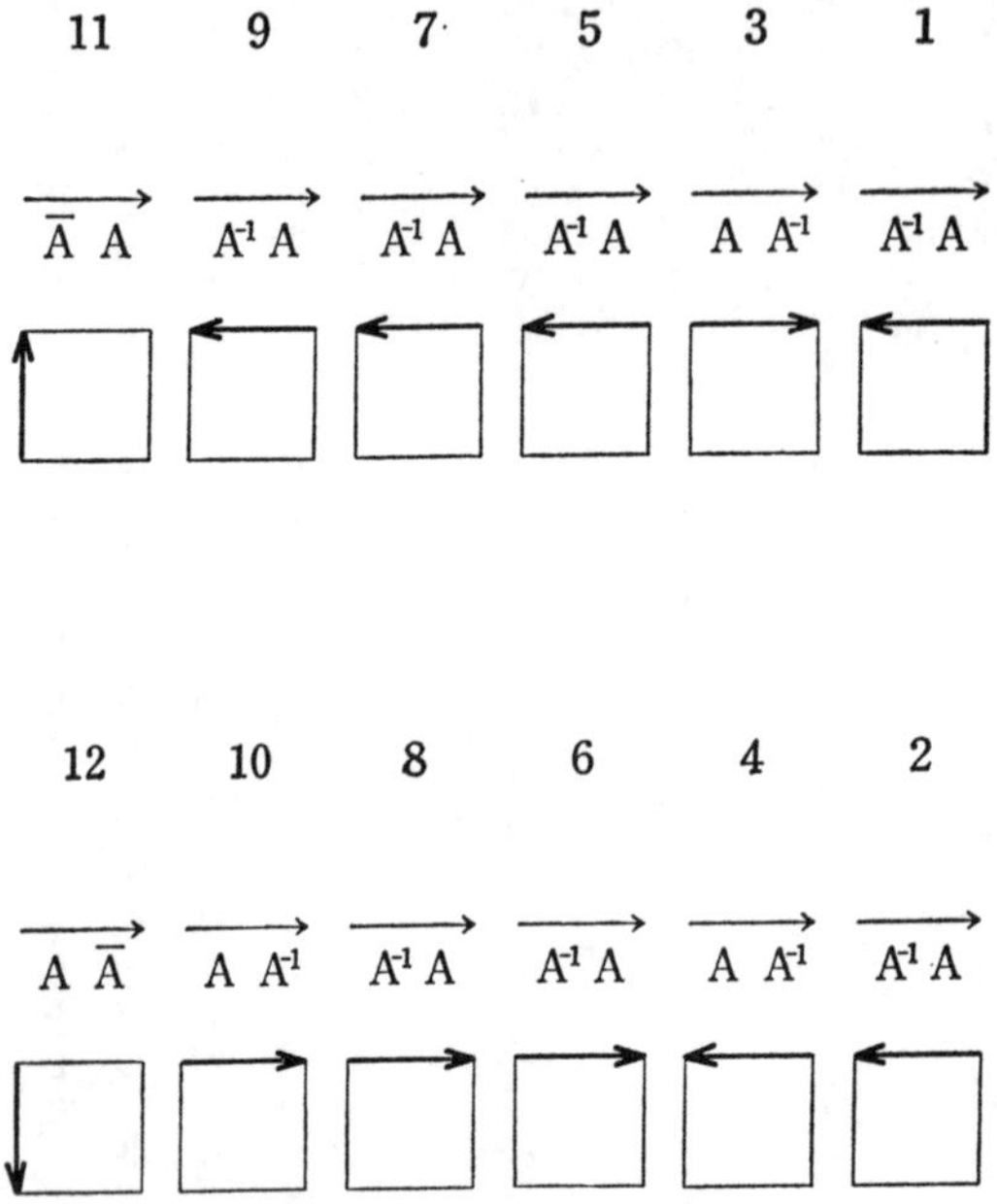


第12図

11の文は、12の文と対立している。12の文の中心は、「僕等の肉体」が、「実に遠いもの」という否定的な判断を語っているところにある。11は、「場面」の「美しさ」を説く。この意味で、両者は正反対である。が、どちらも、「眼の前」の「肉体」について語っている。11は、Aの極、12は、$\bar{A}$の極の表現である。従って、ベクトルは、11の文では、$\overrightarrow{\bar{A}A}$で、12の文では、$\overrightarrow{A\bar{A}}$

以上の12の文の分析結果を、記号と図で、まとめて表示する（第12図、第13図）。

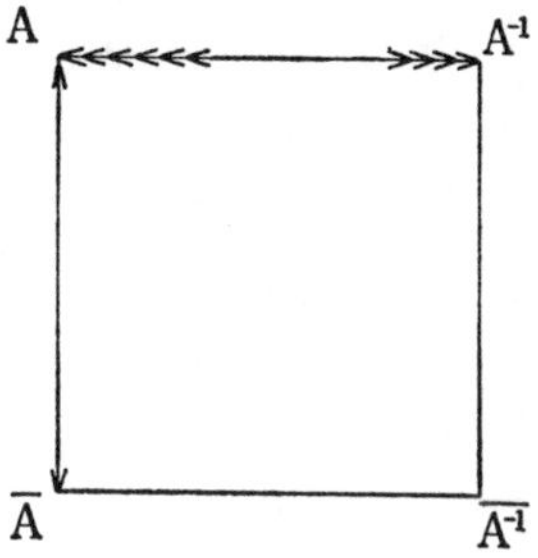


第 13 図

ベクトル運動は、始めから、Aの極と、$A^{-1}$の極との往復運動をくり返している。〈批評〉のベクトルが欠けているのである。悪口と無縁に、ほめてばかりいる小林秀雄は、異例であり、その思考の構造は不安定である。三つ目の段落で、ようやく〈批評〉が現われ、一群の運動は安定した形をとるのである。

# 第四節　『志賀直哉』論における困難

## 一

1　俺は今でもさうである。俺の言動の端くれを取りあげて（言動とはすべて端くれ的である）、俺に就いて何か意見をでつち上げやうとかゝる人を見るごとに、名状し難い嫌悪感に襲はれる。／2　和やかな眼に出会ふ機会は実に実に稀である。／3　和やかな眼だけが恐ろしい、何を見られてゐるかわからぬからだ。／4　和やかな眼だけが美しい、まだ俺には辿りきれない、秘密をもつてゐるからだ。／5　この眼こそ一番張り切つた眼なのだ、一番注意深い眼なのだ。／6　たとへこの眼を所有することが難しい事だとしても、／7　人は何故俺の事をあれはあゝいふ奴と素直に言ひ切れないのだらう。たつたそれだけの勇気すら何故持てないのだらう。／8　悧巧さうな顔をしたすべての意見が俺の気に入らない。誤解にしろ正解にしろ同じやうに俺を苛立てる。同じやうに無意味だからだ。／9　例へば俺の母親の理解に一と足だつて近よる事は出来ない。母親は俺の言動の全くの不可解にもかゝはらず、俺といふ男はあゝいふ奴だといふ眼を一瞬も失つた事はない。（『Xへの手紙』）

1の文は、2の文と対立している。1の、「おれの言動の端くれをとりあげて」「何か意見をでつち上げやうとかゝる人」に対して、2の、「和やかな眼」が対立している。1はマイナス、2はプラス。ともに知覚可能な事象である。従って、1のベクトルは、$\overrightarrow{A\bar{A}}$、2のベクトルは、$\overrightarrow{\bar{A}A}$

3の文は、2の文と同じ極をもちながら、4の文と対立している。3の、「何を見られてゐるかわからぬ」は、知覚不可能な事象の存在を認めながら、まだそれについては語っていない。これに対して、4では、「おれには辿りきれない、秘密をもつている」と、知覚不可能な事象の存在を断言する。「何を見られているかわからぬ」とは、前に引用した文の「キンタル鰯の自然の発生や発音を拒むに到つた条件が、どのやうなものか、私は知らないが」という言い方とにている。知覚不可能な事象について語ろうとする、一歩手前の、ある極限の状態における無知の告白である。

3の文のベクトルは、$\overrightarrow{A^{-1}A}$で、4の文のベクトルは、$\overrightarrow{AA^{-1}}$である。

5の文は、前の4の文と対立している。同じ「眼」を、「この眼」と受けているが、4の、「辿りきれない、秘密」という、知覚を越えた世界についての表現に対して、「張り切つた」、「注意深い」といった、知覚可能な事象についての修飾語を用いている。5の文のベクトルは、$\overrightarrow{A^{-1}A}$である。

6の文と、7の文との切れ目は、ふつうの文の途中になるが、それぞれが対立している極が異なっているので、やむをえない。6も7も、ともに、知覚可能な、マイナスに評価される事象を語っている。だから、ともに、$\bar{A}$の極である。6は、「この眼」、すなわちAに対立し、ベクトルは、このAの極から、「難かしい」という、$\bar{A}$に向かっている。7は、一つおいた後の9の文と対立している。「俺の事をあれはあゝいふ奴と」「言いきれない」人について語っている。

ところで、9の文は、7と対立し、「おれといぅ男はあゝいふやつだといぅ眼」をもつ「母親」について語る。Aの極である。そこで、前の7の文は、このAの極から、Āの極に向かぅベクトルとして表現される。

結局、6のベクトルは、$\overrightarrow{A\bar{A}}$で、7のベクトルは、$\overrightarrow{A\bar{A}}$

8の文は、7と同じく、9と対立する。7と同じベクトルで、$\overrightarrow{A\ \bar{A}}$

9の文は、前述のように、7および8と対立する正反対のベクトルで、$\overrightarrow{\bar{A}\ A}$

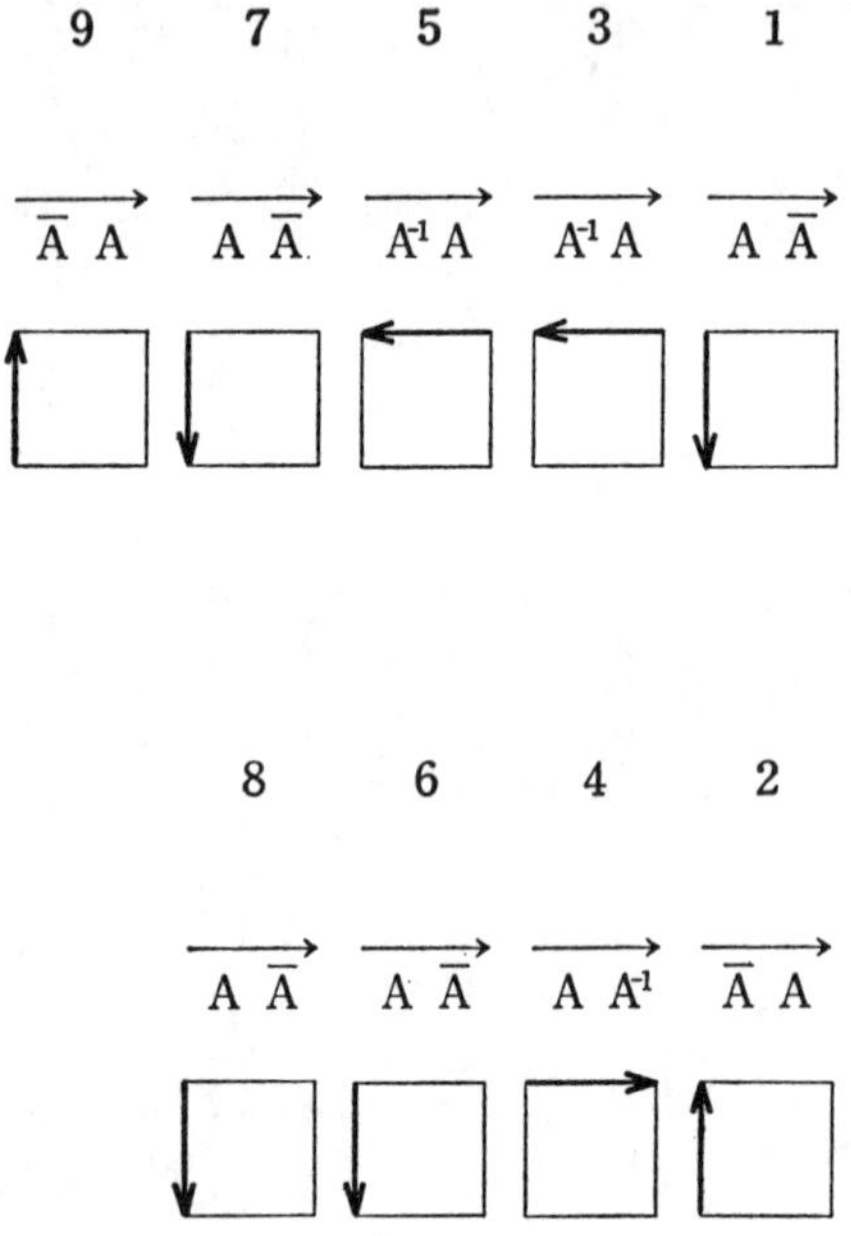


第14図

以上、九つのベクトルを、まとめて、まず時間の軸にそって並べて表示（第14図）し、次に、図だけ一つに重ねて表示（第15図）する。

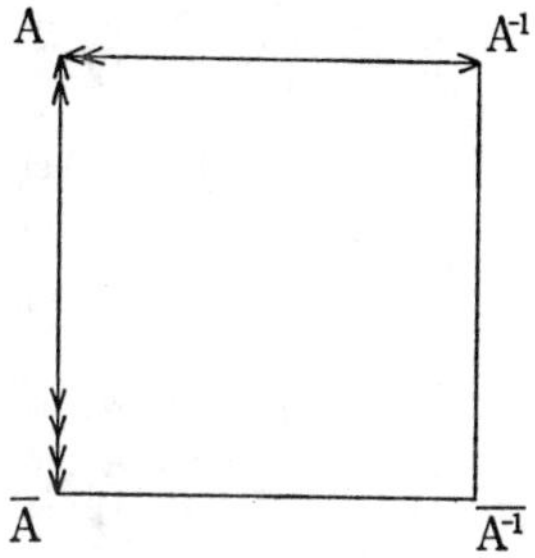


第 15 図

このベクトル群も、モデルIであることが分かる。

ところで、この文の分析をとりあげたのは、次の文の構造と比較したいためであった。

## 二

第一章で考察した『志賀直哉』の「眼」について語った文を、もう一度、構造分析の対象としてとりあげよう。

1　私は所謂慧眼といふものを恐れない。ある眼があるものを唯一つの側からしか眺められない処を、様々な角度から眺められる眼がある、さういふ眼を世人は慧眼と言つてゐる。／2　つまり恐ろしくわかりのいゝ眼を言ふのであるが、わかりがいゝなどといふ容易な人間能力なら、私だつて持つてゐる。／3　私は慧眼に眺められてまごついた事はない。／4　慧眼の出来る事はせいぜい私の虚言を見抜く位が関の山である。／5　私に恐ろしいのは決して見ようとはしないで見てゐる眼である。／6　物を見るのに、どんな角度から眺めるかといふ事を必要としない眼、吾々がその眼の視点の自由度を定める事が出来ない態の眼である。／7　志賀氏の全作の底に光る眼はさういふ眼なのである。

8　例へば人々は、「和解」に於いて、子供が死ぬ個所の描写の異常な精到緻密を見て、あゝいふ場合にも作者の観察眼がくるはない事を訝るが、氏の様な資質が、あゝいふ場合、あゝいふ事件を観察すると思つて見るだけでも滑稽な事である。／9　恐らく氏にとつては、見ようともしない処を、覚えようともしないでまざまざと覚えてゐたに過ぎない。／10　これは驚く可き事であるが、一層重要な事は、氏の眼が見ようとしないで見てゐる許りでなく、見ようとすれば無駄なものを見て了ふといふ事を心得てゐるといふ事だ。／11　氏の視点の自由度は、氏の資質といふ一自然によつてあやまる事なく定められるのだ。／12　氏にとつて対象は、表現される為に氏の意識によつて改変さる可きものとして現れるのではない。13　氏の眺める諸風景が表現そのものなのである。

以上の文を、例によって構造分析するが、10の文から13の文までの四つの文には問題がある。一応私の考えで分析し、その問題については、後で説明する。

1の文から、4の文までの四つの文は、5の文から、7の文までの、三つの文と対立している。一口に言えば、1から4の、「慧眼」に対して、5から7の、「見ようとはしないで見てゐる眼」が対置され、前者はマイナス、後者はプラスと評価されている。両者いずれも、知覚可能な「眼」について語っている。1から4までの四つの文のベクトルは、いずれも、$\overrightarrow{A\bar{A}}$で、5から7までの三つの文のベクトルは、いずれも、$\overrightarrow{\bar{A}A}$である。

次に、8の文は、9の文と対立する。この対立は、前の1から4までの文と、5から7までの文との対立と、構造上まったく同じで、従って、8の文のベクトルは、$\overrightarrow{A\bar{A}}$で、9の文のベクトルは$\overrightarrow{\bar{A}A}$となる。

問題は、その次以後である。まず10の文は9の文と対立する。9の文は「見ようともしない処を、覚えようともしないでまざまざと覚えていた」と言ふが、10の文では、「一層重要な事は」と、9の文との対比をわざわざ断わり、「見ようとしないで見てゐるばかりでなく」と、9の文とほとんど同じ意味のことを、くり返し述べ、その上で、「許りでなく」と、これを否定している。

では、10の文では、何を積極的に語っているのか。9の文は、Aの極であり、これと対立し、しかも10の文はプラスの評価であるから、私の構造分析上、これは$A^{-1}$の極を表現している、とみるのが自然の勢いである。具体的に、どういう文章で語られているか。「見ようとすれば無駄なものを見てしまふといふ事を心得てゐる」と言うのである。これは、果たして、知覚不可能な〈観念〉の世界の表現なのか。私はそう解釈する。つまり、この文は、「見ようとしないで」という以上に、見ないことを語っている。

「見ようとす」る、の否定の形で、見ない、という意味を強調している。結局、ほとんど見ない、だが見えてくるのである。$A^{-1}$の極の表現と考える。従って、この文のベクトルは、$\overrightarrow{AA^{-1}}$である。

この10の文との関係では、9の文のベクトルは$\overrightarrow{A^{-1}A}$となる。

次の11の文も、10の文と同様、解釈に多少無理はあるが、同じ構造なので、同じベクトルと解するしかない。「視点の自由度」が、「資質という一自然」によって「定められる」。「視点の自由度」ということばは、6の文にあり、「見ようとしないで見てゐる眼」の形容に使われている。「視点の自由度を定めることができない」とは、Aの極の表現と分析されていたので、この「自由度」を支配し、「定める」ような「資質という一自然」は、$A^{-1}$の極の表現、と考えるのである。

一般に、「資質」ということばも、「自然」ということばも、それだけでは、〈観念〉の世界を語っている、とは言えない。ここでは文脈上、と言うよりも私の考える小林秀雄の思考の構造上、そう解するのである。従って、この11の文のベクトルは、$\overrightarrow{AA^{-1}}$である。

12の文は、前の11の文と対立し、11の「定められる」に対し、「意識によって改変さるべきものとして」の「対象」について、マイナスの評価を語っている。この「対象」は、ふつう知覚可能である。従って、この文の語る極は、$\bar{A}$であり、ベクトルは、11の文の極、$A^{-1}$から向かってくる。$\overrightarrow{A^{-1}\bar{A}}$

この12の文のベクトルとの関係では、11の文のベクトルは$\overrightarrow{\bar{A}A^{-1}}$となる。

13の文は、この12の文と対立する。そして、この文は、文脈上、一つ前の11の文と同じ意味を語っており、$A^{-1}$の極の表現と考えられる。従って、ベクトルは、$\overrightarrow{\bar{A}A^{-1}}$である。

以上の結果を、例のようにまとめてみよう。

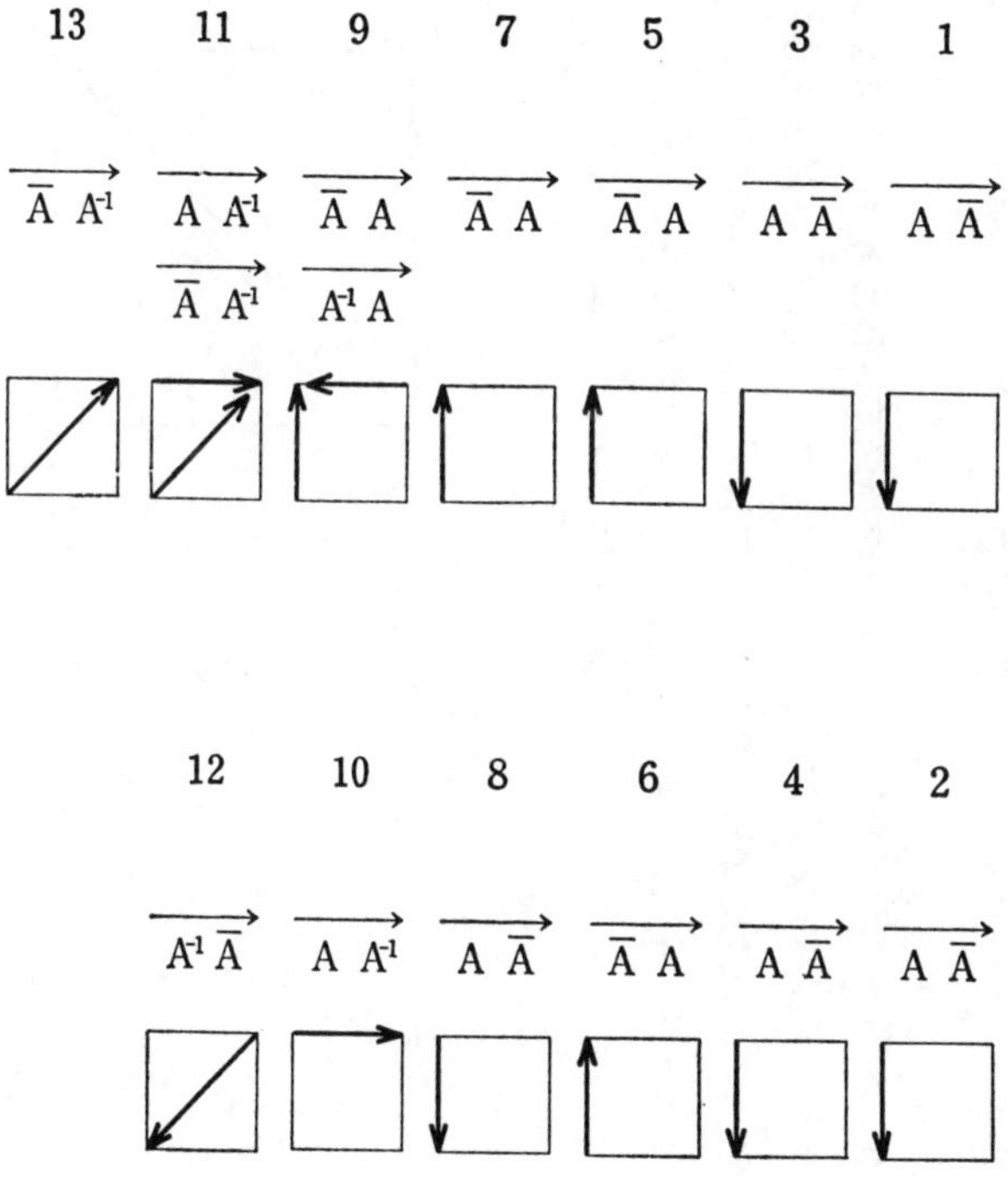


**第 16 図**

これは、やはり、モデルIのベクトル群である。

ところで、このような典型を結果としてみちびく過程には、すでに述べたように、多少の無理があった。10、11、13の三つの文で、それぞれに、もし$A^{-1}$の極が語られている、と考えないならば、このベクトル群に、$A^{-1}$の極がなく、従って、モデルIの形は現われてこないはずだからである。

私の分析の過程は、基本的には正当であった、と考える。が、やはり、そこに多少の無理を認めざるを得ない。

この無理は、私の無理と言うよりも、実は、小林秀雄の無理なのだ、と思う。

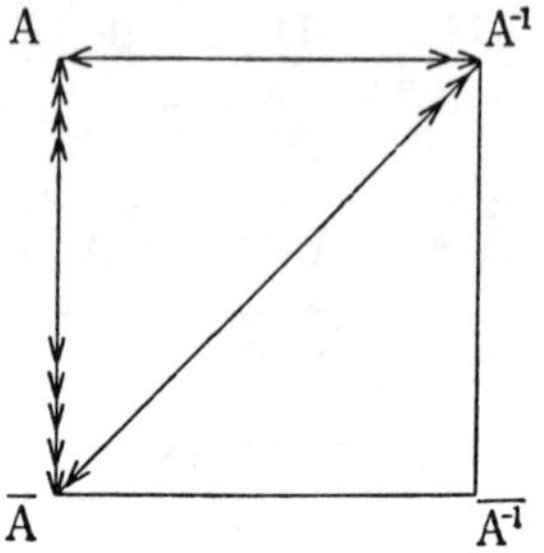


第 17 図

三

『志賀直哉』のこの文章と、その前に考察した『Xへの手紙』の中の文章とを比較してみよう。この二つは、非常によく似ている。何よりも、分析結果としての、ベクトル群の形が似ている。もとの文章がよく似ている以上、当然、同じような分析結果が出てくるはずである。

問題は、『Xへの手紙』の方には、「俺には辿りきれない、秘密を持つてゐる」という、明らかにあちら側の世界である$A^{-1}$の極を語る文句があったが、『志賀直哉』の方には、それほど明白な$A^{-1}$を語ることばがなかった、ということである。

これについて考えよう。

『志賀直哉』のうちに、次のような一節がある。

> 私はどんな作家を語らうとしても、その作家の思想の何等かの形式を、その作品から抽象しようとする安易を希ひはしないが、如何に生まの心を語らうとしても、語る所が批評である以上、抽象が全然許されないとなると問題は恐ろしく困難になるのである。志賀氏はかゝる抽象を最も許さない作家である。志賀氏の作品を評する困難はこゝにある。私は眼前に非凡な制作物を見る代りに、極めて自然に非凡な一人物を眺めて了ふ。これは私が氏に面識あるが為では断じてなく、氏の作品が極端に氏の血肉であるが為だ。氏の作品を語る事は、氏の血脈の透けて見える額を、個性的な眉を、端正な

唇を語る事である。

ここには、「困難」が語られている。矛盾した告白がある。小林秀雄は、一方で、「氏の作品を語ることは、氏の血脈の透けて見える額を、……語る事である。」と断言しているようであるが、他方では、「語る所が批評である以上、抽象が全然許されないとなると問題は恐ろしく困難になる」と、「抽象」への断ち難い志向を述べている。

批評とは、「一人物」ではなく、「制作物」を語ることであり、何らかの「抽象」を語ることだ、そう、小林秀雄は言いたいのであろう。その「抽象」とは、「作家の思想の何等かの形式を、その作品から抽象しようとする」ことではない。それは「容易」なことだ、と言う。その通りである、と思う。小林秀雄にとって、「抽象」に相当するような何らかの観念は、確かにある。が、それは、「作品から抽象」された「形式」ではない。しかし、小林秀雄は、常に、何らかの「抽象」ということばで語られるものに相当するものを、求めている。その願いを、志賀直哉の作品は拒絶している。そこに「困難」があるのである。

同じ『志賀直哉』に、さらに次のような一節がある。

推進機の回転数が異常に増加してくれば、おそらく推進機は推進機でも何んでもなくなるが如く、理智の速度が異常に速やかになれば、理智は肉体とは何んの交渉もない観念学と変貌するが如く、神経も亦その鋭敏の余り人間行動から遊離して、一種トロピズムの如く、彼独特の運動を起すものである。神経がその独立の運動によつて彼の世界を建築しようとするに際して、その材料として、その骨格として最も自由な利用を許されるものは、肉体の命令から最も自由な観念といふものである。ジェラル・ド・ネルヴァルが、その恐ろしく鋭敏な神経の上に、「夢と生」なる神経的架空の世界を築き得た所以は、彼が又恐ろしく神速に観念的な頭を持つていたが為である。彼の遊離した神経は、利用すべき観念の無限な諸映像に不足を感じなかつた。

　志賀氏の神経も亦その鋭敏の故に肉体を遊離しようとする。

「踏切りの所まで来ると白い鳩が一羽線路の中を首を動かしながら歩いてゐた。私は立ち留つてぼんやりそれを見てゐた。『汽車が来るとあぶない』といふやうな事を考へてゐた。それが、鳩があぶないのか自分があぶないのかはつきりしなかつた。然し鳩があぶない事はないと気がついた。自分も線路の外にゐるのだから、あぶない事はないと思つた。そして私は踏切りを越えて町の方へ歩いて行つた。

『自殺はしないぞ』私はこんな事を考へてゐた」（「児を盗む話」）

　氏の神経は氏の肉体から遊離しようとする、だが肉体は神経を捕へて離さない。氏の神経は氏の肉体を遊離するのだが、理智はこれに何等観念の映像を供給しない。そこで神経は苦しげに下降して実生活の裡にその映像を索めねばならないのだ。氏が神経の独立した運動の上に「児を盗む話」なる最も現実的な世界を築き得た所以は、氏の心臓が恐ろしく生活の欲情を湛へてゐたが為である。……

ここで重要なことは、小林秀雄が、志賀直哉の文章のうちに、このような思考の運動を読みとっている、という事情である。

前の引用文におけるように、何らかの「抽象」を求めて、しかも「きわめて自然に非凡な一人物を眺めてしまう」ことの「困難」は、志賀直哉は当然感じていなかったはずである。この「困難」と同質の事情が、この引用文で、「苦しげに下降」する「神経」として語られているのだ、と私は考える。

くり返して言うが、問題は、小林秀雄が、志賀直哉の文章に突き当って、どうしようもなく当惑している「困難」なのである。それにもかかわらず、尚かつ〈観念〉を求めて苦闘している小林秀雄の思考の、ある必然性が、私の関心なのである。

構造分析の対象としてとりあげた、『志賀直哉』のあの文章の部分に帰ろう。

もう一度、あの問題の部分を考えてみる。

> ……／9　恐らく氏にとつては、見ようともしない処を、覚えようともしないでまざまざと覚えてゐたに過ぎない。／10　これは驚く可き事であるが、一層重要な事は、氏の眼が見ようとしないで見てゐる許りでなく、見ようとすれば無駄なものを見て了ふといふ事を心得てゐるといふ事だ。

9の文の「見ようともしない処を、……」の文句は、やや前の、5の文の、「私に恐ろしいのは決して見ようとはしないで見てゐる眼である。」と、ほとんど同じである。小林秀雄の文章には、およそ同じ文句のくり返しは少ないのである。そればかりではない。10の文で、もう一度、「氏の眼が見ようとしないで見てゐるばかりでなく」と、あまり変わらぬような文句がくり返される。

思うに、これは、$A^{-1}$への飛躍を求めて、Aの極における限界の極限に立っている思考の、焦立たしさではないか。きっかけは、なかなかやってこないのである。小林秀雄は、二度、三度、こちら側の淵に立って足踏みをくり返すかのようである。

そして、10の文で、遂に飛躍する。あの「突然」やってくる必然的な飛躍ではない。たぶんに論理的な飛躍である。「いっそう重要なことは」と念を押しているが、「見ようとしないで見てゐるばかりでなく」と、「見ようとすればむだなものを見て了ふといふことを心得てゐる」との間に、それほど「重要な」違いが、果たしてあるだろうか。この二つの命題は、論理的に言えば、たがいに裏 converse of contraposition の関係である。両者は確かに違う。二つの命題は、相まって、見ようとしないことだけが、むだでないものを見る、ということになるだろう。

つまり、この二つの命題は、論理的に、たがいに補い合う、並列的な関係である。こちら側の世界について語る命題と、あちら側の世界について語る命題、というような、次元の異なる対立関係ではない、と言うべきであろう。私の構造分析の上でも、前者がAの極の表現であるなら、後者も又、Aの極と考えるべきではないか。

ふつうに論理的に考えると、確かにそうなのである。しかし、小林秀雄は、この二つの命題を、同一次元の対立関係と思っているのではない、と考えられるのである。「一層重要な事は……許りでなく」と、両者の間には、次元の違いがあるときの文句が語られている。両者の形式的な関係は、前者が低く、後者が高い。そこを、私は注目するのである。なぜなら、小林秀雄の思考の構造の論理からいって、文章の流れのこのあたりで、次元の異なるあちら側の世界の展望が開けてくるのは、むしろ当然、と思われるからなのである。

思うに、小林秀雄の思考は、その構造の必然性に従って動いて行こうとする。が、ここで、その運動に対応するようなことばが、どうも見つからない。ことばが、なかなかついて来ないのである。知覚不可能な、あちら側の世界の「抽象」や「観念」や「遊離」を語ることばは、志賀直哉の作品を前にして拒まれている。そのとき、ことばは拒まれていても、思考の構造的な運動は、それにかまわず動いていくのである。それが、この10の文の意味であろう、と考える。

ことばは、およそ、意識なしに選択できない。ことばを発することは、およそ意識的な行為である。とくに、文字のことばがそうであり、わけても評論の文章のことばがそうである。思考の構造的な運動が、ことばが拒まれているにもかかわらず動いていく、ということは、この構造が、意識で理解される以上の、ある無意識の運動を支配している、という事情を物語っている、と考えられる。私の言う構造が、小林秀雄の無意識の世界をもとらえている、と思われる一つの例証が、ここにある、と考える次第である。

## 第五節　思考運動のモデルII

### 一、モデルIIの例――その一

次に、小林秀雄の思考の構造をベクトル群としてとらえるときの、もう一つの典型について考えよう。便宜上、これを、モデルIIと呼ぶことにする。

1　子供が死んだといふ歴史上の一事件の掛替へのなさを、母親に保証するものは、彼女の悲しみの他はあるまい。／2　どの様な場合でも、人間の理智は、物事の掛替へのなさといふものに就いては、為す処を知らないからである。／3　悲しみが深まれば深まるほど、子供の顔は明らかに見えて来る。恐らく生きてゐた時よりも明らかに。／4　愛児のさゝやかな遺品を前にして、母親の心に、この時何事が起るかを仔細に考へれば、さういう日常の経験の裡に、歴史に関する僕等の根本の智恵を読取るだらう。／5　それは歴史事実に関する根本の認識といふよりもむしろ根本の技術だ。其処で、僕等は与へられた歴史事実を見てゐるのではなく、与へられた史料をきつかけとして、歴史事実を創つてゐるのだから。／6　この様な智恵にとつて、歴史事実とは、客観的なものでもなければ、主観的なものでもない。／7　このような智恵は、認識論的には曖昧だが、行為として、僕等が生きてゐるのと同様に確実である。

1の文は、2の文と対立している。ともに「掛替へのなさ」について語りながら、2では、「人間の理智」が、「為す処を知らない」のに対して、1では、「彼女の悲しみ」が、「保証する」と言っている。2の極は、知覚不可能な能力が、マイナスに評価されている、すなわち、$\overline{A^{-1}}$であるのに対して、1の極は、知覚可能な体験が、プラスに評価されている。すなわちAである。1の文のベクトルは、$\overline{A^{-1}}$からAに向かい、2の文は、これとは逆に、Aから、$\overline{A^{-1}}$に向かっている。1の文は、$\overrightarrow{A^{-1}A}$で、2の文は、$\overrightarrow{AA^{-1}}$である。

3の文は、1の文と対立している。ともにプラスに評価されているが、1が、「一事件の掛替へのなさ」という、現実のこちら側にとどまっているのに対して、3では、現実のかなたの、死んだ「子供の顔は明らかに見えて来る」。1が、Aの極を描いているのに対して、3は、$A^{-1}$の極を表現している。3の文のベクトルは、$\overrightarrow{AA^{-1}}$である。この3の文との関係で、1の文のベクトルは、$\overrightarrow{A^{-1}A}$である。

4の文は、前の3の文と同じ意味を受けながら、〈観念〉の問題に移っている。死んだ「子供の顔」が「見えて来る」ということから、「歴史に関する僕等の根本の智恵」を「読取る」のである。4の文のベクトルも、$\overrightarrow{AA^{-1}}$である。

5の文は、次の6の文、7の文と共通で、いずれも、この「歴史に関する僕等の根本の智恵」を、プラスと評価する。すなわち、これら三つの文は、いずれも、$A^{-1}$の極の表現である。

しかし、これら三つの極が対立している極は、前の4のばあいとは違う。いずれも、マイナスと評価される、観念的な極に対している。このことは、5の文では「歴史事実に関する根本の認識といふよりも」と言われ、6の文では、「歴史事実とは客観的なものでもなければ、主観的なものでもない」という表現で語られ、7の文では、「認識論的には曖昧だが」という文句で語られている。

すなわち、5、6、7の三つの文のベクトルは、いずれも、$\overrightarrow{A^{-1}A^{-1}}$ である。

以上七つのベクトルを、例のようにまとめて表示しよう。

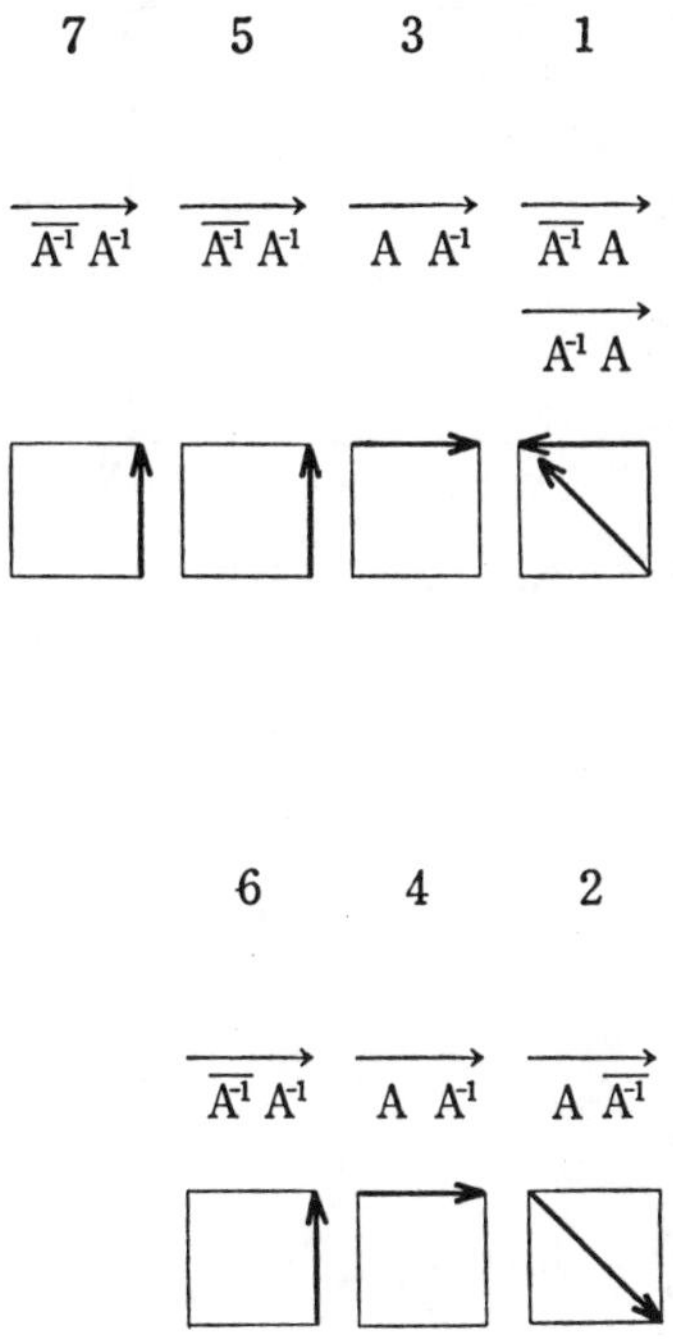


第18図

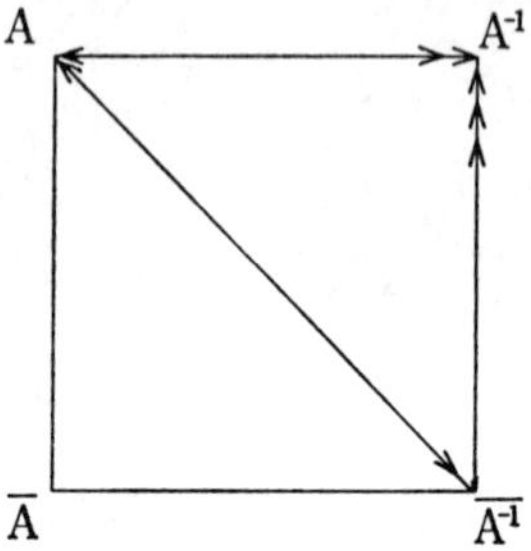


第 19 図

このベクトル群は、前のモデルⅠのベクトル群とは、明らかに違っている。ここには、$\bar{A}$の極がなく、代わって、$\overline{A^{-1}}$の極が現われている。従って、この極との間を動くベクトル $\overrightarrow{\overline{A^{-1}}A}$ や、$\overrightarrow{\overline{A^{-1}}A^{-1}}$ などが現われているのである。

これが、モデルⅡのベクトル群である。

このタイプのベクトル群を表現している例を、いくつかとりあげてみよう。

## 二、モデルⅡの例——その二

1　今、これを書いてゐる部屋の窓から明け方の空に、赤く染つた小さな雲のきれぎれが、動いて

ゐるのが見える。まるで

（楽符省略）

の様な形をしてゐる、とふと思つた。／2　三十九番シンフォニイの最後の全楽章が、このさゝやかな十六分音符の不安定な集りを支点とした梃子の上で、奇蹟の様にゆらめく様は、モオツァルトが好きな人なら誰でも知つてゐる。／3　主題的器楽形式の完成者としてのハイドンにとつては、形式の必然の規約が主題の明確性を要求したのであるが、モオツァルトにあつては事情は寧ろ逆になつてゐる。／4　捕えたばかりの小鳥の、野生のまゝの言ひ様もなく不安定な美しい命を、籠のなかでどういふ具合に見事に生かすか、といふところに、彼の全努力は集中されてゐる様に見える。／5　生れた許りの不安定な主題は、不安に堪へきれず動かうとする、まるで己れを明らかにしたいと希ふ心の動きに似てゐる。だが、出来ない。それは本能的に転調する。／6　若し、主題が明確になつたら死んで了ふ。或る特定の観念なり感情なりと馴れ合つて了ふから。／7　これが、モオツァルトの守り通した作曲上の信条であるらしい。これは何も彼の主題的器楽に限つた事ではない。もつと自由な形式、例へば divertimento などによく聞かれる様に、幾つかの短い主題が、矢継早に現れて来る、耳が一つのものを、しつかり捕え切らぬうちに、新しいものが鳴る、又、新らしいものが現れる、／8　と思ふ間には僕等の心は、はやこの運動に捕えられ、何処へとも知らず、空とか海とか何んの手懸りもない所を横切つて攫われて行く。／9　僕等は、もはや自分の魂の他何一つ持つてはゐない。あの tristesse が現れる。――（『モオツァルト』）

1の文と、2の文との二つの文が、次の3の文と対立している。1の文は、「今、これを書いてゐる部屋の窓から」と、小林秀雄の得意の、いま、ここ、の表現である。Aの極である。これに対する極は、3の文に語られている「形式の必然の規約」の「要求」である。「形式」ということばそれじたいは、知覚可能であるとも、不可能であるとも言えない。が、それが、「規約」となって「要求」し、「今、これを書いてゐる部屋の窓から……動いてゐるのが見える。まるで……」という表現と対立しているために、知覚可能でない極に位置づけられるのである。

2の文も、「不安定な集りを支点とした梃子の上で、奇蹟の様にゆらめく」は、「形式の必然の規約」の反対の表現で、A。

結局、1の文も、2の文も、ベクトルは、$\overrightarrow{\overline{A^{-1}}A}$ である。

3の文では、直接語られているのは、$\overline{A^{-1}}$ の極であるが、「モオツァルトにあつては事情は寧ろ逆」という意見が中心であり、ベクトルは、$\overline{A^{-1}}$ からAに向かっている、と考える。前の二つの文と同じく、$\overrightarrow{\overline{A^{-1}}A}$

4の文も、やはり3の文の $\overline{A^{-1}}$ の極と対立し、Aの極を語っている。$\overrightarrow{\overline{A^{-1}}A}$

5の文と、6の文とは対立している。6の文の「或る特定の観念なり感情なりと馴れ合つて了ふ」は、5の文の「不安定な主題は、不安に堪へきれず動かこうとする、……だが、出来ない」と明らかに対立する。評価に関して、前者はマイナス、後者はプラスであり、存在のあり方についても、後者の、いま、ここの表現に対して、前者はそうでない。ただし、この6の文にある「感情」ということばは、ふつうは、いま、ここの表現として使われる。が、このばあいは、「特定の」「感情」「と馴れ合つて了ふ」という前後の文脈上の意味で、5の文の、いま、ここの世界と対立する世界の表現、と考えることにする。

従って、5の文のベクトルは、$\overrightarrow{\overline{A^{-1}}A}$ で、6の文のベクトルは、$\overrightarrow{A\overline{A^{-1}}}$

7の文も、やはり前の6の文と対立し、5の文と同じベクトルである。$\overrightarrow{\overline{A^{-1}}A}$

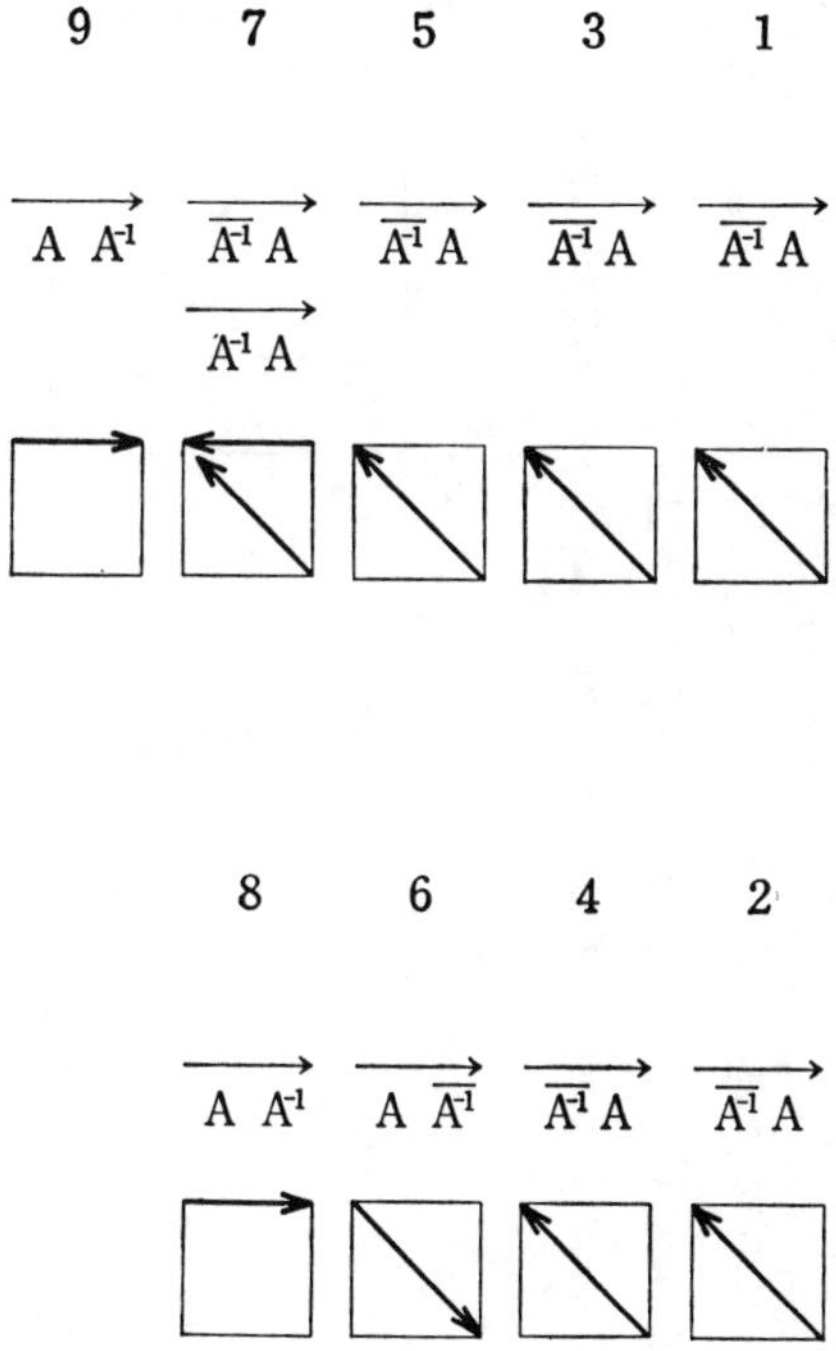


第 20 図

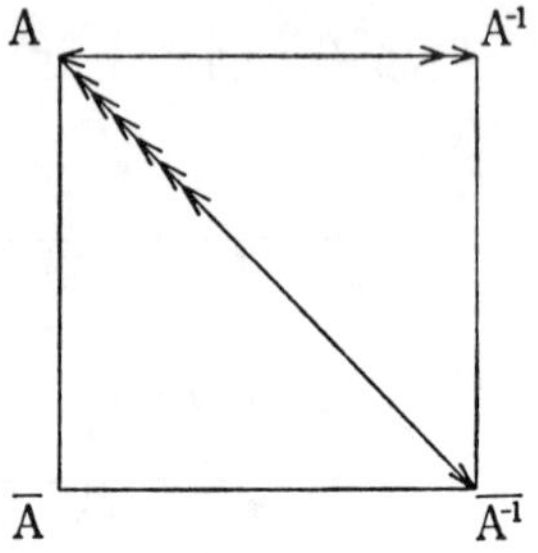


第 21 図

8の文は、前の7の文と対立している。どちらも評価はプラスであるが、7の文が、「矢継早に現れて来る」ものを、「耳が」、結局は「捕え」ているのに対して、8の文では、もはや「捕え」てはいない。「僕等の心」の方が、逆に「捕えられ」、「何処へとも知らず」「攫われて行く」。8の文の極は $A^{-1}$。従って、ベクトルは、$\overrightarrow{AA^{-1}}$ である。

この8の文との関係では、7の文のベクトルは、$\overrightarrow{A^{-1}A}$ である。

9の文も、8の文と同じベクトルで、$\overrightarrow{AA^{-1}}$

以上十のベクトルをまとめる（第20図、第21図）。

これは、前の例にくらべて、$A^{-1}$と$\overline{A^{-1}}$との二極の間を動くベクトルはないが、三つの極、A、$A^{-1}$、$\overline{A^{-1}}$の間を動くベクトル群であるところは共通している。やはり、モデルⅡのベクトル群である。

### 三、モデルⅡの例——その三

1　だけども、私達は、心理学や社会学の、あまり抽象的な説明に出会へば、そこで何か不正が行はれてゐるやうに、或は滑稽が演じられてゐるやうに、実に鋭敏に反応するだらう、／2　反応するものは何か。私が持つてゐる或る知識か、或る感情か、或る心理状態か。そんなものでは決してないだらう。私は生きてゐるといふ意識であらう。その力であらう。／3　この微妙な生活人の一種の警戒心は、その精神の活力の結果である。／4　現代の知識人は、人間生活に関する抽象的な、図式的な限定なり説明なりに対して、驚くほどこの警戒心を失つて了つてゐるやうに見える。／5　「封建的なもの」といふ言葉に対しても同じ事だ。強張つた表情で対するだけで、まるで生きた反応を示してゐない。／6　これは、精神の活力の或る衰弱を語るものではあるまいか。／7　衰弱が、誇張された言論や、空威張りの行動となつて現れるのも、見易い道理ではないのか。（『忠臣蔵Ⅰ』）

1の文は、2の文と対立している。1の「あまり抽象的な説明」に対して、2の「生きてゐるといふ意識」が対立し、前者は、1で、「不正」、「滑稽」と、マイナスに評価され、後者が2で、プラスに評価されている。1の文の極は、$\overline{A^{-1}}$で、2の文の極は、A である。従って、1の文のベクトルは、

$\overrightarrow{AA^{-1}}$、2の文のベクトルは、これとは正反対の、$\overrightarrow{A^{-1}A}$である。

3の文は、この2の文と対立する。どちらもプラスの評価の表現であるが、2の文が、「生きてゐるといふ意識」、「その力」といぅ、具体的な、知覚される状態を語っているのに対して、3は、これを「結果」とするよぅな、「その精神の活力」が語られている。知覚のかなたの、その源である。従って、この文の極は、$A^{-1}$であり、これは2の文のAの極と対立しているので、ベクトルは、$\overrightarrow{AA^{-1}}$となる。

この3の文との関係では、前の2の文のベクトルは、$\overrightarrow{A^{-1}A}$となる。

4の文は、前の3の文と対立している。「この警戒心を失って了ってゐる」、といぅ「警戒心」は、3の文で語られているが、3の文の極ではない。3の文のベクトル、$\overrightarrow{AA^{-1}}$が、出発点となっている極である。

4の文は、この「警戒心」といぅ、Aの極から、「抽象的な、図式的な限定なり説明なり」といぅ、$\overline{A^{-1}}$の極の方へ向かぅベクトルを表現している。ベクトルは、$\overrightarrow{A\overline{A^{-1}}}$である。

5の文も、「同じ事だ」と言われているよぅに、4の文と同じである。「生きた反応」といぅ、Aの極から、「『封建的なるもの』といふ言葉」の、$\overline{A^{-1}}$の極に向かぅベクトルの表現である。$\overrightarrow{A\overline{A^{-1}}}$

6の文は、4や5の文の前の、3の文と対立している。3の文の、$\overline{A^{-1}}$の極を、「これは」と受けて〈批評〉するベクトルである。ベクトルの出発する極は、「精神の活力」であり、$\overline{A^{-1}}$の極である。従って、$\overrightarrow{A^{-1}\overline{A^{-1}}}$

7の文は、6の文と同じ、$\overrightarrow{A^{-1}\overline{A^{-1}}}$

以上、八つのベクトルをまとめて表示しよう。（第22図、第23図）

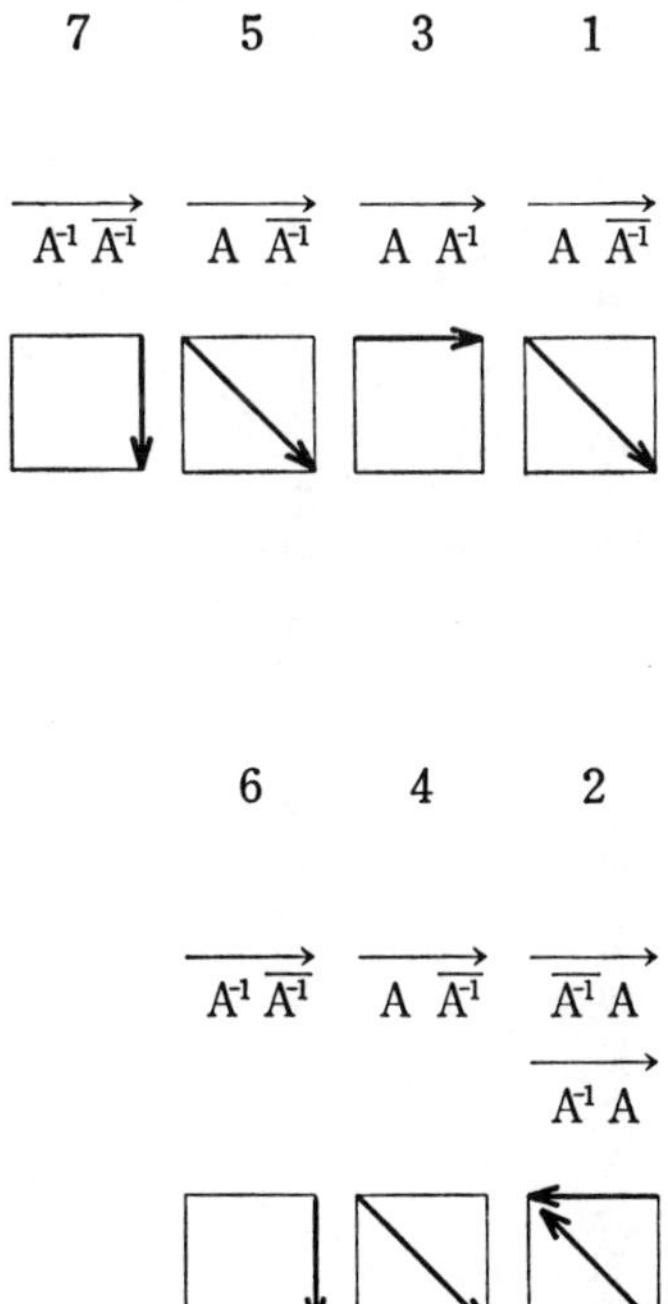


第 22 図

このベクトル群も、やはりモデルIIを示している。

このベクトル群では、矢じるしの向きが、下に、$\overline{A^{-1}}$に向いているものが多い。八つのうち五つがそうである。モデルIIの前の二つの例では、矢じるしの向きが、上に向いているものが多かった。前の二つの例が、〈詩〉に傾いているのに対して、この例は、〈批評〉の性格が強い、と言えるであろう。

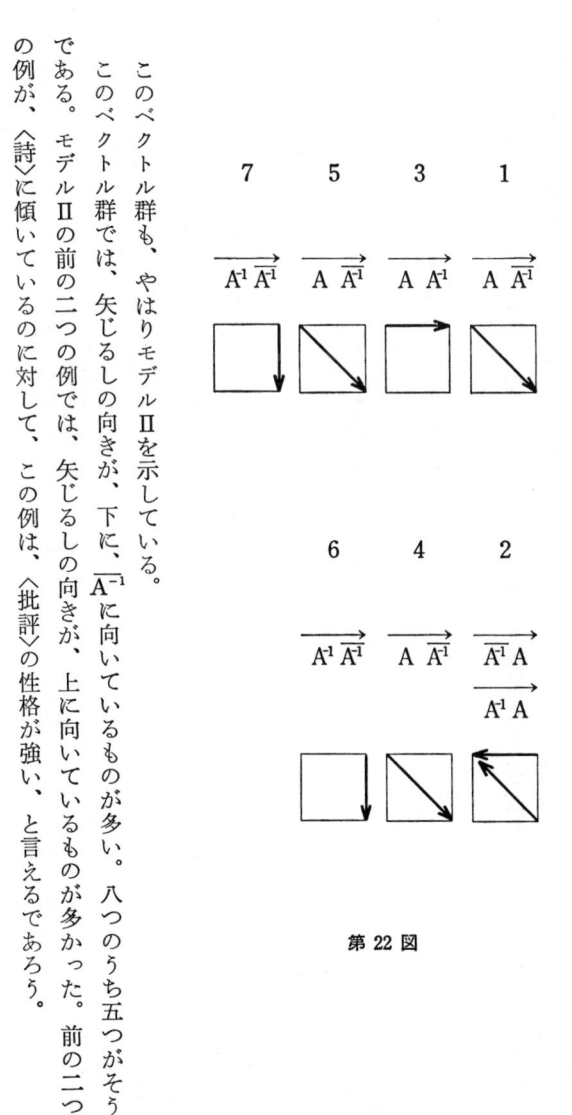

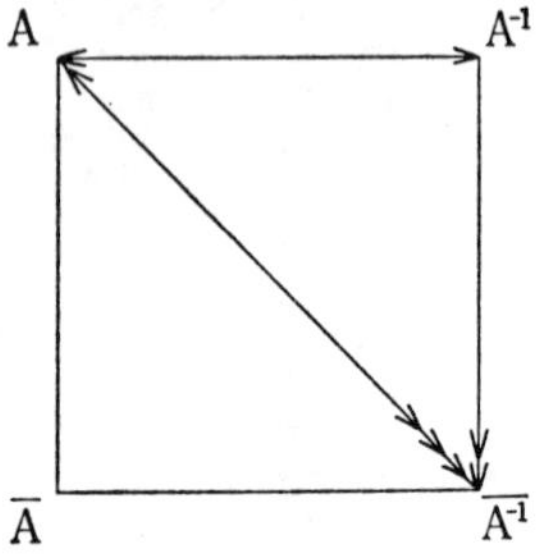


第 23 図

## 第六節　モデルⅡにおける〈観念〉発見の運動

### 一、思考運動の不安定な形

さて、モデルⅡを、小林秀雄の思考の、一つの典型的な構造として承認した上で、改めて彼の文章を眺めてみる。すると、たとえば、一つの意見が述べられていて、一見まとまりを持ち、文章の段落が切れているばあいでも、必ずしもそこまでで一応まとまっている、と受けとってはいけないばあいがあることが分かる。まだ続きがある、その先を読まなければいけない、と言えるようなばあいである。

これは、モデルⅠでも考察した、二極の往復運動が、やがてもう一つの極を求めて動いていく例である。その過程をとらえるために、一つのベクトル群を、途中で切って示してみよう。

1　ピカソの答へは理窟が通つてゐないが、彼の眼玉が答へてゐるのだと思へば、よく解るのである。／2　戦争の疎開先で、或る競売のがらくた類の中に坐り込んで了つて動かない。「どの位こいつ等が僕の気に入つたか、君なんかには想像もつくまい。若し、持つて行けと言つて呉れゝば、みんな持つて帰る。さもなければ、ここに居据つてやる。家具だとかなんだとか、こいつ等みんなと馴染みになつて、どんな人間が使つてゐたか、それが判るまでは動かない」／3　かういふ男が、立体派の理論など発明するわけがない。／4　彼は、何を置いても先ず、あらゆる物に取囲まれた眼玉らしい。あらゆる物といふ事が肝腎だと彼の眼玉は言ふかも知れない。／5　頭脳は、勝手な取捨選択をやる。要もない価値の高下を附ける。みんな言葉の世界の出来事だ。／6　眼には、それぞれ愛すべきあらゆる物があるだけだ、何一つ棄てる理由がない。／7　名画とは何か。「ロスチャイルドは、新聞売子より尊敬されてゐるではないか」美醜も言葉だ。ルネッサンスが鼻の寸法を発明すれば、真実な物の形は地獄に堕ちて了ふ。それほど人間は騙され易い。／8　美といふ言葉は意味がない。醜があるとはつきり示されても、それは醜とは何か別の物だ、等々。／9　要するにこの本は、さういふ恐ろしい様に純粋な視覚をもつたある人間の生活ぶりを、まざまざと感じさせたといふ点で面白かつたのである。(『偶像崇拝』)

1の文は、この文じしんのうちに、二つの極をもっている。一つは「理窟」であって、これは「通つてゐない」。もう一つは「眼玉」であって、これは「答へてゐる」。前者は $\overline{A^{-1}}$ で、後者は、A。ベクトルは、$\overrightarrow{A^{-1}A}$ である。

2の文と、3の文とは対立している。2は「がらくた」を前にして、「坐り込んで了つて動かない」。3は、「立体派の理論」など「発明するわけがない」。2は、Aの極で、3は、$\overline{A^{-1}}$ の極。ベクトルは、2の文は、$\overrightarrow{A^{-1}A}$ で、3の文は、$\overrightarrow{AA^{-1}}$ である。

4の文と、5の文が、やはり対立している。4の、「あらゆる物に取囲まれた」「眼玉」に対して、5の、「価値の高下を付け」、「言葉の世界」を創り出す「頭脳」が対立し、前者は、Aで、後者は、$\overline{A^{-1}}$。4の文のベクトルは、$\overrightarrow{A^{-1}A}$ で、5の文のベクトルは、$\overrightarrow{AA^{-1}}$ である。

6の文も、前の5の文と対立し、4の文と同じベクトルである。$\overrightarrow{A^{-1}A}$

7の文と、8の文とは、これまでの文の流れから一応切れているようにみえる。いずれも、「美」「醜」という観念を、「意味がない」「言葉」として、マイナスの評価を与えている。$\overline{A^{-1}}$ の極である。これは、やはり、文全体の流れの中で、3の文や、5の文と同じベクトルと考えるのが自然である。7の文、8の文、ともに、$\overrightarrow{AA^{-1}}$

9の文も、直接どれかの文に対立すると言うよりも、2の文、4の文、6の文などと同じベクトルで、

Aの極を語っている。$\overrightarrow{\overline{A^{-1}}\,A}$ である。

以上、九つのベクトルの結果をまとめる（第24図、第25図）。

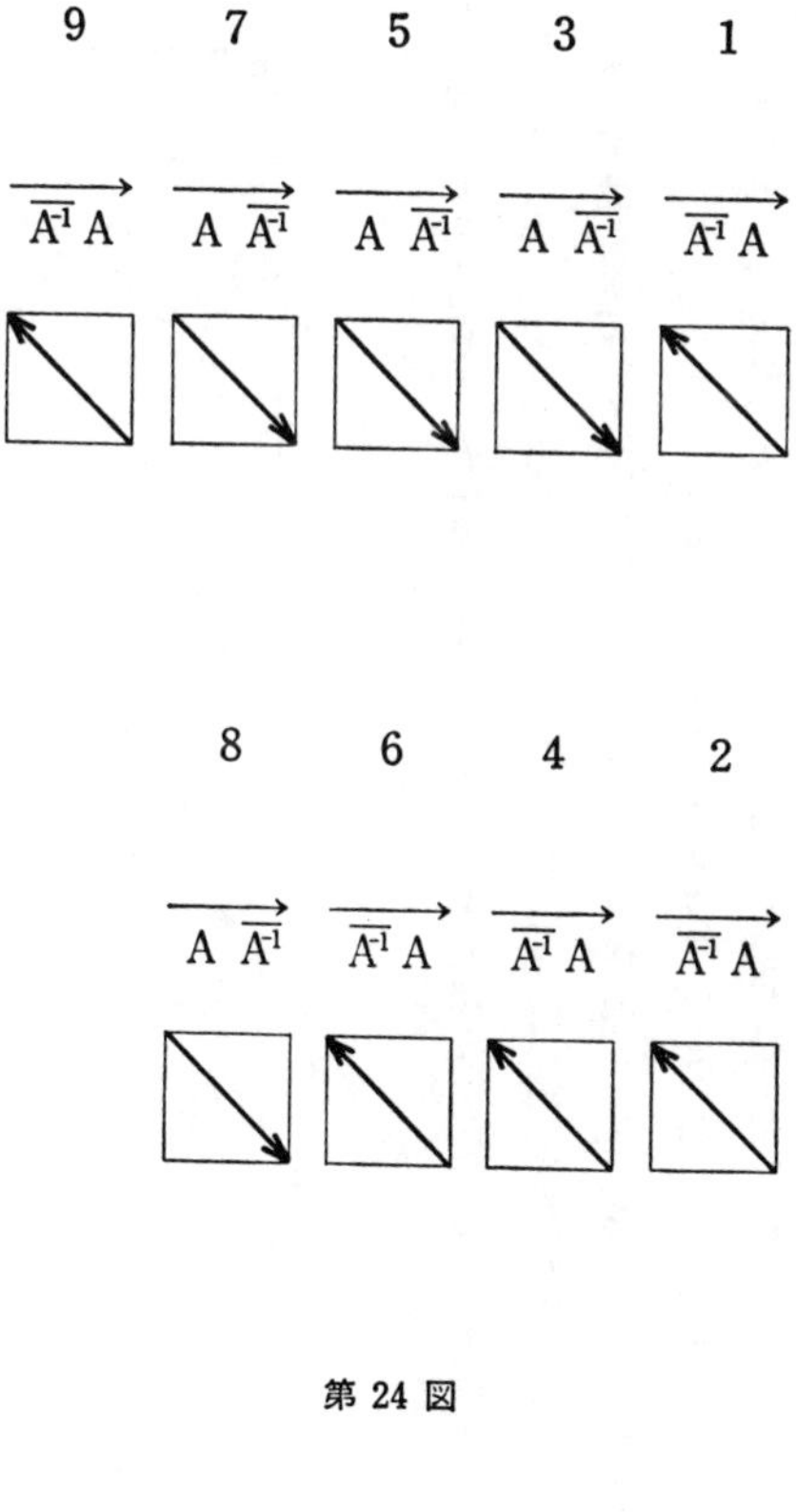


第 24 図

これは明らかに、今まで考察したモデルではない。しかし、モデルⅡの不完全の形、と言うことはできるだろう。それとも、これは一つの別のモデルであるのか。

そうではない。これはやはり不完全な構造なのである。というよりも、未完成の構造である。

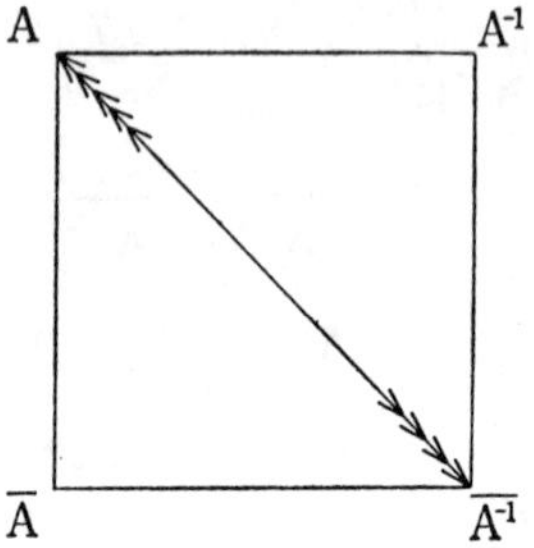


第 25 図

小林秀雄が、何かしらまとまった意見を述べるとき、それが二極だけの対立の構造であることは、まずない。ごく短い箴言のような文章のうちにさえ、三極対立の構造が現われていることがある。

これだけの長さで語られている文章が、二極だけの対立構造であることは、この二極間を往復するベクトルが、もう一つの極を求めている状態である、と考えるべきだろう。だから、不安定なのである。構造のこの不安定感は、次の、もう一つの極の方向への展開を予測させるレトリックである、とも言えるだろう。文章は、「要するにこの本は、……といふ点で面白かつたのである。」と切れているようだが、そうではない。

すでに、モデルIIを、小林秀雄の思考の基本的な構造として承認しているならば、次のベクトルの展開は、$A^{-1}$の極と、ここにあるA、又は、$A^{-1}$の極との間に動くに違いない、と予測できる。

実は、この文章にすぐ続いて、次のような段落がある。

二、その続き

1　かういふ男が現在何処かに居るといふ事は（彼は国境も歴史も言葉の戯れに過ぎないと信じてゐる）私達に無縁な事ではあるまい。ピカソ芸術の流行に、どんな馬鹿な事情が絡まるにせよ、視覚の言葉への、いや「理解せよ、でなければ君は馬鹿だ」と口々に喚いてゐる現代の人々への断乎たる挑戦である事は決定的な事であり、私達がピカソと異質の眼を持つてゐるのではない限り、これに動かされざるを得ないといふのが根本なのである。／2　この夏、読売新聞社主催の現代美術展で、ピカソのコップを描いた小さな絵を見てゐて、容易に動けなかつた。文句なく欲しくて堪らなかつた。私は、この時ほどピカソ風の絵とピカソの絵との区別をはつきり感じた事はなかつた。それは肉眼を通じたヴィジョンの有る無し、それだけだ、と感じた。／3　ピカソのコップは、セザンヌのコップと全く同じコップである。絵を見る楽しみとは、違つたヴィジョンを通じて、同じ物へ導かれるその楽しみではあるまいか。／4　画家は、物理学者の様に物体の等価を認めてゐる。最近の物理学者が、物の外形を破壊して得る物体の夢の様な内部構造も、物の不滅の外形にまつわる画家のヴィジョンの一様式に過ぎないのではないか。

1の文には、二つの極がともに語られている。一口に言えば、「視覚」と、「言葉」である。前者は、知覚可能で、プラスの評価であり、後者は、知覚を越えていて、マイナスの評価である。ベクトルは、この「言葉」、すなわち $\overline{A^{-1}}$ の極から、「視覚」、すなわちAの極へ向かっている。従って、この文のベクトルは、$\overrightarrow{A^{-1}A}$

2の文にも、二つの極がともに語られている。「ピカソ風の絵」と、「ピカソの絵」とである。「ピカソ風の絵」には、「肉眼を通じたヴィジョン」が無く、「ピカソの絵」には、「肉眼を通じたヴィジョン」が有る。前者は $\overline{A^{-1}}$ で、後者は、A。そして、この文のベクトルは、「ピカソのコップを描いた小さな絵を見てゐて、容易に動けなかつた。」という文句のうちに語られている。ベクトルは、$\overrightarrow{A^{-1}A}$ である。

3の文は、前の2の文を受けて、「ヴィジョンの有る」「絵」について語っている。前の2の文と同じベクトルである。$\overrightarrow{A^{-1}A}$

4の文は、前の2や3の文と対立している。対立を語ることばは、4の文の「画家のヴィジョン」と、2や3の文の「ヴィジョン」である。とくに、2の文の「肉眼を通じたヴィジョン」に対して、4の文の「ヴィジョン」が鋭く対立している。4の「ヴィジョン」は、「肉眼」では見えない。

4の文が結局語っているのは、「最近の物理学者」の説く、「物の外形を破壊して得る物の夢の様な内部構造」である。これが、4の文の極であり、$A^{-1}$ の極の表現である。

ところが、この「物の夢の様な内部構造」は、「画家のヴィジョンの一様式」である、と言う。これは、2の文の「肉眼を通じたヴィジョン」の正反対である。そこで、この文の表現するベクトルは、$\overrightarrow{AA^{-1}}$ である。

この4の文のベクトルとの関係では、前の2と3の文のベクトルは、それぞれ、$\overrightarrow{A^{-1}A}$ となる。

以上の結果をまとめよう。

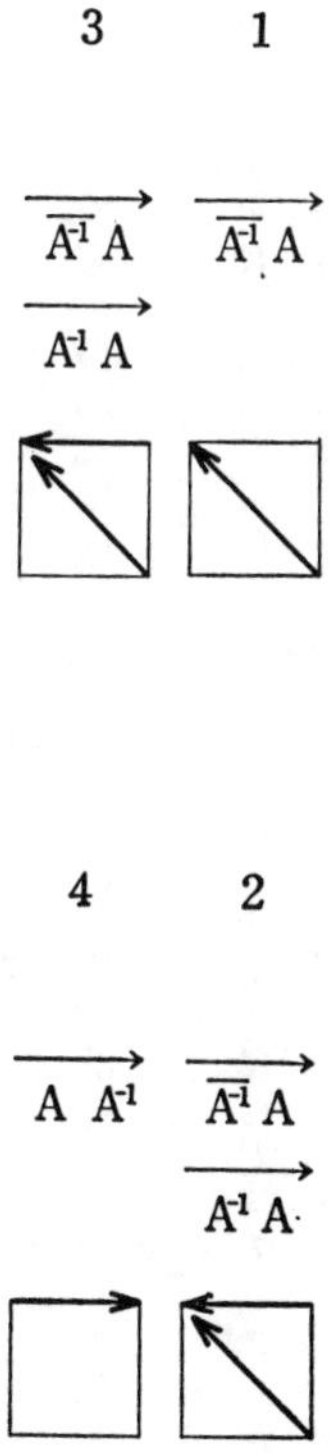


第26図

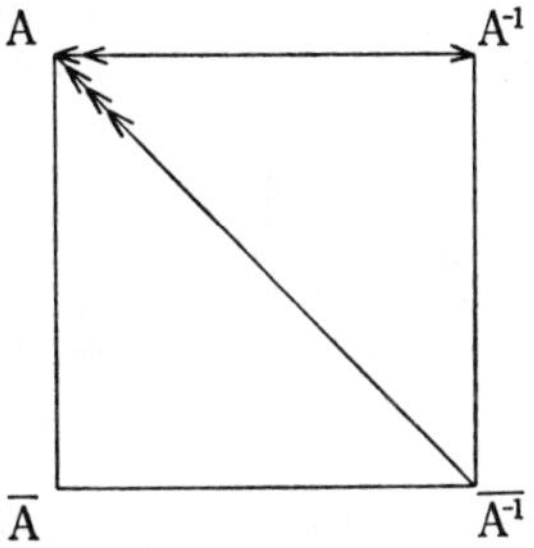


第27図

ここで、最後に、$\overrightarrow{AA^{-1}}$ のベクトルが現われた。この段落の文のベクトル群だけでも、モデルIIの形をもっている、ということができる。

　しかし、前の段落の文の描く、あの不安定なベクトル群が、この段落に受けつがれ、ここでようやく安定した形をとった、とみた方がよい、と考える。

## 第七節　典型的でない文章の分析

### 一、〈詩〉の極への傾き

　今まで考察してきたモデルⅠ、モデルⅡは、小林秀雄の文章を、ベクトルとしてとらえるとき、その複数個のベクトルが、文章の段落にほぼ対応しつつ、ある規則的なまとまりを示す、その典型的なばあいであった。

　このモデルⅠ、モデルⅡに対して、さらにモデルⅢ、モデルⅣなどは考えられないか。モデルⅠは、$A$、$\bar{A}$、$A^{-1}$の三極対立の構造であり、モデルⅡは、$A$、$A^{-1}$、$\overline{A^{-1}}$の三極である。とすれば、これらと対称的に、$A$、$\bar{A}$、$\overline{A^{-1}}$の三極対立や、$\overline{A^{-1}}$、$\bar{A}$、$\overline{A^{-1}}$の三極対立の構造も、当然考えられるはずである。

　確かに、そのような構造と思われる例も、見いだすことができる。が、私の見る限りでは、それらはモデルⅠ、モデルⅡのばあいほど目立たないように思われる。

　前に、私は、四つの極、$A$、$\bar{A}$、$A^{-1}$、$\overline{A^{-1}}$、は、小林秀雄の思考の構造において、基本的に上下がなく、重要性に違いはない、と述べた。だが、その四極のうちの三極でつくられるモデルにいくらかでもかたよりがあるのは、この四つの極を等価にさせないような、何らかの原因があるに違いない。

おそらく、それは、$\bar{A}$や、$\overline{A^{-1}}$の極よりも、Aや、$A^{-1}$の極を重視しようとする傾向の現われであろう。〈批評〉よりも〈詩〉の方に傾いているのである。それは、第一章で述べたように、小林秀雄の意識的な傾向であり、ほとんど生理的、無意識的とも言える〈詩〉と〈批評〉の等価のバランスを、とかく〈詩〉の方へ傾かせるように働いていた。バランスは、結局回復されるのだ、と、私は述べてきた。が、おそらく、それは二極対立の次元でみたばあいであって、そこではあまり目立たない僅かのバランスの傾きが、やはり三極対立の次元に現われたのではないだろうか。

ところで、このモデルⅠ、モデルⅡは、小林秀雄の文章の構造における典型であるが、それは、もちろん、彼の文章のすべてのばあいをつくすわけではない。小林の文章に二極対立が分析されるよりも、この三極対立の方が、見出され難い。だが、それは、本書の分析でも示されるように、とくに思考の調子の高まったところによく現われる。

モデルⅠ、モデルⅡを、小林秀雄の思考の構造の典型と認めることから、さらに、これらのモデルを前提において、小林秀雄の、具体的な、もっと典型的でない形の文章に対しても、演繹的な分析が可能になるであろう。

たとえば、あるばあいには、これらのモデルの変型を考え、あるいは、多少不規則な形を想定するのである。

そのような分析を通じて、小林秀雄の作品の姿が、いっそう明らかにされていくに違いない。
以下に、そのような分析の例を述べよう。

## 二、会話、描写の多い文

『ゴルフの名人』という、短篇の随筆がある。ある人物との出会いを語っているのだが、人物や会話の具体的描写がほとんどを占め、小林秀雄じしんの意見が少ない。要するに、評論というジャンルの作品ではなく、随筆なのである。このような文章は、どうも私の分析の対象としては扱い難い。

そこで、見方を多少変えて、一つのベクトルの単位を大きくとってみる。小林秀雄の意見や判断が現われている部分の文を、いわば核として、全文の大部分を占める人物描写や会話などを、その核のまわりに含ませてしまおう。そのように尺度を大きくとった視点でこの文章を眺め、その構成を考えると、やはりここにも、小林秀雄の思考の基本的な構造が現われてくるのである。

この随筆は、次のようにして始まる。

私は、ある出版社に関係してゐるので、出版依頼の原稿を、いろ〳〵な種類に亘つて、一応は読まされる機会が多いのである。或る日、私の叔父の紹介状を持つた老紳士の訪問を受けた。叔父は、若い頃からアメリカで暮してゐた男で、アメリカ時代から、長年つき合つて来た信頼する友人を紹介する、彼はゴルフの名人である、最近帰国して、ゴルフに関する本を出したい希望で、書いたものを持参するが、一読して欲しい旨、紹介状にあつた。私が手紙を読み終るのを待つて、客は、私の顔をまともに眺め、「そういふわけです」と一とこと言つて、ニコリと笑つた。如何にも気持ちのよい笑顔だつたので、私の口は、直ぐほぐれた。

ここまでのところで、小林秀雄の意見が現われている文は、終わりの「如何にも気持ちのよい笑顔だつたので、私の口は、直ぐほぐれた」だけである。

続いて、又会話があり、それが、この一篇の半分ほどを占めるが、その間に、やはり小林の意見が現われている文をとり出そう。次の二つの文句である。

……二人は、顔を見合せて、旧知の様に笑つた。

……彼は、又、気持ちのよい笑顔を作つた。

後半に入って、小林秀雄の意見がはっきり語られている一つの段落がある。その部分を、前の三つの、意見を語った文とともに、構造分析しよう。前の三つの意見が表現されている文を、始めから、1、2、3、の文とする。そして、この三つの文の前後の会話などは、適当にこの三つのいずれかへ含ませて考える、ということにする。つまり、正確に言えば、1、2、3、の三つの文は、前半の多くの文を代表する文、というわけである。

4　一と月ほど経つて、出版社の同じ応接室で、彼と会つた。「お読み下さつたか」と彼は直ぐ言ひ、私は「読みました」と答へたが、どう言葉を続けたものか迷つた。／5　確かに、前半は、ゴルファーのドックともいふべきもので、経験に即した面白い忠告に満ちてゐた／6　が、彼の言ふ心持をこめて書いたと覚しい後半は、ゴルフから発した一種の人生哲学であつた。／7　私には、彼の人生哲学の、少しも空虚なものでない事が、よくわかつてゐた。それは、初対面の彼の顔や態度や、話し振りから、はつきりと直覚したものだつたからだ。／8　彼は、人生夢の如し、といふ言葉を、まるで名優の科白の様に発言したつけ、と私は原稿を読みながら考へた。／9　原稿であるから、彼は、そんな妙な言葉は、何処にも使つてはゐなかつた。あの正確な響きは、一体何処へ行つて了つたのであらう。／10　原稿は、何も彼も台なしにして了つてゐたのである。原稿の方から、彼の人物に到達する道は、なかつたのである。／11　彼は穏やかな表情で、私の返答を待つてゐた。／12　私は、仕方なく、

「文章がいけないのです」と言つた。

ここまでの文を、一応分析する。

4の文は、前の1、2、3、の三つの文と対立する。つまり、4の文以前のすべてと、この4の文が

対立しているわけである。どちらも具体的な体験を語っているが、1、2、3、の各文の「笑顔」や「笑つた」に対して、4の文の「……が、どう言葉を続けたものか迷つた」という気持の状態は、正反対に対立する。前者がプラスの評価で、後者がマイナスの評価である。1、2、3、の文の極は、それぞれ、Aであるが、4の文の極は、$\bar{A}$である。従って、1、2、3、の各文のベクトルは、$\overrightarrow{\bar{A}A}$で、4の文のベクトルは、$\overrightarrow{A\bar{A}}$となる。

5の文は、次の6の文と対立している。6の文の「人生哲学」ということばは、「哲学」という〈観念〉それじたいについて語っているのではない。眼の前の原稿における内容が、「ゴルフから発した一種の人生哲学」と説明されているのである。5の文も、6の文も、ともに体験について語っている。が、5はプラスに評価される事象として、6は、これに対比して、「が」という逆接の助詞で、マイナスと評価されている。で、5は、Aの極、6は、$\bar{A}$の極の表現である。従って、5の文のベクトルは、$\overrightarrow{\bar{A}A}$で、6の文のベクトルは、$\overrightarrow{A\bar{A}}$である。

7の文は、前の6の文と対立している。「はつきりと直覚」される事象で、「少しも空虚なものでない」と評価されている。Aの極の表現であり、この文のベクトルは、$\overrightarrow{\bar{A}A}$である。

8の文と、9の文とは対立している。どちらも体験に即した描写で語られている。8はプラスで、9はマイナスの評価である。8の極は、Aで、9の極は、$\bar{A}$である。従って、8の文のベクトルは、$\overrightarrow{\bar{A}A}$で、9の文のベクトルは、$\overrightarrow{A\bar{A}}$である。

次の10の文は、前の9の文と同じで、後の11の文と対立している。そして、11の文は、その次の12の文と対立している。10の文の極は、$\bar{A}$で、11の文の極は、A、そして、12の文の極は、$\bar{A}$である。従って、ベクトルは、10の文では、$\overrightarrow{A\bar{A}}$、11の文は、$\overrightarrow{\bar{A}A}$、そして、12の文は、$\overrightarrow{A\bar{A}}$である。

以上の十二のベクトルをまとめて表示しよう。

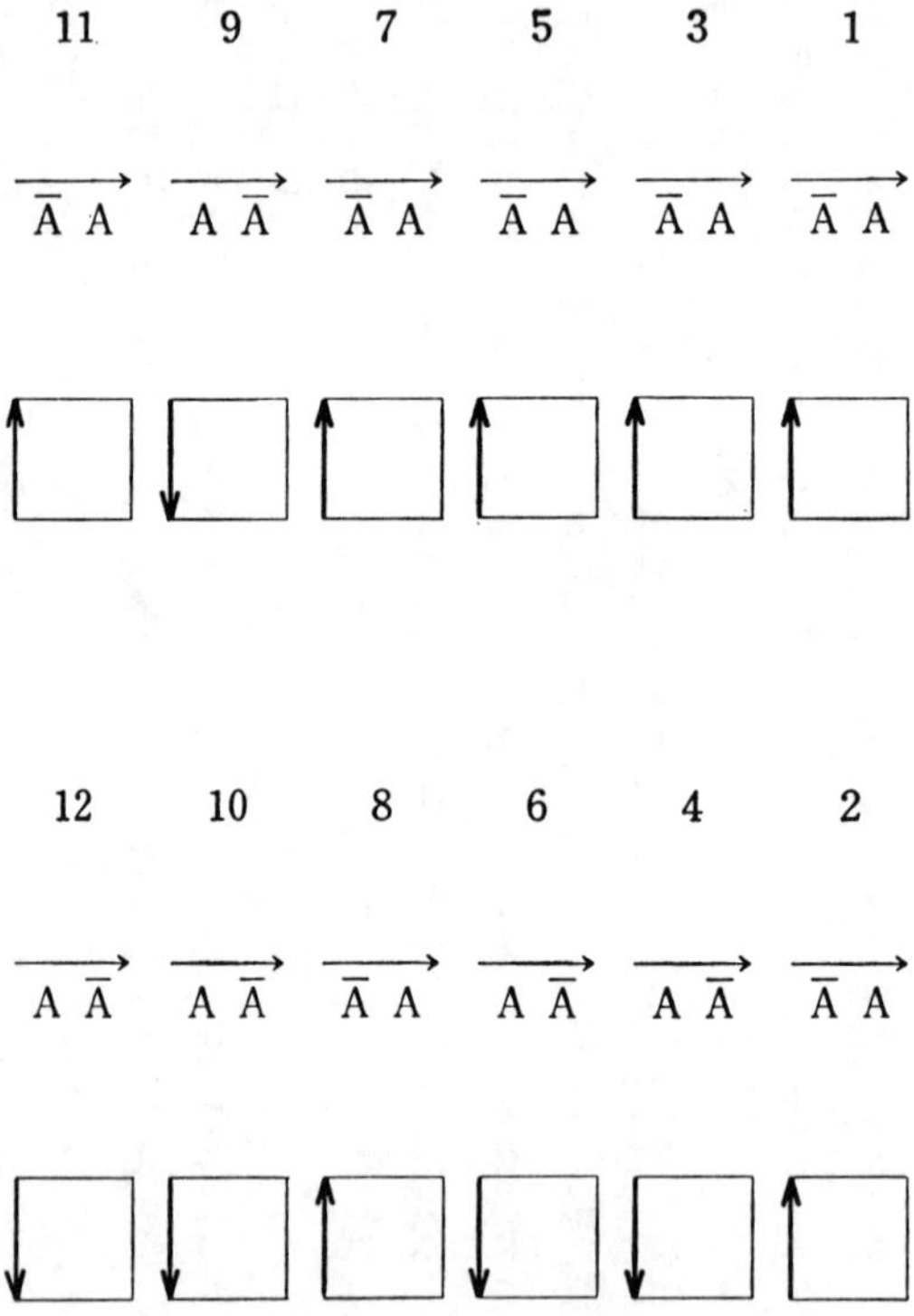


第28図

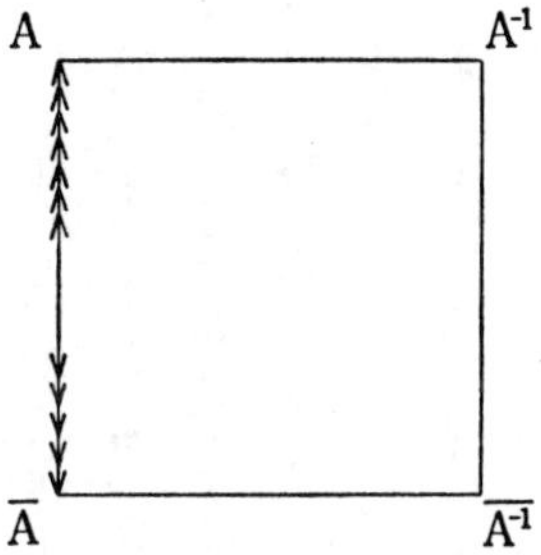


第29図

さて、このような分析結果に直面すると、このベクトル運動の次の展開が、当然予想されることになる。これまでの構造分析の成果から考えると、ベクトルは、そろそろ、$A^{-1}$の極に向かって動き出さなければならない。

事実、この後の文章の分析によると、そう動くのである。

この後は、又随筆風のスタイルで、著者じしんの意見は、ほとんど表面に出ていない。文章の意を汲んで、次のように分析する。

13 「そりゃ、無論、いゝわけがありません。何処、其処がいけないと言つて下されば、喜んで訂正します」

14 その時、私は、ふと、彼の原稿の中で、フィーリングといふ言葉が、しきりに使はれてゐるのを思ひ出した。フィーリングといふのは、感じといふ意味であらうが、ゴルフのプレイには、誰のものでもない自分自身のフィーリングといふものを持つことが一番大事である。これは人から教はることもできないし、本にも書いてはないが、自分のフィーリングといふものは、誰にも必ずあるもので、あると信じてゐれば、又、必ず得られるものだ、さういふ事が書いてあつた。

15 「あなたの文章には、フィーリングがないのです」といふ言葉が、直ぐ口に出た。

16 「うまい！」と彼は膝を叩いた。彼は、快心のショットを飛ばした時の様な、嬉しさうな顔をした。

17 「よく、わかりました……これで、お仕舞ひ、お仕舞ひ」と言ひながら、彼は、原稿を風呂敷につゝんだ。

18 「ねえ、小林さん、私は、ゴルフのフィーリングは、しつかり持つてゐるんですよ。こんど機会があつたら、一つべん私と廻りませんか。だから、貴方の一言が、実によくわかつたのです。こんど機会があつたら、一つべん私と廻りませんか。だから、ろいろ御忠告はできると思ふんですよ」彼は、いかにも愉快さうであつた。

19 数ヶ月、彼から何の音沙汰もなかつた。偶然叔父に会つた時、彼の話をすると、先日死んだ、と叔父は言つた。／20 其の後、何かにつけて、二度しか会はなかつた、この人物の事を思ひ出すので、ありのまゝを書いておく気になつた。

13の文は、その前の12の文、つまり、すでに考察した引用文の最後の文と同じで、その前の11の文と対立している。従って、この13の文のベクトルは、$\overrightarrow{A\bar{A}}$である。

次の14の文は、前の13の文と対立し、かつ15の文と対立している。14の文の「自分自身のフィーリングといふものを持つことが一番大事である」に対して、15の文では、『あなたの文章には、フィーリングがないのです』」と言う。14は、「持つことが一番大事で」、かつ、いま、ここには『ない』もの、「フィーリング」について、この「ゴルフの名人」の文章を借りて語っている。$A^{-1}$の極の表現である。15の文は、$\bar{A}$の極である。従って、14の文のベクトルは、$\overrightarrow{\bar{A}A^{-1}}$で、15の文のベクトルは、$\overrightarrow{A^{-1}\bar{A}}$である。

なお、この14の文は、前の13の文とも対立しているので、13は、14との関係では、$\overrightarrow{A^{-1}\bar{A}}$となる。

次の16の文は、その前の15の文と対立している。その対立の仕方は、「フィーリング」がこちら側にないことを認めた上で、「嬉しさう」に、であるから、$\bar{A}$の極に対する、Aの極の表現である。ベクトルは、$\overrightarrow{\bar{A}A}$

17の文は、16の文と対立し、『……(中略)……これで、お仕舞ひ、お仕舞ひ』と、「原稿用紙を風呂敷につつんだ」という文句で、マイナスと考えられる。従ってベクトルは、$\overrightarrow{A\bar{A}}$である。

18の文は、前の17の文と対立し、「愉快さう」に、であるから、プラスである。ベクトルは、$\overrightarrow{\bar{A}A}$となる。

又、前の15の文は、16の文との対立の関係では、ベクトルは、$\overrightarrow{A\bar{A}}$となる。

19の文と、20の文とは対立する。ベクトルは、19の文は、$\overrightarrow{A\bar{A}}$、20の文は、$\overrightarrow{\bar{A}A}$である。

以上、13の文から、終りの20の文までのベクトルを、まず展開の順に並べて示そう。

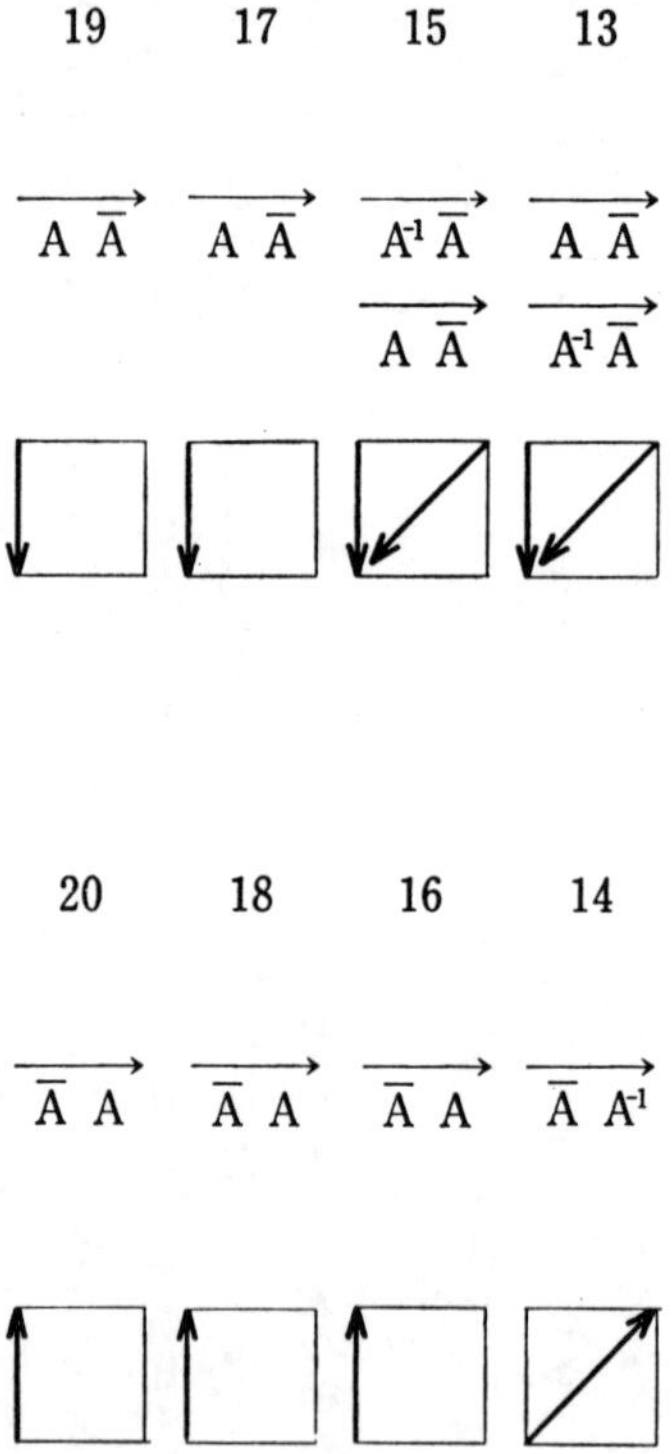


第30図

次に、以上、13の文から20の文までのベクトルを、前の1から12の文までのベクトルとともに、まとめて、図によって表示しよう。（第31図）

モデルIである。Aと$\bar{A}$極の二極間だけの往復運動が、今までに例がなく多くなっているのは、やはり随筆スタイルのために、一つの群を構成するベクトルの数が多くなっているためである。

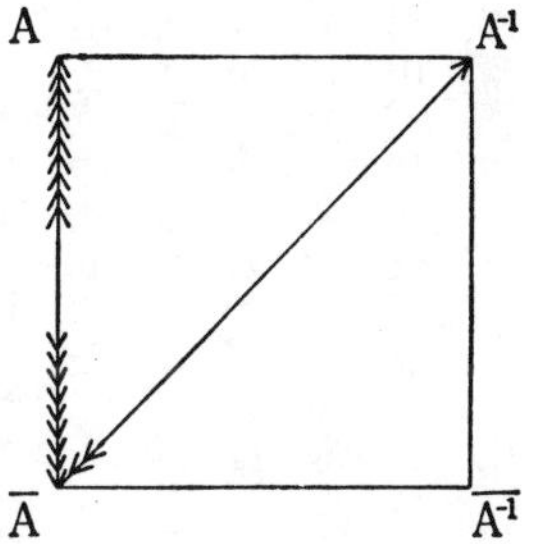


第31図

## 三、例外をもつベクトル群

1　窓外が白んで来た。やがて京都である。私は、下の酔漢を、一と先づ椅子の上に移すといふ手間のかゝる凡庸な仕事に取りかゝつた。彼は、眼を覚まし、黙つてチビリチビリやり出した。不機嫌な真面目臭つた表情なので、正気づいたか、やれやれと思つてゐると、突然、「こらッ姫路城つてのを知つてるかア」と来た。汽車は未だ大阪に着かない。「今に見えるから教へてやるぞオ」「ああ教へてくれ」「こらザルツブルグてえのを知つてるかア」――以下、前と同じ理由によつて描写は省略するが、／2　又々、彼の口から「夜の女王」の歌だと主張する寝言の如きものが、獣の吠えるが如く聞えて来るに及んで、私は、この酔漢には全然異常なところはない、といふ結論に達した。彼も亦一四の獣を狩り出してゐるのである。／3　アルコオルが消滅させたものは、彼の社交性或は社会性であつて、彼の理性ではない。／4　外観の異常は、本質的難問に遭遇した時の理性の、正常な孤独な動きを語る。／5　が、要するに、これら窮余の解釈も果敢ない空想であつて、酔漢のエネルギーには抗し難い。

6　糸崎を過ぎて間もなく、彼はグッスリ寝込んだ。私は、もう空想する元気もない。食欲もない。睡眠慾はあるが、こゝで寝たら、二人は門司まで行くだらう。岩国で、どうしてうまく起こすかが問題である。起こす準備行動などといふものはあり得ない。出来るだけ長時間眠らせて置く事が、先ず必要であるから。たゞ無暗に呑ませて置いた水の利き目が頼みで、運を天に任すことにした。／7　処が、岩国だと言つて、宮島辺りで起こしたら、眼を覚まして意外におとなしい。／8　酔眼は、何を見てゐるか、まだ不安心である／9　が、モオツァルトといふ固定観念は、岩国といふ観念に見事に追ひ出された様子であつた。

10　翌日遅く眼を覚まして二階から下りて来ると、彼はいかにも寝が足りて満足と言つた顔で、ちやぶ台に頬杖をついてゐた。／11　錦帯橋に案内してやると言ふので、素晴しい秋日和のなかに、ぶらりと出る。日頃、名物といふものに信を置かないのだが、これは又名実共に備はつた異例である。青い空に緑の山、豊かな清流に真つ白い河原といふ単純鮮明な構図のなかに仕組まれた頑丈な又まことに繊細な大建築である。

12　「名橋だな。まず小言の言ひ様はない」と言ふと、彼はしばらく黙つてゐたが、「モオツァルトの様だらう」と言つた。／13「おい、本当に汽車の中の事覚えてゐないのかい」と聞くと「覚えてゐないね」と彼は泰然として答へた。／14「俺は御蔭でいろいろ考へたよ」「何を考へたんだ」「ちよつとうまく言へないがね、つまり、われわれ凡人に於ける認識の適量と言つた風な事だ」／15「何アんだ。酒の適量ではないのか」

これは、随筆風の小論『酔漢』の終り三分の一ほどの部分である。やはり、描写や会話の部分が多く、かたい文章にくらべて、一つの文のベクトルを表現する文が長くなり勝ちである。

まず、この十五の文を、通して分析してみよう。

1の文と、2の文とは対立している。1の文で、「……正気づいたか、やれやれと思つてゐると、突然、『こらッ……』」というような、酔漢の酔態の具体的描写に対して、2の文では、「この酔漢には全然異常なところはない」と断定している。

2の文の「『夜の女王』の歌だと主張する寝言の如きもの」や、「獣を狩り出してゐる」という言い方は、この引用文の前に続いている部分の表現を受けている。ケルケゴオルは、モオツァルトの音楽を聞いて、「不安とか絶望とかいふ新しい獣を狩り出さずに」いられなかった、と小林秀雄は説いている。『夜の女王』は、モオツァルトの「魔笛」の中の人物である。そこで、2の文は、〈観念〉の世界で正常に活動しているこの「酔漢」について語っているのであり、$A^{-1}$の極の表現である。1の文は、$\bar{A}$の極の表現。従って、1の文のベクトルは、$\overrightarrow{A^{-1}\bar{A}}$ で、2の文のベクトルは、$\overrightarrow{\bar{A}A^{-1}}$

次の3の文と4の文とは、5の文と対立している。3と4では、「彼の理性」は正常である、と言いながら、5では、「これら窮余の解釈も果敢ない空想」と言う。3と4の文の極は、$A^{-1}$。5の文の極は、$\bar{A}$。従って、ベクトルは、3の文、4の文、それぞれ、$\overrightarrow{\bar{A}A^{-1}}$ で、5の文では、$\overrightarrow{A^{-1}\bar{A}}$。

6の文と7の文とは対立している。6は、前の1の文と同じく、酔漢の酔態の描写で、7は、「眼を覚まして意外におとなしい」と、正反対になる。6の文の極は、$\bar{A}$、7の文は、Aである。従ってベクトルは、6の文は、$\overrightarrow{A\bar{A}}$で、7の文は、$\overrightarrow{\bar{A}A}$

8の文は、前の7の文と対立している。「まだ不安心」と、もう一度、$\bar{A}$の極の方へゆれもどる。ベクトルは、$\overrightarrow{A\bar{A}}$

9の文は、これまでの文の流れからは、やや独立し、二つの極をもっている。一つは、「モオツァルトといふ固定観念」である。モオツァルトについては、この『酔漢』の前半の部分で、かなり長く論じられ、プラスの評価の表現で語られている。しかし、ここの「モオツァルト」は、「固定観念」ということばの通常の意味や、「見事に追ひ出され」ている対立関係から考えて、マイナスの極の表現とせざるを得ない。$\overline{A^{-1}}$である。これに対して、「岩国」はもちろんプラスに評価される。が、「岩国といふ観念」は、〈観念〉であろうか。この『酔漢』の始めに「彼の郷里岩国」とあり、前の7の文では、「岩国」という地名にこの酔漢が反応していること、そして他方、とくに〈観念〉の事象と解すべき表現がこの「岩国というふ観念」の「観念」ということば以外にないこと、そして、とくに、前の「固定観念」と対立していること、以上の理由で、これは私の言う〈観念〉ではなく、Aの極の表現、と考える。従って、9の文のベクトルは、$\overrightarrow{A^{-1}A}$ である。

次の、10と11の文も、文章の流れからはやや独立している。10の文は、前の8、あるいは、それよりも6の文と対立している。「いかにも寝が足りて満足」という文句に、前夜の酔態との対比がある。ベクトルは、$\overrightarrow{\bar{A}A}$である。11の文も、同じく、$\overrightarrow{\bar{A}A}$

12の文は、13の文と対立している。12の極は、Aで、13の極は、$\bar{A}$。従って、12の文のベクトルは、$\overrightarrow{\bar{A}A}$で、13の文のベクトルは、$\overrightarrow{A\bar{A}}$である。

14の文は、前の13の文と対立している。〈観念〉の世界の事象を語って、プラスに評価されている。$A^{-1}$である。ベクトルは、$\overrightarrow{\bar{A}A^{-1}}$

そこで、前の13の文のベクトルは、14の文との関係では、$\overrightarrow{A^{-1}\bar{A}}$ となる。

15の文は、前の14の文と対立している。14の「適量」と同じことばを使っているが、14では、発言者が自分に関して、「適量」を認めているのに対して、15では、発言者の、相手に対する批判の意味で使われている。$\bar{A}$の極の表現で、ベクトルは、$\overrightarrow{A^{-1}\bar{A}}$

以上の結果を、まず順序に従って並べて示そう。

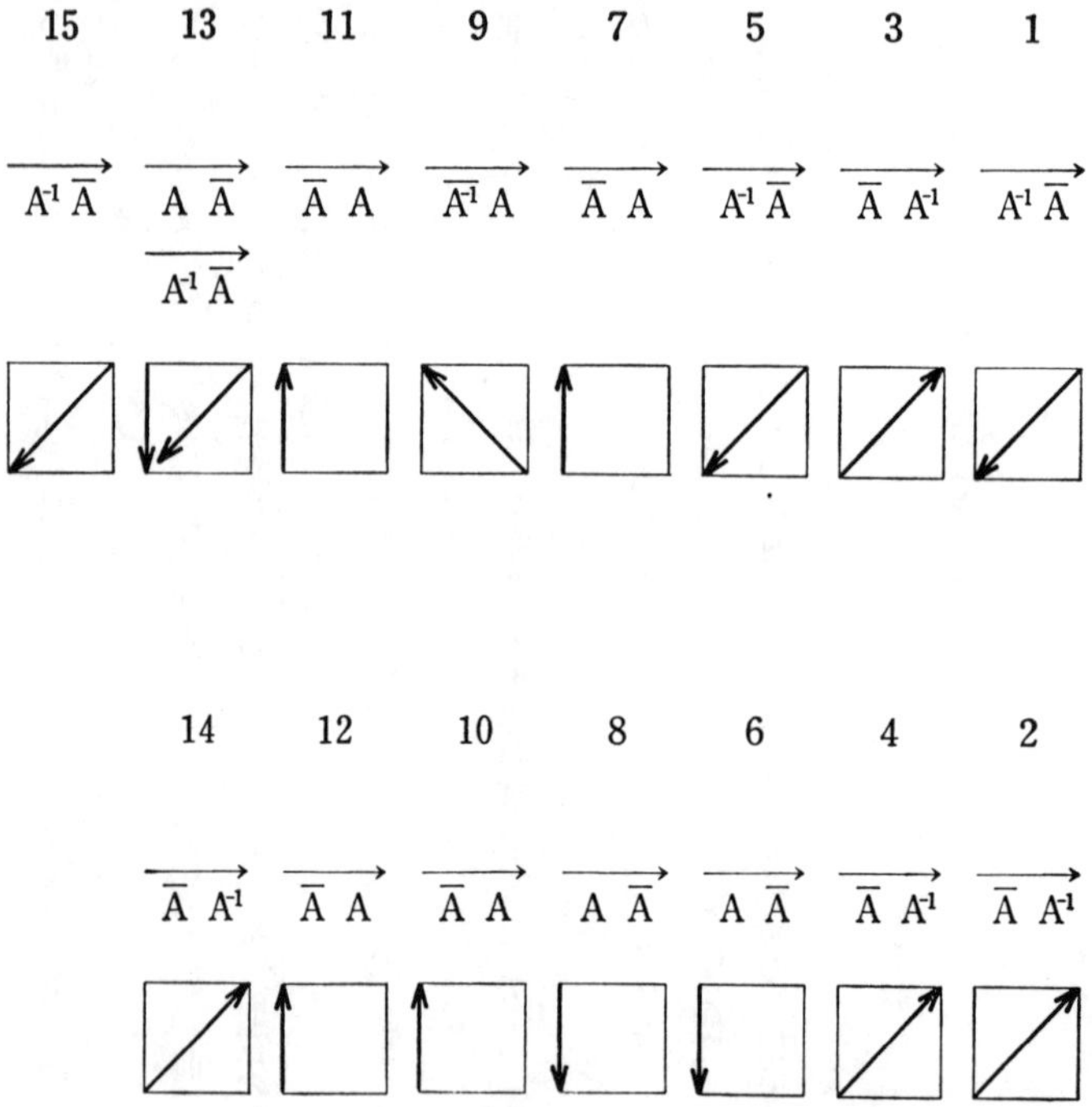
15 13 11 9 7 5 3 1
$\overrightarrow{A^{-1}\bar{A}}$ $\overrightarrow{A\bar{A}}$ $\overrightarrow{\bar{A}A}$ $\overrightarrow{\overline{A^{-1}}A}$ $\overrightarrow{\bar{A}A}$ $\overrightarrow{A^{-1}\bar{A}}$ $\overrightarrow{\bar{A}A^{-1}}$ $\overrightarrow{A^{-1}\bar{A}}$
$\overrightarrow{A^{-1}\bar{A}}$
14 12 10 8 6 4 2
$\overrightarrow{\bar{A}A^{-1}}$ $\overrightarrow{\bar{A}A}$ $\overrightarrow{\bar{A}A}$ $\overrightarrow{A\bar{A}}$ $\overrightarrow{A\bar{A}}$ $\overrightarrow{\bar{A}A^{-1}}$ $\overrightarrow{\bar{A}A^{-1}}$

第 32 図

さて、以上の十六のベクトルを、ベクトル群にまとめたい。
まず、12から15までの五つのベクトルは、一つの群をつくっている。ベクトルを重ねた図を書いてみよう。

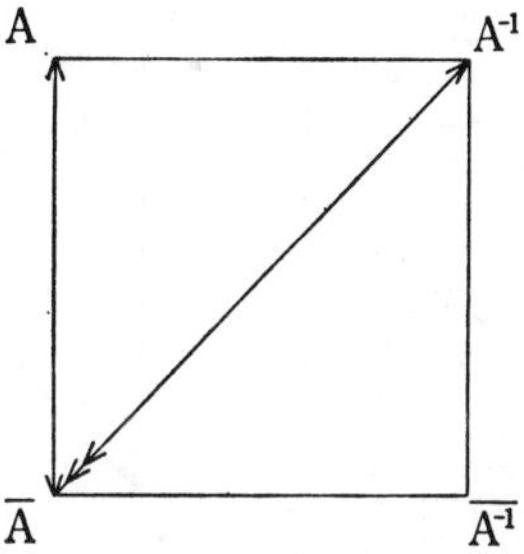


第33図

モデルⅠである。

そこで、1から11までのベクトルを考えよう。もとの文の段落の切れ目を尊重するのが原則である。すると、この三つの段落で、第一の段落における五つのベクトルは、二極しかもたず、群としては不安定、未完成である。第二の段落の五つのベクトルには、三つの極をもつ。が、第三の段落にも、極は二つしかない。従って、第一の段落と第二の段落の二つのベクトルの集まりをまとめても、第二の段落と第三の段落とをまとめても、あとに不安定なベクトルの集まりを残してしまうことになる。

そこで、この三つの段落の、十一のベクトルを、すべて一つにまとめてみよう。次のように図示される。

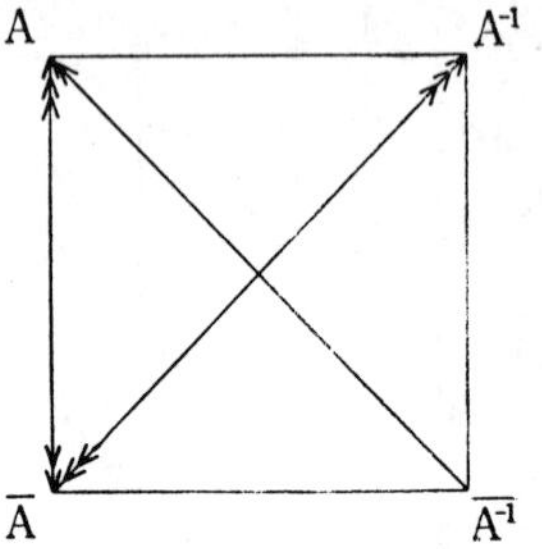


第 34 図

これは、今まで考察したモデルにはない。今まで考えたモデル以外にも、一応考えられるような三極のベクトル群のモデルにもあてはまらない。

しかし、このベクトル群から、$\overrightarrow{\overline{A^{-1}}A}$ の一つのベクトルを除くと、まさしくモデルＩになる。そこで、私はこう解釈したい。これは、$\overrightarrow{\overline{A^{-1}}A}$ のベクトル一つを例外としてもつモデルＩのベクトル群である、と。

ここで、『酔漢』の文章とつき合わせて考えてみよう。

10の文、11の文の、「素晴しい秋日和のなか」の、「単純鮮明な構図」と、「繊細な大建築」が鮮やかである。描写が見事であるというよりも、文章の流れの中できわ立って見える。それは、まず考えられるように、前夜の「酔漢」相手の苦闘の翌日の出来事だからである。が、それだけではない。「酔漢」の頭の中で、「正常」に、懸命に働いていた〈観念〉の世界からも、ここで解放されているようである。「素晴しい秋日和」に向かって解放されたのは、夜汽車の酔態と、「本質的難問」との双方からである。

　このような思考の運動は、$\bar{A}$の極と、$A^{-1}$の極とをめぐる運動が、やがて、Aの極に向かって展開されていった、ととらえられる。典型的な形で言えば、ベクトル$\overrightarrow{\bar{A}A^{-1}}$と、ベクトル$\overrightarrow{A^{-1}\bar{A}}$との往復運動が、Aの極に向かうベクトルに展開した、というモデルIにおける運動の構造である。

　そのようなベクトルの構造が、この1から11までのベクトル群のうちに、やはり基本的にある。1の文から、5の文までのベクトルが、その前段の往復運動を表現し、6から11までの文が、後段の展開を語っている。

　すなわち、以上のベクトル群を、基本的にモデルIととらえることは、正当な解釈であろう、と考えるのである。

　実は、『酔漢』全篇を読みかえしてみると、この短篇が、全体として、ほぼモデルIに似た構成をもっていることに気付くのである。

『酔漢』は、著者が、友人河上徹太郎と、彼の郷里岩国へ汽車で行く話である。全篇のはじめ三分の一ほどは、友人が先に酔っぱらってもてあます描写である。酔った友人は、「何やら訳のわからぬ事を喋つてゐると、必ず、『魔笛』はいゝぞオ、『夜の女王』はいゝぞオ、……」とくり返す。このあたりから、小林じしんの、モオツァルト論、ケルケゴオル論となり、やや深刻な思考が、次の三分の一ぐらい続く。

そのあとが、ここに引用した文である。引用の、1の文から5の文までの一段落は、それ以前の、始めから全篇の三分の二ほどの話が、圧縮された形で語られている、と言ってもよいであろう。

それに続く、6から9までの文は、もう一つの世界への展望がひらける段階である。そして、それは、次の10と11の文で、決定的に開かれる。

10と11の文は、この『酔漢』全篇の焦点である。が、この焦点という言い方には注をつけておかなければならない。前にも述べたように、小林秀雄の文章には、窮極の目標とか、第一の前提というような、ただ一つの極限があるのではない。一つの極限に達した思考運動は、やがて必ず、もう一つの極限に向かって動き始める。「素晴しい秋日和のなか」の「繊細な大建築」は、結論ではない。それは、逆に、その前の「酔態」や、「本質的難問」にふり向き、〈批評〉し、対峙しているのである。

あたかも、そのようなダイナミックの関係を説き明かすように、最後に、12から15に至る文で、もう一つの小さなモデルIのベクトル群を表現している。それは、今までとは反対に、「繊細な大建築」から始まり、「酔態」、「本質的難問」という運動に帰っていくのである。

## 四、複雑な対立関係を持つ文

次は、文と文との対立関係が、やや煩雑で、時にはそれが明快にとらえ難いような文章の例を考えよう。『様々なる意匠』のうちの一節である。ここでは、文と文との基本的な対立関係は、確かにあるのだが、一つの文の中に、さらに小さい対立をもっているばあいが多い。小林秀雄の、意識的な技巧に充ちた、装飾の多い文体であり、私の分析にとって扱い難い例である。方針としては、小さい対立関係をあるていど無視し、基本的な動きをとらえていくようにしたいと思う。

1　「自分の嗜好に従つて人を評するのは容易な事だ」と、人は言ふ。然し、尺度に従つて人を評する事も等しく苦もない業である。／2　常に生き生きとした嗜好を有し、常に溌剌たる尺度を持つといふ事だけが容易ではないのである。／3　人々は人の嗜好といふものと尺度といふものとを別々に考へてみる、が、別々に考へてみるだけだ、精神と肉体とを別々に考へてみる様に。／4　例へば月の世界に住むことは人間の空想となる事は出来るが、人間の欲望となる事は出来ない。守銭奴は金を蓄める、だから彼は金を欲しがるのである。人は可能なものしか真に望まぬものである。これが恰も嗜好と尺度との論理関係である。生き生きとした嗜好なくして、如何にして溌剌たる尺度を持ち得よう。／5　だが、論理家らの忘れがちな事実はその先にある。つまり、批評といふ純一な精神活動を嗜好と尺度とに区別して考へてみても何等不都合はない以上、吾々は批評の方法を如何に精密に論理附けても差支へない。だが、批評の方法が如何に精密に点検されようが、その批評が人を動かすか動かさないかといふ問題とは何んの関係もないといふ事である。／6　例へば、人は恋文の修辞学を検討する事によつて己れの恋愛の実現を期するかも知れない、然し斯くして実現した恋愛を恋文研究の成果と信ずるなら彼は馬鹿である。／7 或は、彼は何か別の事を実現してしまったに相違ない。

8 嘗つて主観批評或は印象批評の弊害といふ事が色々と論じられた事があった。然し結局「好き嫌ひで人をとやかく言ふな」といふ常識道徳の或は礼儀作法の一法則の周りをうろついたに過ぎなかった。或は攻撃されたものは主観批評でもなかったかも知れない。「批評になってゐない批評」といふものだったかも知れない。「批評になってゐない批評の弊害」では話が解り過ぎて議論にならないから、といふ筋合ひのものだったかも知れない。／9 ともかく私には印象批評といふ文学史家の一術語が何を語るか全く明瞭でないが、次の事実は大変明瞭だ。所謂印象批評のお手本、例へばボオドレェルの文芸批評を前にして、舟が波に掬はれる様に、繊細な解析と溌剌たる感受性の運動に、私が浚はれて了ふといふ事である。この時、彼の魔術に憑かれつゝも、私が正しく眺めるものは、嗜好の形式でもなく尺度の形式でもなく無双の情熱の形式をとった彼の夢だ。／10 それはまさしく批評ではあるが又彼の独白でもある。人は如何にして批評といふものと自意識といふものとを区別し得よう。彼の批評の魔力は、彼が批評するとは自覚する事である事を明瞭に悟った点に存する。批評の対象が己れであると他人であるとは一つの事であって二つの事ではない。批評とは竟に己れの夢を懐疑的に語る事ではないのか！

11 1の文の中には、「嗜好に従って人を評する」ことと、「尺度に従って人を評する」こととの対立関係であり、1の文と、2の文とのもっと大きな対立関係がある。が、これは、一つの文の中の小さな対立関係であり、1の文と、2の文とのもっと大きな対立関係をとらえて、その中に含ませてしまうことにしたい。

2の文は、「生き生きとした」、「潑剌たる」が、プラスに評価されている。Aの極の表現である。これに対して、1の文は、「嗜好に従」うことを否定する「尺度に従」う批評が、「苦もない業」と批判されているのである。要するに、「尺度」の否定である。そこで、これは、$A^{-1}$の極の表現である。従って、ベクトルは、1の文は、$\overrightarrow{AA^{-1}}$で、2の文は、$\overrightarrow{A^{-1}A}$となる。

3の文の中には、二組の対立関係がある。「嗜好」と「尺度」、および、「精神」と「肉体」とである。4の文の中にも、「空想」と「欲望」、「嗜好」と「尺度」という二組の対立関係がある。これらは、要するに、「嗜好」と「尺度」との対立関係と考え、これら二つの文は、それぞれが二つの極、「嗜好」と尺度とを、ともに持ちつつ、対立している、という大きな対立関係をとらえることにする。

4の文では、結局、終りの「生き生きとした嗜好なくして、如何にして潑剌たる尺度を持ち得よう」という主張が重要であり、ベクトルは、「尺度」から「嗜好」に向かっている。「嗜好」の肯定が中心である。ベクトルは、$\overrightarrow{A^{-1}A}$と考える。前の3の文は、「嗜好」と「尺度」と、どちらにも価値の高下はないようにみえる。が、この文は、4の文と対立している、という点に注目すると、結局、「嗜好」とは別の「尺度」を考える「人々」を批判している、と受けとることができる。ベクトルは、4の文とは反対で、$\overrightarrow{AA^{-1}}$である。

6の文は、7の文と対立している。これらの文でも、細かく屈折した対立関係はあるが、大きくとらえて、それぞれが、二つの極を持ち、それらの間のベクトルが、たがいに正反対である、と考える。5

の文は、「批評の方法」を「精密に点検」する、という$\overline{A^{-1}}$の極と、「人を動かすか動かさないかといふ問題」の、Aの極と、この二つの極を持っている。6の文は、「恋文の修辞学を検討する」という、$\overline{A^{-1}}$の極と、「恋愛の実現」という、Aの極と、この二つを持っている。そして、それぞれの文の主張の重点は、5では、「動かすか動かさないかといふ問題」にあり、6では、「馬鹿」という「修辞学」の否定の方にある。ベクトルで表現すると、5の文は、$\overrightarrow{A^{-1}A}$で、6の文は、この反対に、$\overrightarrow{AA^{-1}}$となる。

7の文は、前の6の文と対立し、「実現してしまった」「何か別の事」が肯定されている。ベクトルは、$\overrightarrow{A^{-1}A}$である。

8の文は、9の文と対立している。この対立関係は、9の文の始めの「ともかく私には印象批評といふ文学史家の一術語が何を語るか全く明瞭でないが、次の事実は大変明瞭だ。」という文句で表現されている。前の8の二つの文は否定され、後の9の文が肯定されているのである。

では、これらの文の語る極は、事実のあり方に関してはどうか。まず、9の文では、ここにも細かい対立関係はあるが、要するに、「彼の夢だ」というところに語られている。「夢」は、「私が正しく眺める」のである。すでにくり返し述べたように、小林秀雄の〈観念〉である。

これに対して、この9の文と対立する、8の文はどうか。ここでは、「印象批評」が、「好き嫌ひで人をとやかく言ふ」として否定されている。9の文の「夢」は、「印象批評のお手本」について語られているので、8と9との対立関係は一応明らかである。では、これを否定する根拠、つまり、この文の表現する極は何か。$\overline{A}$の極か、それとも、$\overline{A^{-1}}$の極か。「常識道徳の或は礼儀作法の一法則」は、「好き嫌ひ」という具体的な感情と対立しているので、〈観念〉である、と考える。で、この8の文は、$\overline{A^{-1}}$の極の表現、とする。

ところで、この8の文の後半は、ひねった文である。「攻撃されたのは」「印象批評でもなかつたかも知れない。」と言う。もし「印象批評」でない、とすれば、9の文と対立関係がある、とは言えないことになる。が、文章全体をとらえて、このあたりの屈折したレトリックを、一応通り過ぎることにしよう。

結局、ベクトルは、8の文は $\overrightarrow{A^{-1}\overline{A^{-1}}}$ で、9の文は、$\overrightarrow{\overline{A^{-1}}A^{-1}}$ である。

10の文は、前の9の文と対立している。9の文の「夢」に対して、この文では、「独白」、「自意識」、「自覚する事」、「批評の対象が己れである」こと、が語られている。「ボオドレエルの文芸批評」に対する、身近に引きよせた、こちら側からのとらえ方である。Aの極の表現である。ベクトルは、$\overrightarrow{A^{-1}A}$

なお、前の9の文のベクトルは、この10の文との関係では、$\overrightarrow{AA^{-1}}$ となる。

11の文は、前の10の文と対立している。ふたたび、「夢」が語られる。前の9の文では、「彼の夢」であったのに対して、間に10の文で「己れ」を語ったあとの「夢」は、「己れの夢」となっている。10と11の文との対立関係は、ここに表われている。11の文のベクトルは、$\overrightarrow{AA^{-1}}$

以上、十二のベクトルをまとめて表示する。（第35図、第36図）

モデルⅡのベクトル群である。はじめに、A極と、$\overline{A^{-1}}$極との往復運動がくり返され、やがて、$A^{-1}$の極が現われる、という、典型的な〈観念〉発見のタイプである。

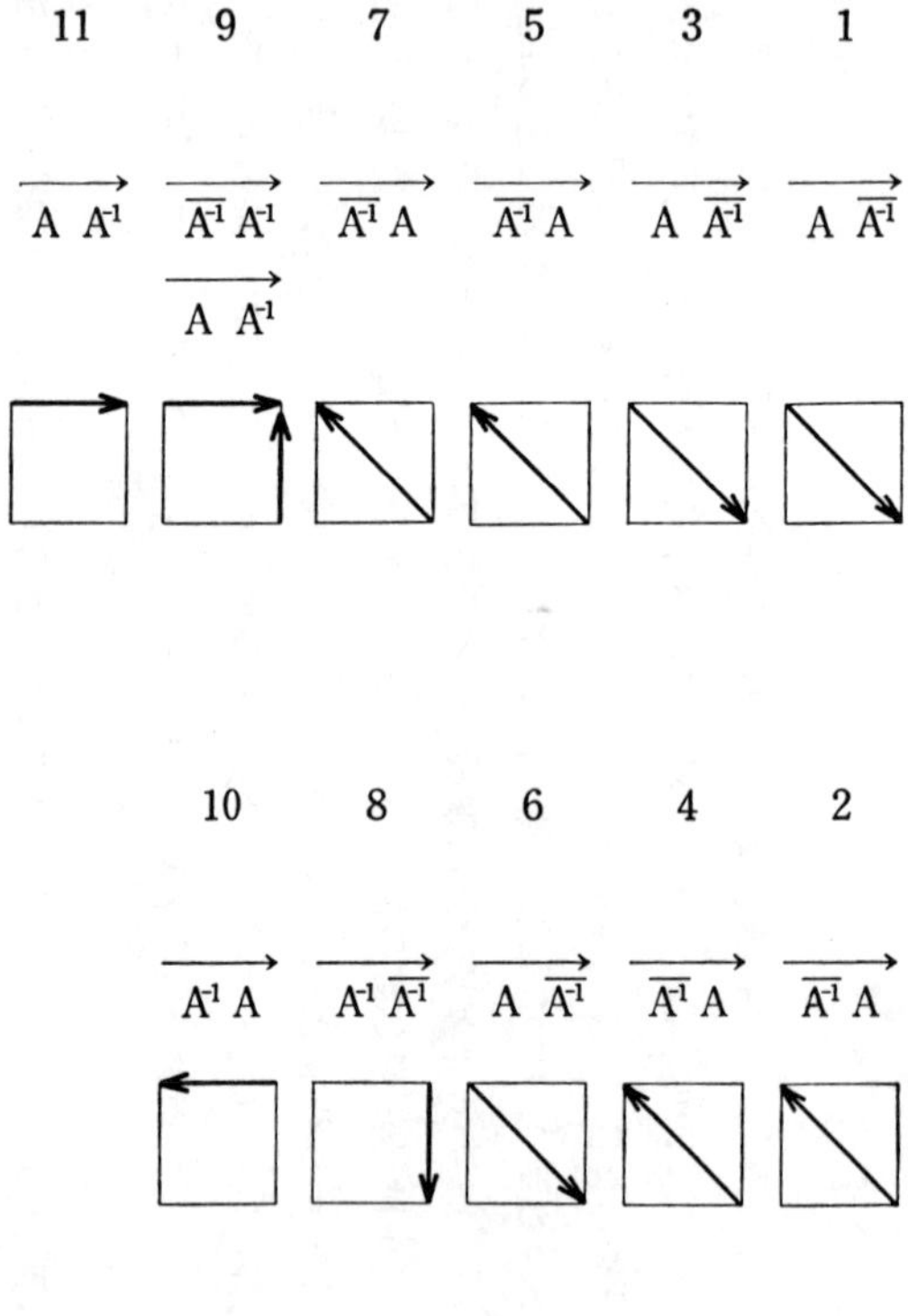


第35図

分析上、問題となるところが多かった。が、おそらくこれは青年小林秀雄の、気負いに充ちた、やや

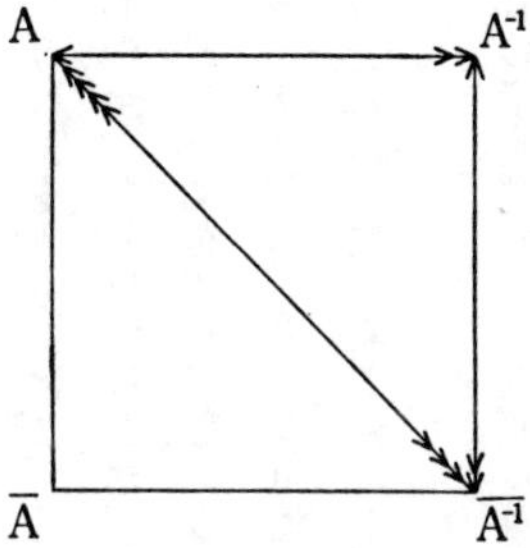


第 36 図

饒舌な文章であるためであろう。意識を八方にめぐらし、身構えている。それが、文の上の、複雑な屈折となって表われたのであろう。私の見方によれば、細かい対立関係の錯綜、ということになる。

　しかし、そうではあっても、やはり基本的に、小林秀雄のその後の文章に一貫した構造が、ここでもとらえられるのである。

# 第四章　『当麻』の構造の分析

## 第一節　前半における二つのモデル　I

### 一

『当麻』という作品をとりあげて、その文の構造を分析したい。

一つの作品の全文を分析するとき、基本的な方法は、いくつかのベクトル群をとらえていくわけである。従って、どこで文を切って考えるか、が重要な問題となる。別な切り方もあり、その結果、別なベクトル群がとらえられる、という可能性も十分考えなければならない。そのことを考慮した上で、私の採用した切り方について、必要に応じて詳しく説明していきたい。

1　梅若の能楽堂で、万三郎の当麻を見た。

僕は、星が輝き、雪が消え残つた夜道を歩いてゐた。／2　何故、あの夢を破る様な笛の音や太鼓の音が、いつまでも耳に残るのであらうか。／3　夢はまさしく破られたのではあるまいか。／4　白い袖が飜り、金色の冠がきらめき、中将姫は、未だ眼前を舞つてゐる様子であつた。／5　それは快感の持続といふ様なものとは、何か全く違つたものの様に思はれた。／6　あれは一体何んだつたのだらうか、何んと名付けたらよいのだらう、笛の音と一緒にツッツッと動き出したあの二つの真つ白な足袋は。／7　いや、世阿弥は、はつきり当麻と名付けた筈だ。してみると、自分は信じてゐるのかな、世阿弥といふ人物を、世阿弥といふ詩魂を。／8　突然浮んだこの考へは、僕を驚かした。

9　当麻寺に詣でた念仏僧が、折からこの寺に法事に訪れた老尼から、昔、中将姫がこの山に籠り、念仏三昧のうちに、正身の弥陀の来迎を拝したといふ寺の縁起を聞く。老尼は物語るうちに、嘗て中将姫の手引きをした老尼と変じて消え、中将姫の精魂が現れて舞ふ。／10　音楽と踊りと歌との最小限度の形式、音は叫び声の様なものとなり、踊りは日常の起居の様なものとなり、歌は祈りの連続の様なものになつて了つてゐる。／11　そして、さういふものが、これがいゝのだ、他に何が必要なのか、と僕に絶えず囁いてゐる様であつた。／12　音と形との単純な執拗な流れに、僕は次第に説得され、征服されて行く様に思へた。／13　最初のうちは、念仏僧の一人は、麻雀がうまさうな顔付きをしてゐるなどと思つてゐたのだが。

1の文は、2の文と対立している。どちらも、ある夜の体験を、具体的な描写で語っている。だが、

2は、ある特異な体験として語られている。事実として起こったことを、「何故」と言う。事実そのものが、問題なのである。これに対して、1は、ごく日常的な、特異でない体験として語られている。2は、〈現実〉の、ある極限の描写である。すなわち、Aの極の表現である。1の文は、これじたいとしては、プラス・マイナスいずれの表現でもないが、2の文と対比された日常の〈現実〉である。すなわち、$\bar{A}$の極を語っている。

ベクトルは、1の文は$\overrightarrow{A\bar{A}}$で、2の文のベクトルは、$\overrightarrow{\bar{A}A}$である。

3の文は、前の2の文と対立している。2の「あの夢を破る様な」に対して、3の「夢はまさしく破られた」である。2では、「笛の音や太鼓の音が、いつまでも耳に残る」のは、特異な状態ではあるが、いま、ここにおける体験から離れてはいない。「あの夢を破る様な」は、文字どおり「様な」であって、「破る」手前のこちら側にいる。

これに対して、3では、「あるまいか」という疑問の形がつくが、「まさしく破られた」向う側の世界が開けている。

3の文も、2の文と同じく、積極的に求められている世界である。従って、この3の文は、$A^{-1}$の極の表現である。そして、Aの極の表現である2の文と対立しているので、3の文のベクトルは、$\overrightarrow{AA^{-1}}$と表示される。この3の文との関係で、前の2の文のベクトルは、$\overrightarrow{A^{-1}A}$となる。

4、5、6の三つの文は、次の7の文と対立している。4の文、5の文、6の文と、次第に調子を高めながら、かなたの、目に見えぬ世界に迫っていこうとしている。

4の文では、「中将姫は、未だ眼の前を舞つてゐる様子」であり、「夜道」における「僕」が、その記憶をたぐっている状態である。5の文では、「快感の持続といふ様な」、知覚可能な状態とは、「何か全く違つたものの様に思はれた」が、こちらの世界と「違つ」ている、というだけで、それじしんについては、まだ語っていない。

6の文では、「あれは一体何だつたのだらうか」、「何と名付けたらよいのだらう」と、たたみかけていく。こちら側の世界から、かなたの世界を望む限界ぎりぎりまで迫りながら、その間に一線をはっきり劃している。このはっきりした一線があるから、次の7の文での飛躍が生きてくるのである。

この4の文の「何か全く違つたものの様に思はれた」や、6の文の疑問形は、前の3の文の、「夢はまさしく破られたのではあるまいか」と、ちょっとみるとよく似ている。しかし、私の言う構造における意味は、一つのことば、一つの文句それじたいの意味ではない。それが、他のどのことばや文句と対立し、思考の運動がどちらからどちらへ向かっているか、がもっとも重要である。3の文は、前の2の文と対立し、5や6の文は、次の7の文と対立する。この二組の対立関係で、前の2と3との対立は、後の組にくらべて弱い。4、5、6と続く三つの文の、7の文に対する関係は、もっと強く、厳しい。このような対立関係と、ベクトルの往復運動とがくり返されるとき、それらの対立、緊張関係は次第に高められていくのである。

7の文では、まず「いや、世阿弥は、はつきり当麻と名付けた筈だ」という文句がある。が、この文句が、かなたの世界を語っているのではない。「世阿弥」が「当麻と名付けた」ことは、それだけでは知識にすぎない。小林秀雄の固有の〈観念〉の世界ではない。$A^{-1}$の極の表現にはならない。前の、4、5、6とたたみかけてきた思考運動が、ここで、正反対の思考運動に出会い、その動きが、いわば一瞬停止するのである。ベクトルの向きは、ここから変わるのである。

飛躍のベクトルは、「信じてゐる」ということばで語られる。知る、というようなことばではない。「世阿弥といふ人物」、「世阿弥といふ詩魂」が、その極であり、$A^{-1}$の極である。「詩魂」とは、小林秀雄が、固有の、かなたの世界を語るとき、よく使われることばである。

以上で、4の文、5の文、6の文の極は、それぞれAで、7の文の極は、$A^{-1}$である。従って、4の文、5の文、6の文のベクトルは、それぞれ、$\overrightarrow{A^{-1}A}$で、7の文のベクトルは、$\overrightarrow{AA^{-1}}$である。

8の文は、前の7の文と対立している。「突然」、「驚」く、とは、小林秀雄のやはり得意のことば使いで、多くは、Aから$A^{-1}$の極へ向かうベクトルを語っている。ここでは、その逆である。ベクトルは、$\overrightarrow{A^{-1}A}$

9の文は、10、および11の文と対立している。「中将姫の精魂が現れ」るに至る物語りの解説である。10と11の文は、現に目の前に見て聞いている「音楽と踊りと歌」について語っている。9の文の極は、$A^{-1}$で、10と11は、ともに、Aの極の表現である、がここは、$A^{-1}$の極よりも、Aの極の方が重要である。一度到達したかなたの世界から、もう一度こちらの此岸へ帰ってくるのであるが、こちらへ近づくにつれて調子を高めてくる。「音楽」という抽象的形式は、身近な世界の「叫び声の様なものとなり」、「踊り」も、「日常の起居の様なものとな」る。

11の文の、「これでいゝのだ、他に何が必要なのか」とは、抽象的形式や観念の工夫などいらない、ということであろう。

10の文と11の文の極はA、そして、9の文の極は$A^{-1}$である。従ってベクトルは、9の文では、$\overrightarrow{AA^{-1}}$で、10の文と11の文では、$\overrightarrow{A^{-1}A}$である。

12の文と、13の文とは対立している。12の文では「僕は次第に説得され、征服されて行く」とあるが、13の文では、「最初のうちは、……などと思つてゐたのだが」と言う。つまり、13の文で語られる状態から、逆に、12の文の状態の方へ移っていく運動がある。12はプラスの評価で、13はマイナスの評価である。

12と13は、評価は正反対であるが、存在のあり方は共通で、どちらも、いま、ここの体験を語っている。12は、「音と形との単純な執拗な流れ」のうちで、「ぼくは次第に」変わっていくことが語られる。13は、「麻雀がうまさうな顔付き」が出現する。小林秀雄得意の表現である。12の文の極は、Aで、13の文の極は、$\bar{A}$である。従って、12の文のベクトルは、$\overrightarrow{\bar{A}A}$で、13の文のベクトルは、$\overrightarrow{A\bar{A}}$である。

以上の十三のベクトルをまとめて示そう。（第37図、第38図）

このベクトル群の意味を考えよう。

これは、前に考察した、モデルIのベクトル群である。

「能楽堂」の帰りの「夜道」で始まった文章は、2の文から、不意につきつめた調子の、自問自答の

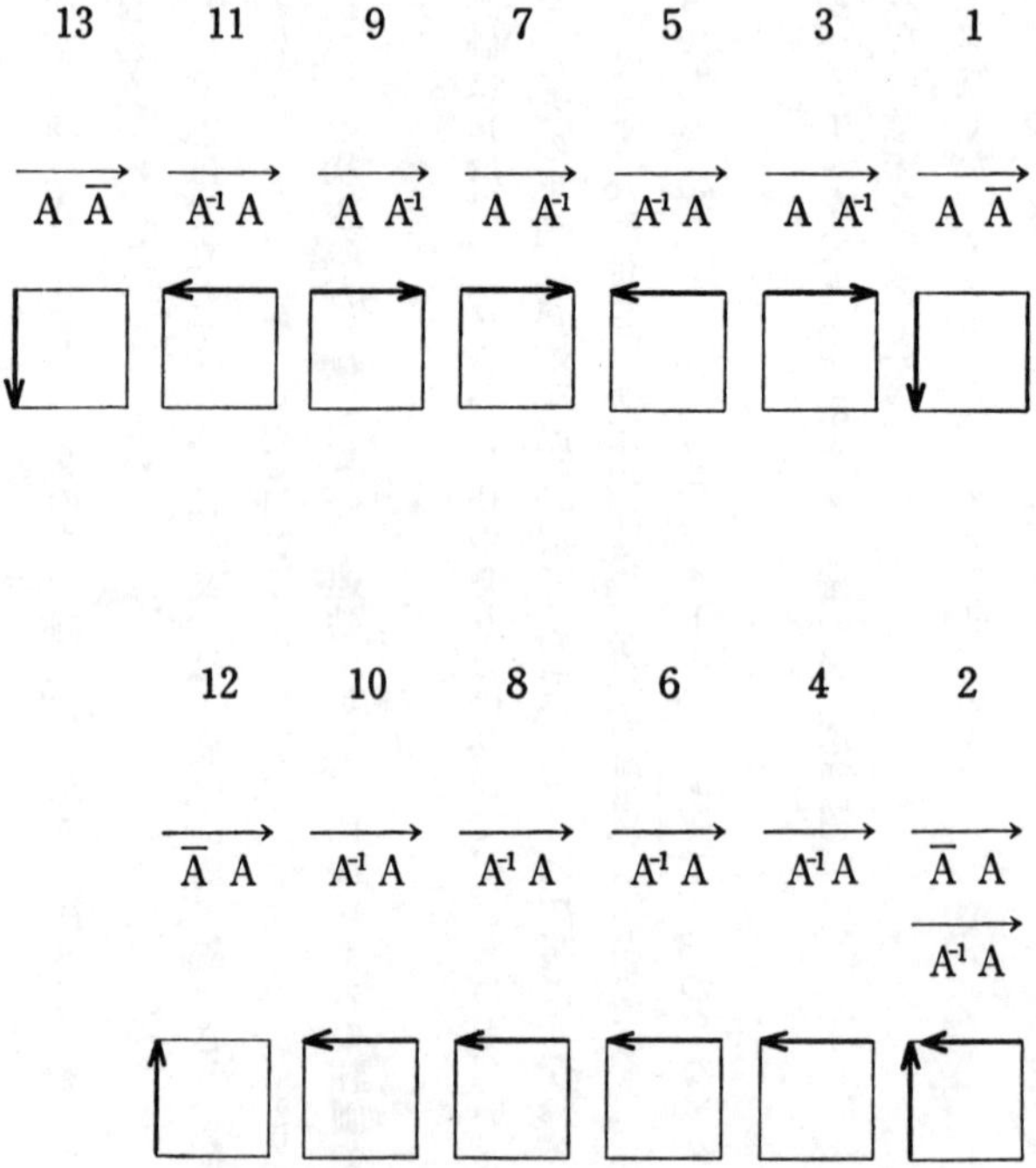
13 11 9 7 5 3 1
A $\bar{A}$ | $A^{-1}$ A | A $A^{-1}$ | A $A^{-1}$ | $A^{-1}$ A | A $A^{-1}$ | A $\bar{A}$
12 10 8 6 4 2
$\bar{A}$ A | $A^{-1}$ A | $A^{-1}$ A | $A^{-1}$ A | $A^{-1}$ A | $\bar{A}$ A
$A^{-1}$ A

第 37 図

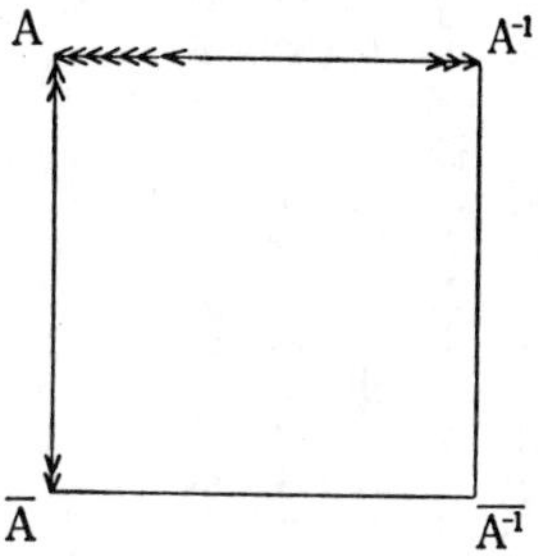


第 38 図

世界に入る。Aの極と$A^{-1}$の極とを往復する〈詩〉は、始めの「夜道」の〈現実〉を背景にして、生き生きと動いているのである。

次の段落に移ってからも、しばらく同じような、Aと$A^{-1}$の二極間の往復運動が続く。前後で計十回、それが続けてくり返されている。二極間だけの運動の連続は、次第に不安定になる。そして、やがて、その不安定な運動をばねとするかのように、もう一つの極が現われ、新しい方向にベクトルが動き、やがてベクトル群は全体として安定して閉じるのである。モデルIは、これら一連の運動に求められていた形である、と言えるだろう。

Aと$A^{-1}$の二極間だけでくり返される往復運動は、いわば〈詩〉の世界である。不安定なのは、〈批評〉が欠けていることであった。ひたすら〈詩〉を語り続けるだけの小林秀雄は、どこか落着かないのである。最後の一句、「麻雀がうまさうな顔付き」が現われて、ようやくおさまりがついた、と言えるだろう。

これを、〈観念〉と〈現実〉という方向で見てみよう。「雪が消え残つた夜道」の、〈現実〉から始まった小林秀雄の思考は、激しい運動をくり返しながら、やがて〈観念〉に到達する。「世阿弥といふ詩魂」を「信じてゐる」「自分」を発見する。

こうして現われた〈観念〉は、そのまま〈観念〉の極にとどまっているならば、たちまち生気を失う。それは、「突然」「驚か」すところに最高の生命をもっているからである。そして、次の段落は、〈観念〉から始まって、次第に〈現実〉に下降してくる。「音楽と踊りと歌との最小限度の形式」を、「これでいゝのだ、他に何が必要なのか」と言う。最後の「麻雀がうまさうな顔付き」は、その下降運動の極限である。ここに至って、小林秀雄の思考運動は、その確かなより所を発見し、安定するのである。

## 二

1　老尼がくすんだ菫色の被風を着て、杖をつき、橋懸りに現れた。真つ白な御高祖頭巾の合い間から、灰色の眼鼻を少しばかり覗かせてゐるのだが、それが、何かが化けた様な妙な印象を与へ、僕は其処から眼を外らす事が出来なかつた。／2　僅かに能面の眼鼻が覗いてゐるといふ風には見えず、例へば仔猫の屍骸めいたものが二つ三つ重なり合ひ、風呂敷包みの間から、覗いて見えるといふ風な感じを起させた。何故そんな連想が浮んだのかわからなかつた。／3　僕が、漠然と予感したとほり、婆さんは、何にもこれと言つて格別な事もせず、言ひもしなかつた。含み声でよく解らぬが、念仏をとなへてゐるのが一番ましなんだぞ、といふ様な事を言ふらしかつた。念仏僧にも観客にもとつくり見せたいらしかつた。

5　勿論、仔猫の死骸なぞと馬鹿々々しい事だ、と言つてあんな顔を何んだと言へばい〳〵のか。／6　間狂言になり、場内はざわめいていた。どうして、みんなあんな顔に見入つてゐたのだらう。／7　念の入つたひねくれた工夫。併し、あの強い何んとも言へぬ印象を疑ふわけにはいかぬ、化かされてゐたとは思へぬ。何故、眼が離せなかつたのだらう。／8　この場内には、ずい分顔が集つてゐるが、眼が離せない様な面白い顔が、一つもなささうではないか。どれもこれも何といふ不安定な退屈な表情だらう。さう考へてゐる自分にしたところが、今どんな馬鹿々々しい顔を人前に曝してゐるか、／9　さう考へてゐる自分にしたところが、今どんな馬鹿々々しい顔を人前に曝してゐるか、／10　僕の知つた事でないとすれば、自分の顔に責任が持てる様な者はまづ一人もないといふ事になる。／11　而も、お互に相手の表情なぞ読合つては得々としてゐる。滑稽な果敢無い話である。／12　幾時ごろから僕等は、そんな面倒な情無い状態に堕落したのだらう。そう古い事ではあるまい。／13　現に眼の前の舞台は、着物を着る以上お面も被つた方がよいといふ、さういふ人生がつい先だつてまで厳存してゐた事を語つてゐる。

この文章で、始めにとらえられる対立関係は、規模が大きい。1から7までの、始めの七つの文が、次の8から11までの、後の四つの文と対立している、と考えられる。

1から7までの、始めの七つの文は、「老尼」の「あんな奇怪な顔」について語っている。これに対して、8から11までの、後の四つの文では、この「奇怪な顔」と対している「場内」の人々、「僕」を含めた「観客」たちの「顔」が語られている。この、「奇怪な顔」と、「観客」の「顔」とが、それぞれの文の極である。

以上の文のベクトルの構造は、比較的単純なので、まとめて考えよう。1から7までの「奇怪な顔」が、「何かが化けた様な妙な印象」で、「眼が離せな」い、のに対して、8から11までの文に語られる「観客」の「顔」には、「眼が離せない様な面白い顔が、一つもなささう」である。そして、どちらも、「僕」が眼の前に対している「顔」であるところは、共通である。従って、1から7までの文は、それぞれ、Aの極を語っており、次の8から11までの文は、それぞれ、$\bar{A}$の極について語っている。だから、ベクトルは、1から7までの文は、それぞれ、$\overrightarrow{\bar{A}A}$で、8から11までの文は、それぞれ、$\overrightarrow{A\bar{A}}$である。

終りの二つの文では、ベクトルの方向は一転する。いままでの十一の文にまったくなかったもう一つの極が、ここで現われるのである。この終りの二つの文、12と13とは、たがいに対立している。12の文は、11の文と同じ極の表現であるが、12の文だけが、13の文と対立しているのである。13の文が語っているのは、「現に眼の前の舞台」のことではない。「つい先だつてまで厳存してゐた」かなたの世界のことである。そして、12の文は、このような世界に対して、「堕落」である、と判断されているのである。12の文の、「そんな面倒な状態」は、その前の、8から11の文までに語られている「顔」である。が、この同じ「顔」が、12の文では、今までの、眼の前の「奇怪な顔」に対しているのではなく、「堕落」

ときめつけられるような、かなたの世界に対しているのである。

12の文の極は、$\bar{A}$で、13の文の極は、$A^{-1}$である。従って、ベクトルは、12の文では、$\overrightarrow{A^{-1}\bar{A}}$ で、13の文では、$\overrightarrow{\bar{A}A^{-1}}$ である。

以上、十三のベクトルをまとめる。（第39図、第40図）

このベクトル群では、始めに同じベクトルが七つ続いてくり返される。しかも、その始めの四つは、一つの段落の文章によって語られている。一つの段落の文章で語られるベクトルが、ただ一つの種類だけである、ということは、ベクトルが、最小限度にも閉じていない、ということである。小林秀雄の文章では、構造上、とくに不安定な例であろう。

ということは、逆に言えば、そのベクトル群が、構造としての安定した形を求めている、とも言える。安定を強く求め、次の段落以後に語られる文章でのベクトル群の展開に期待している、と言うことができる。

そして、事実、やがて展開されていくベクトル群の運動をみると、その期待は、まさにこたえられているのである。一つの方向だけを向いたベクトル運動がさらにくり返された後、正反対の向きのベクトルが現われ、そして終りに、第三の極が出現し、ベクトル群は全体として、モデルⅠの形をとって閉じるのである。

具体的な文章をみてみよう。

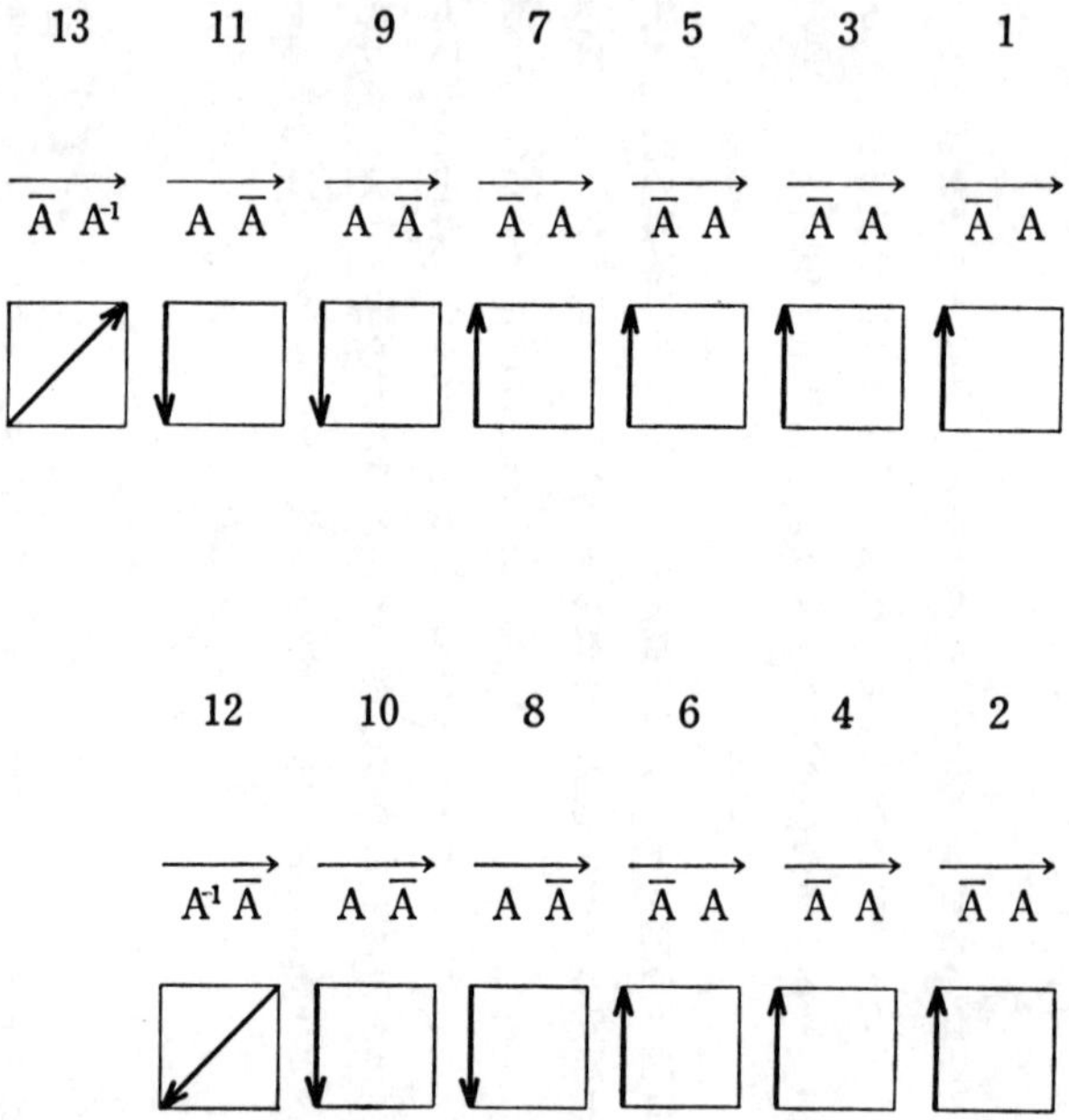
13
11
9
7
5
3
1
$\bar{A}\ A^{-1}$
$A\ \bar{A}$
$A\ \bar{A}$
$\bar{A}\ A$
$\bar{A}\ A$
$\bar{A}\ A$
$\bar{A}\ A$
12
10
8
6
4
2
$A^{-1}\bar{A}$
$A\ \bar{A}$
$A\ \bar{A}$
$\bar{A}\ A$
$\bar{A}\ A$
$\bar{A}\ A$

第 39 図

はじめの段落をつくる四つの文では、〈観念〉のことばは、極力おさえられている。「何かが化けた様な妙な印象を与え」、「眼を外らす事が出来な」いにもかかわらず、「化けた様な妙な印象」を語るにふさわしいようなことばは、決して使われない。「仔猫の死骸めいた」ものの「連想」も、その映像の〈現実〉的描写にとどめられる。「何故そんな連想が浮んだのかわからなかつた」とは、「何故」という追求を、敢て避けているようにもみえる。不可解なものに対する「何故」という問いは、〈観念〉のことばを誘いがちだからである。

「婆さんは、何にもこれと言つて格別な事もせず、言ひもしなかつた」、それは、「僕」が、日常そこいらで見る〈現実〉の「婆さん」と、ほとんど何ら変わりがないかのようである。しかも、それは、「僕」の「予感したとほり」である、と言う。

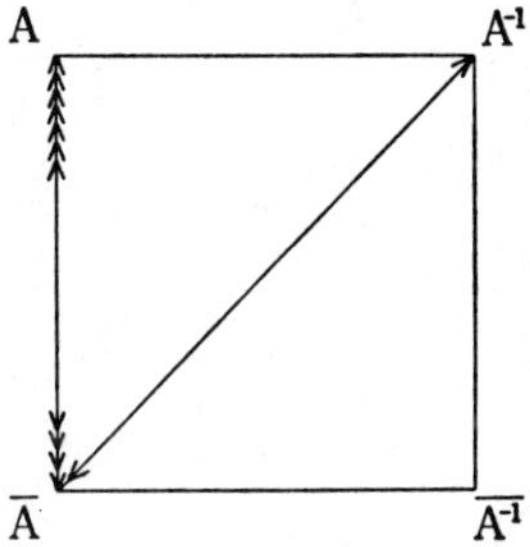


第40図

ここで、前に考察した、この文章のすぐ前の段落の終りを見かえしてみよう。それは、あの「麻雀がうまさうな顔つき」で閉じられていた。次の、この段落の文章は、前の段落が閉じたところから始めるのである。もっとも具体的な、日常的な、そして確かな〈現実〉から始める。いったん〈現実〉から始めると、小林秀雄の筆先は、自ら、その構造に従って上昇しはじめようとする。その勢いを、敢ておさえているのである。「婆さんは、何にもこれと言つて格別な事もせず、言ひもしなかつた」とは、そのすぐ裏に、「格別な事」の出現を待ち望む熱い眼つきをかくしている。

そして、「要するに、自分の顔が、念仏僧にも観客にもとつくり見せたいらしかつた」、と終える。「要するに」、ただそれだけのことだ、「見せたいらしかつた」だけなのだ、と言うのである。

次の段落では、このおさえられたエネルギーは、次第に解放されていく。

それは、まず、今まで、もっぱら「奇怪な顔」の方に向いていた視線を、こちら側の「観客」の方に向き直らせる方向に動こうとする。〈詩〉に代って、〈批評〉が登場し始める。「勿論、仔猫の屍骸なぞと馬鹿々々しい事だ」と、〈批評〉が語られる。だが、すぐ続いて、「と言つてあんな顔を何んだと言へばいゝのか」と、「あんな顔」に向きかえり、〈詩〉に帰る。だから、この文は、まだ全体としては〈詩〉である。続いて、又、「間狂言になり、場内はざわめいてゐた」と、当然〈批評〉が期待されていい文句が出かける。が、ふたたび「あんな奇怪な顔」にかえる。

そして、もう一つ、はっきりと〈詩〉が、「念の入つたひねくれた工夫。しかし、あの強い何んとも言へぬ印象を疑ふわけにはいかぬ」と語られ、その直後に、〈批評〉が、ほとばしるように口をついて出てくる。

まず、「この場内」に「集つてゐる」顔を、ずらりとながめわたして、にがにがしげに〈批評〉のことばを吐き、次いで、「さう考へてゐる自分にしたところが」と、当人の「顔」の「馬鹿々々し」さを想像する。そして、ながめわたした「顔」と、当人の「顔」と、両方に対する〈批評〉を綜合した視点から、次第に〈観念〉の方向に動き始める。

今まで、1の文からおさえられていた〈観念〉への指向が、このあたりから現われてくる。はじめ、〈詩〉の方向ではおさえられていた〈観念〉が、いったんそのまま〈批評〉に転じ、その〈批評〉の場で、〈観念〉の方へ動き出すのである。

「場内」の「顔」と、「さう考へてゐる自分」の「顔」への〈批評〉は、「責任」の問題に発展する。が、ここでは、「責任」という〈観念〉的な問題は、依然として〈現実〉的な「顔」の問題に従属している。そして、次の文では、「得々としてゐる」、「滑稽なはかない話」となり、もう一度、〈現実〉への〈批評〉にひきもどされるのである。

こうして、最後の飛躍がやってくる。「つい先だつてまで厳存してゐた事」は、確かであるとしても、それはもはや現存はしていない、そういう眼に見えぬ歴史に想いをはせ、断言する。〈観念〉は確かに現われたのである。

以上、考察してきた『当麻』の、二つのベクトル群として分析された部分は、前半分である。この二つのベクトル群は、いずれも、モデルIの構造であった。はじめのベクトル群は、Aの極と$A^{-1}$の極との二極の往復運動で始まり、最後に、$\bar{A}$の極が出現した。次のベクトル群では、Aと$\bar{A}$との二極間にベクトルが交替し、最後に、$A^{-1}$の極が現われた。全体としてよく似た形をとり、いずれも、モデルIの構造で閉じたのである。

## 第二節　後半における二つのモデル　II

### 一

1　仮面を脱げ、素面を見よ、そんな事ばかり喚きながら、何処に行くのかも知らず、近代文明といふものは駈け出したらしい。／2　ルッソオはあの「懺悔録」で、懺悔など何一つしたわけではなかつた。あの本にばら撒かれてゐた当人も読者も気が付かなかつた女々しい毒念が、次第に方図もなく拡つたのではあるまいか。／3　僕は間狂言の間、茫然と悪夢を追ふ様であつた。

4　中将姫のあでやかな姿が、舞台を縦横に動き出す。それは、歴史の泥中から咲き出でた花の様に見えた。／5　人間の生死に関する思想が、これほど単純な純粋な形を取り得るとは、／6　僕は、かういふ形が、社会の進歩を黙殺し得た所以を突然合点した様に思つた。／7　要するに、皆あの美しい人形の周りをうろつく事が出来ただけなのだ。あの慎重に工夫された仮面の内側に這入り込む事は出来なかつたのだ。／8　世阿弥の「花」は秘められてゐる、確かに。

この「仮面を脱げ」以下の文章を、私は、『当麻』の後半の部分である、とした。なぜか。それは、むしろ構造分析の結果分かることなのであるが、まず、この1の文だけを見ても、「近代文明」批判という、$\overline{\mathrm{A}^{-1}}$の極が語られている。今までの前半の部分には、この$\overline{\mathrm{A}^{-1}}$の極は現われていなかったのである。

1から3までの文の、三つの文は、それに続く、4から6までの、三つの文と対立している。

1から3までの文で語られているベクトルは、一口に言えば、「近代文明」への〈批評〉である。1の文では、「何処に行くのかも知らず、近代文明といふものは駈け出した」であり、2の文では、「毒念が、次第に方図もなく拡つた」であり、3の文では、「悪夢を追ふ」と語られているのが、それである。

これに対する極は、まず、1の文のうちに、「仮面」ということばで語られている。1の「仮面を脱げ、素面を見よ」という文句を正反対にして、仮面をつけよ、素面を見るな、とでもいうような意味が、対立する極になるわけである。

それは、4から6までの文の中で語られており、4の文では、「中将姫のあでやかな姿」、「歴史の泥中から咲き出でた花の様」、という表現で述べられている。5では、「単純な純粋な形」であり、6では、「かういふ形」と語られている。

4と6の文には、それと対立する極についても表現があり、4では、「泥」とされている「歴史」で、6では、「黙殺」されている「歴史の進歩」である。

以上、1から3までの文の極は、$\overline{\mathrm{A}^{-1}}$であり、4から6までの文の極は、Aである。従って、ベクトルは、1から3までは、それぞれ、$\overrightarrow{AA^{-1}}$で、4から6までは、それぞれ、$\overrightarrow{A^{-1}A}$となる。

次の7の文は、その前の6の文と、ほとんど同じことを述べているのであるが、ベクトルの向きが正反対である。「あの美しい人形」に対して、「皆」の方が批判されている。6は〈詩〉であり、7は〈批評〉なのである。従って、この7の文のベクトルは、$\overrightarrow{AA^{-1}}$となる。

この6の文と、7の文のように、二つの極が、ともに一つの文の中で語られているばあいには、ベクトルの方向がどちらに向いているか、ということは、それほど重要ではなくなる。小林秀雄の多くの文章は、一つの文で一つの極だけを語っている。だからこそ、その背後にかくれている極を見つけ出し、ベクトル運動という形で思考の動きをとらえることに、とくに意味があるのである。

次の8の文は、前の、4から7までの文と対立している。前の文の、「あでやかな姿」、「仮面」というような、眼に見える映像に対して、知覚されず、「秘められてゐる」「『花』」が、語られている。従って、この文のベクトルは、$\overrightarrow{AA^{-1}}$である。

この8の文との関係では、前の、4、5、6、7の各文のベクトルは、それぞれ、$\overrightarrow{A^{-1}A}$, $\overrightarrow{A^{-1}A}$, $\overrightarrow{A^{-1}A}$, $\overrightarrow{A^{-1}A^{-1}}$ となる。

以上八のベクトルをまとめよう。

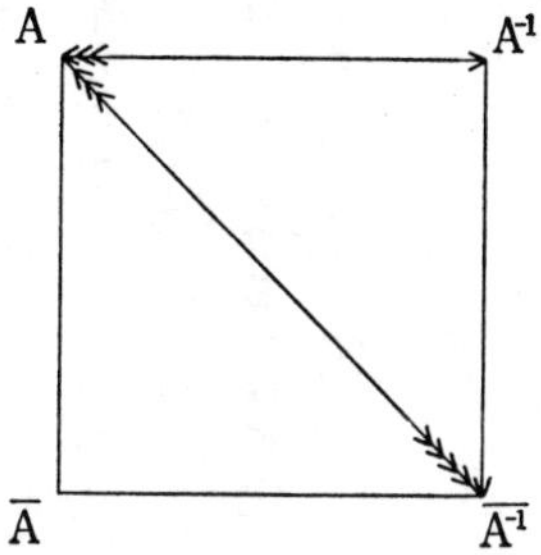
$A$
$A^{-1}$
$\overline{A}$
$\overline{A^{-1}}$

第 42 図

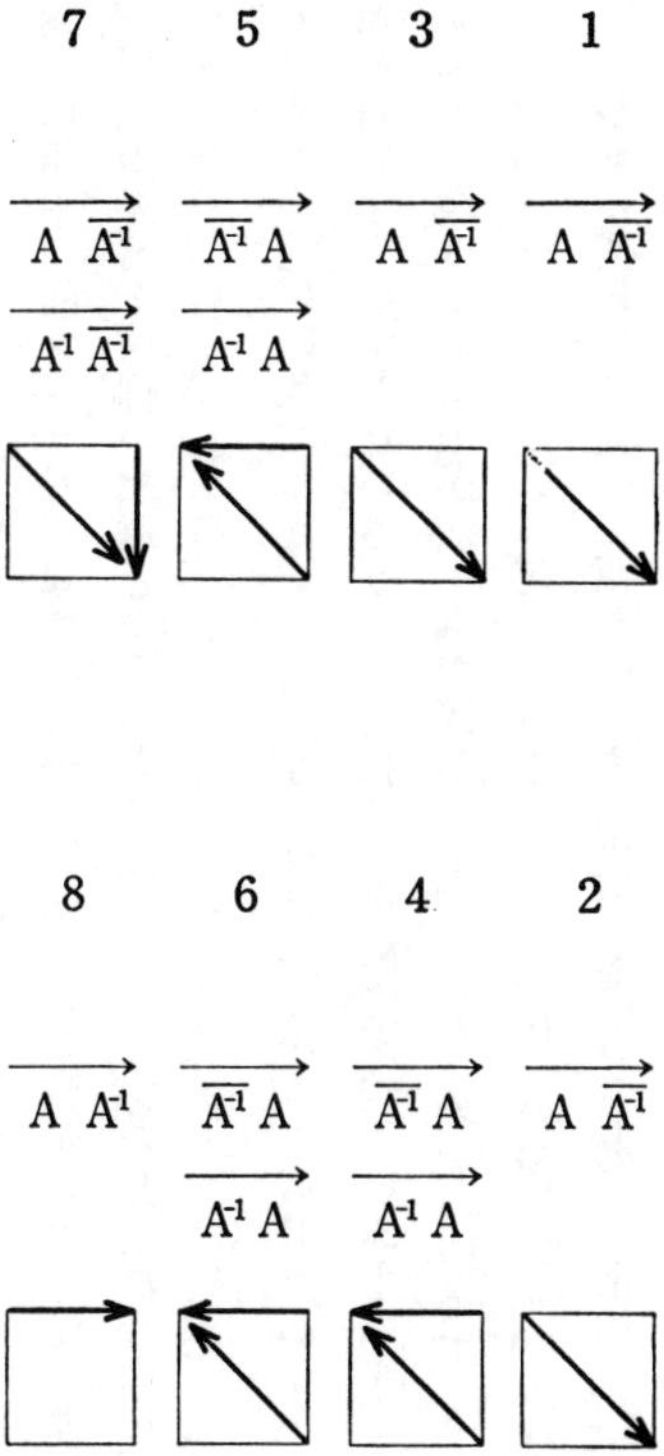
7
$A\ \overline{A^{-1}}$
$A^{-1}\ \overline{A^{-1}}$
5
$\overline{A^{-1}}\ A$
$A^{-1}\ A$
3
$A\ \overline{A^{-1}}$
1
$A\ \overline{A^{-1}}$
8
$A\ A^{-1}$
6
$\overline{A^{-1}}\ A$
$A^{-1}\ A$
4
$\overline{A^{-1}}\ A$
$A^{-1}\ A$
2
$A\ \overline{A^{-1}}$

第 41 図

前の二つのベクトル群が、いずれも、モデルⅠであったのに対して、これは、モデルⅡである。『当麻』を、前半と後半との二つの部分に分けた理由である。

このベクトル群では、はじめにAの極と、$A^{-1}$の極との、二極間だけのベクトルがくり返され、やがて、もう一つの極、$A^{-1}$への展望が開ける。このような展開の仕方も、今まで考察したモデルⅡの諸例のうちで、かなり顕著な型であった。

## 二

1　現代人は、どういふ了簡でゐるから、近頃能楽の鑑賞といふ様なものが流行るのか、それはどうやら解かうとしても労して益のない難問題らしく思はれた。／2　たゞ、罰が当つてゐるのは確からしい、お互に相手の顔をジロジロ観察し合つた罰が。誰も気が付きたがらぬだけだ。／3　室町時代といふ、現世の無常と信仰の永遠とを聊かも疑はなかつたあの健全な時代を、史家は乱世と呼んで安心してゐる。

4　それは少しも遠い時代ではない。何故なら僕は殆どそれを信じてゐるから。／5　そして又、僕は、無要な諸観念の跳梁しないさういふ時代に、世阿弥が美といふものをどういふ風に考へたかを思ひ、其処に何の疑はしいものがない事を確かめた。／6　「物数を極めて、工夫を尽して後、花の失せぬところを知るべし」美しい「花」がある、／7　「花」の美しさといふ様なものはない。／8　彼の「花」の観念の曖昧さに就いて頭を悩ます現代の美学者の方が、化かされてゐるに過ぎない。／

9　肉体の動きに則つて観念の動きを修正するがいゝ、前者の動きは後者の動きより遙かに微妙で深淵だから、彼はさう言つてゐるのだ。／10　不安定な観念の動きを直ぐ模倣する顔の表情の様なやくざなものは、お面で隠して了ふがよい。彼が、もし今日生きてゐたなら、さう言ひたいかも知れぬ。11　僕は、星を見たり雪を見たりして夜道を歩いた。／12　あゝ、去年の雪何処に在りや、いや、いや、そんなところに落ちこんではいけない。／13　僕は、再び星を眺め、雪を眺めた。

ここには、文章の段落が三つある。第一の段落の三つの文は、それ以前の段落までで切ったベクトル群の続きとして考えることもできる。そうすれば、この1から3までの三つの文は、前の段落の終りの文、「世阿弥の『花』は秘められてゐる、確かに」で語られている $A^{-1}$ の極から、1から3までの文で語られている $\overline{A^{-1}}$ の極へ向かうベクトルとして、〈批評〉として考えることができるわけである。

しかし、この3の文と、次の段落の始めの、4の文とは、たがいに対立し、もっと強い関係で結ばれている。詳しくは後に述べるが、この理由で、1から3までの文を、次の4の文以下とともに、一つのベクトル群を構成する、と扱ったわけである。

まず、3の文から見てみよう。この文には、二つの極がともに語られている。一つは、「現世の無常と信仰の永遠とを聊かも疑はなかつたあの健全な時代」であり、もう一つは、「史家は乱世と呼んで安心してゐる」という文句で語られている。前者は、前の段落の終りの、「世阿弥の『花』は秘められてゐる、確かに」の極と同じであり、$A^{-1}$ である。後者は、「あの健全な時代」に対する現代であり、$\overline{A^{-1}}$ の極を語っている。

1の文と2の文とは、この3の文で語られている $A^{-1}$ の極と対立するような極を語っている。いずれも、$\overline{A^{-1}}$ の極の表現である。現代が批評されているのである。

1の文では、「現代人」の「能楽の鑑賞」の流行が、「難問題」である、と言う。同じことを、2の文では、「罰が当つている」と言う。「現代人」の状況を、「難問題」であるとし、「罰が当つてゐる」と批評することの意味は、次の3の文の「あの健全な時代」と対比して考察したとき明らかになる。1の文も、2の文も、「現代人」への〈批評〉であり、「あの健全な時代」から〈批評〉されているのである。この二つの文のベクトルは、いずれも、$\overrightarrow{A^{-1}\overline{A^{-1}}}$ である。

次の3の文は、前述のように二つの極がある。この文はとくに、ベクトルの方向が明らかではないようにみえる。「現世の無常と信仰の永遠とを聊かも疑はなかつたあの健全な時代」をたたえる〈詩〉ともとれるし、「乱世と呼んで安心している」「史家」への〈批評〉ともとれる。が、文の形からみれば、文末の述語「安心してゐる」で、〈批評〉である、と考えられる。従ってこの文のベクトルは、$\overrightarrow{A^{-1}\overline{A^{-1}}}$

4の文は、前の段落の終りの文と対立している。3の文の、「あの健全な時代」を、4の文では、「それは」と受けている。この点では、両者共通であるが、3の文で、「史家は乱世と呼んで安心してゐる」が、4の文では、「僕は殆どそれを信じている」となる。評価が、マイナスとプラスで、正反対である。そして、3の文の、「史家」という一般的な存在の、「乱世」という抽象的、観念的判断に対して、4の文では、「少しも遠い時代ではない」と、いま、ここに引きつけて説いている。

ところで、この文も又、「あの健全な時代」を受けた、「それ」という $A^{-1}$ の極と、「少しも遠い時代ではない……」のAの極とを、ともに持っている。ベクトルの向きは、ここでも、「信じてゐる」という文の述語を重視して、Aに向かっている、と考えることにする。で、結局、この4の文のベクトルは、$\overrightarrow{A^{-1}A}$ となる。

なお、前の3の文の $A^{-1}$ の極は、この4の文のAの極と対立するので、この関係では、3の文のベクトルは、$\overrightarrow{AA^{-1}}$ となる。

ここで、1から3までの三つの文を、後の段落とともに、一つのベクトル群を表現する、と考えた理由を述べておこう。

1から3までの一つの段落の文は、Aと $\overline{A^{-1}}$ の極だけを持ち、ただ一つのベクトル $\overrightarrow{AA^{-1}}$ だけでできている。従って、すでにたびたび述べてきたように、この三つのベクトルだけでは、構造として不安定である。その前か後か、他の文のベクトルとともに、一つの群を構成する、と考えられる。

では、その群となるのは、前か後か、どちらの段落の文か。前の段落であるとすれば、前の段落の終りの文、「世阿弥の『花』は秘められてゐる」と語られている $A^{-1}$ の極が、この1の文の「現代人」の「能楽の鑑賞」の流行という「難問題」や、2の文の「罰」と語られている $\overline{A^{-1}}$ の極と対立している、直接の対立関係である、と考えなければならない。そして、もし後の段落の文とつながっている、と考えるならば、3の文の「あの健全な時代」が、4の文の「それは少しも遠い時代ではない」と共通の極であって、「僕はそれを信じてゐる」というAの極と対立している、と考えなければならない。以上二つの解釈は、いずれも可能であろう。が、後の解釈の方が文の流れにも従っていて無理がない、と考えたのである。

さて、次に5の文について考える。この文にも、二つの極が語られている。一つは、「世阿弥が美といふものをどういふ風に考へたか」であって、もう一つは、この極と対立し、この極からみれば〈批評〉されている極、「無用な諸観念の跳梁」である。前者の極は$A^{-1}$で、後者は、$\overline{A^{-1}}$である。この文全体としては、ベクトルは、$A^{-1}$に向かっている。従って、この5の文は、$\overrightarrow{\overline{A^{-1}}A^{-1}}$である。

次の6の文と7の文とは、二つの極をもった一つの文とみることもできる。が、できる限り、一つの文に一つの極をとらえる、という原則に従って、二つに分けてみることが可能であるから、別々に考えよう。

その上で、この二つの文は対立している、と考える。6の文の、「美しい『花』」という極に対して、7の文の、「『花』の美しさ」が対立する。前者は、$A^{-1}$で、後者は、$\overline{A^{-1}}$である。従って、6の文のベクトルは、$\overrightarrow{\overline{A^{-1}}A^{-1}}$で、7の文のベクトルは、$\overrightarrow{A^{-1}\overline{A^{-1}}}$

次の8から10までの文は、それぞれが、二つの極をもっている。

8の文では、一つの極は、「彼の花の観念」で、もう一つは、「曖昧さに就いて頭を悩ます現代の美学者」である。この対立は、前の6の文と7の文の対立と同じ形で、前者は、$A^{-1}$、後者は、$\overline{A^{-1}}$である。ベクトルは「美学者」批判であって、$\overrightarrow{A^{-1}\overline{A^{-1}}}$

9の文では、一つの極は、「肉体の動き」で、もう一つは、「観念の動き」である。この二つの対比は、前の「美しい『花』」と、「『花』の美しさ」の対比に対応している。「『花』の美しさ」は〈観念〉であるが、「美しい『花』」も又、〈観念〉である、と私は考えた。この『花』は、具体的な、知覚される花を指しているのではないからである。しかし、9の文で、ほとんど同じことを言いかえた「肉体の動き」は、〈観念〉ではない。

そこで、この9の文では、ベクトルは、「肉体の動き」という、Aの極に向かって、「観念の動き」という、$\overline{A^{-1}}$の極から働いている。$\overrightarrow{\overline{A^{-1}}A}$ である。

10の文は、前の9の文とよくにている。二つの極があって、一つは、「不安定な観念の動き」で、もう一つは、「お面」である。前者を「模倣する顔の表情」は「やくざ」であり、「お面で隠して了うがよい」。「不安定な観念の動き」が、「隠して了うがよい」と〈批評〉されている。ベクトルは、$\overrightarrow{A\overline{A^{-1}}}$ である。

11の文は、12の文と対立し、次の13の文も、やはり11の文と同じように、前の12の文と対立する。11の文と13の文とは、いずれも、Aの極の表現である。12の文は、「去年の雪何処にありや」と、見えないものを求めようとしている。そして「そんなところに落ちこんではいけない」と否定される。$\overline{A^{-1}}$の極の表現である。

従って、11の文のベクトルは、$\overrightarrow{\overline{A^{-1}}A}$ で、12の文は、$\overrightarrow{A\overline{A^{-1}}}$、13の文は、$\overrightarrow{\overline{A^{-1}}A}$ となる。

以上の十四のベクトルをまとめて示そう。

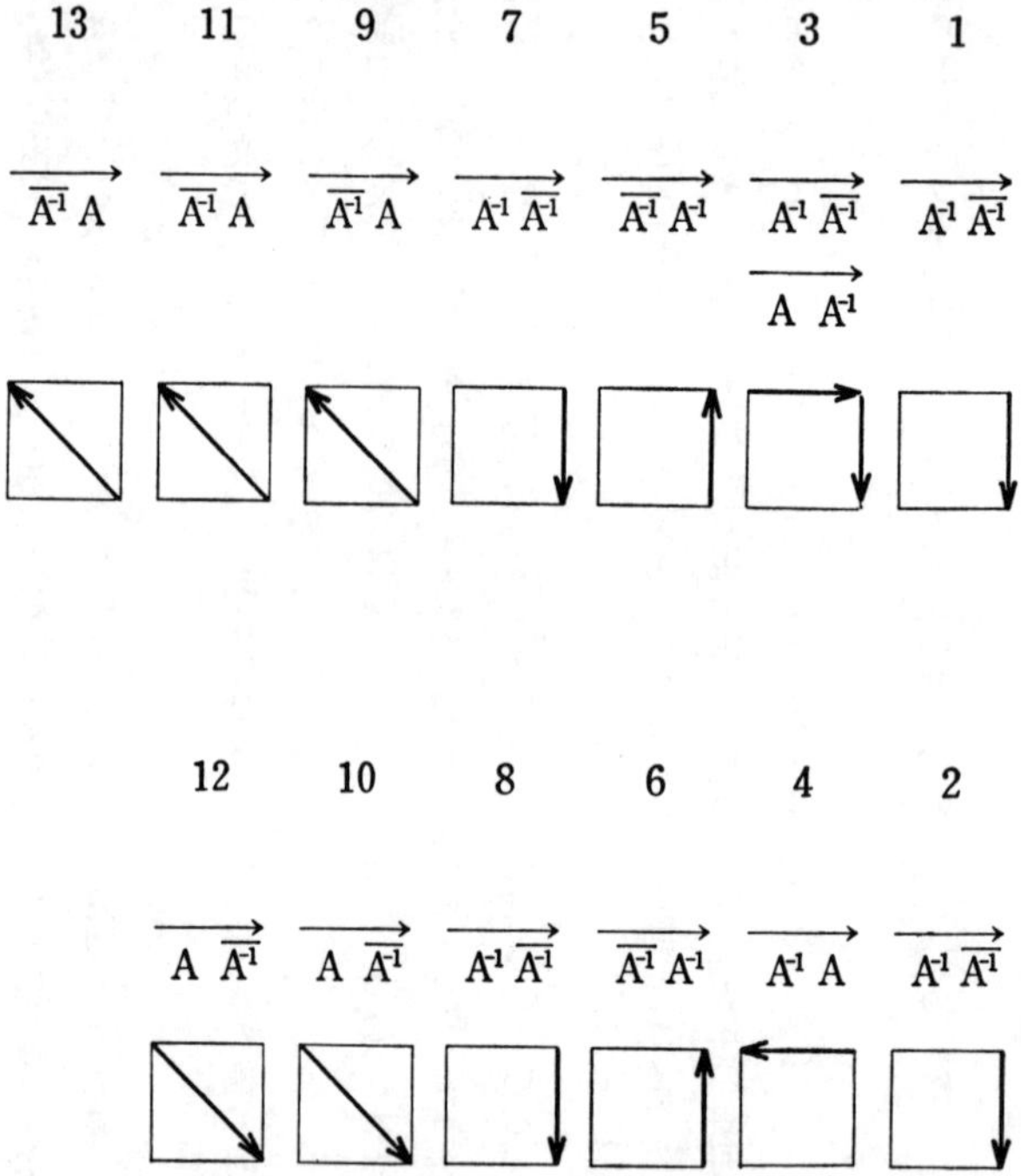
13 11 9 7 5 3 1
$\overrightarrow{\overline{A^{-1}}\,A}$ $\overrightarrow{\overline{A^{-1}}\,A}$ $\overrightarrow{\overline{A^{-1}}\,A}$ $\overrightarrow{A^{-1}\,\overline{A^{-1}}}$ $\overrightarrow{\overline{A^{-1}}\,A^{-1}}$ $\overrightarrow{A^{-1}\,\overline{A^{-1}}}$ $\overrightarrow{A^{-1}\,\overline{A^{-1}}}$
$\overrightarrow{A\ A^{-1}}$
12 10 8 6 4 2
$\overrightarrow{A\ \overline{A^{-1}}}$ $\overrightarrow{A\ \overline{A^{-1}}}$ $\overrightarrow{A^{-1}\,\overline{A^{-1}}}$ $\overrightarrow{\overline{A^{-1}}\,A^{-1}}$ $\overrightarrow{A^{-1}\,A}$ $\overrightarrow{A^{-1}\,\overline{A^{-1}}}$

第 43 図

モデルⅡのベクトル群である。

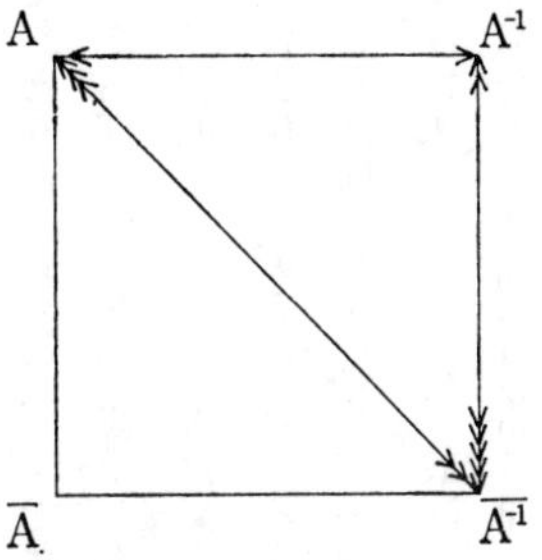


第44図

## 第三節　分析結果を考える

『当麻』は、以上の分析の結果、作品全体として、四つのベクトル群から成る構造であることが分かった。はじめの二つのベクトル群は、モデルⅠで、後の二つは、モデルⅡである。均整のとれた形である。このような形は、なぜ現われてくるのだろうか。著者小林秀雄にとって、どれだけ意識されているのだろうか。

一般に、短篇の作品では、作者の配慮は、文章のすみずみにも行きとどき、全体の構造が意識的に練られている、と考えられる。この『当麻』でも、「僕は、星が輝き、雪が消え残った夜道を歩いてゐた。」で始まり、「僕は、再び星を眺め、雪を眺めた。」で終る文章の構成は、作者にとって、十分意識されたもの、と思われる。

しかし、私の言う構造とは、このような文章の表面に現われている意味の異同のことではない。同じ文章を、別の次元からみるのである。私の分析したところによれば、『当麻』の始めと終りとの、二つのほとんど同じような文句の、構造上の意味は、明らかに違う。始めの「夜道」の文は、$\bar{A}$の極の表現で、ベクトルでは$\overrightarrow{A\bar{A}}$と表示される。終りの「夜道」の文は、Aの極の表現で、ベクトルでは$\overrightarrow{\overline{A^{-1}}A}$と表示されるのである。

もちろん、このような見方の背後には、小林秀雄の文章が、基本的に、二つの極の対立関係でできている、という私の考え方がある。この二つの極の対立関係は、著者小林秀雄にとって、どれほど意識されているであろうか。それは、すでに考察したように、彼の、ほとんど生理的な反射作用のごとき運動であって、あるばあいには、彼じしんの意識的な意図を裏切ってでも現われてくるのである。それは、あるときは意識的で、あるときは無意識的な、意識と無意識との境い目を行くような動きであろう。

このような二極対立を基本とする文は、次の文と対立し、対立された文が、又その次の他の文と対立し、というように展開していく。一つの文は、多くのばあい、直接には、他の一つの文だけと関係をもっているようにみえる。だが、展開が重ねられると、そのいくつかの文は、おのずとあるまとまった形をとるようになる。運動の展開に即して言えば、二極間の対立は、くり返されているうちに、きっともう一つの他の極を求めていく。そして三つの極の間の対立関係ができたとき、一連の文に現われている運動は、はじめてある安定をとりもどし、一息ついているようにみえる。これが、私の言うベクトル群であり、とくに、モデルⅠ、モデルⅡをとり出して指摘したのであった。

おそらく、小林秀雄にとって、その文章がこのようなベクトル群をつくっていく、ということも、基本的な二極対立の形と同様に、半ば意識的、半ば無意識的ではないだろうか。いや、基本的な二極対立関係よりも、もっと無意識に傾いた動きではないだろうか。その一つの例は、『志賀直哉』論における困難、として指摘した通りである。

モデルⅠも、モデルⅡも、三極対立のベクトル群である。三極対立は、小林秀雄の思考の構造にとって、もっとも安定した構造であろうか。そうではないだろう。少なくとも、これまで考察した方法に沿って、理論的に考える限り、異なる座標軸によって二組の二極対立を考えれば、四極対立が想定される。四極対立こそ、最終的に安定した構造なのではないか。

『当麻』全文の分析の結果は、この予想を実証しているように、私には思われる。

もう一度、全文の分析を、通して見てみよう。

はじめに、二つのベクトル群がある、いずれもモデルⅠであり、三極対立である。ここには、$\overline{A^{-1}}$の極が欠けている。$\overline{A^{-1}}$の極を除いた三つの極は、今まで考察したように、安定した構造をつくるから、必然的に、$\overline{A^{-1}}$の極は排除されたのだ、とも言うことができる。

しかし、こうして、$\overline{A^{-1}}$の極を排除しながら、残る三極の閉じた運動をくり返していることが、やがて、他方で、欠けているもう一つの極への展開を、次第に強く求めていくのではないだろうか。四極対立が、もし最終的に安定した構造であるとすれば、当然そうなるだろう。

同じ展開の過程は、二極対立の相対的な安定から、三極対立へ発展するばあいにもあった。その例は、すでにいくつか考察している。二極対立のベクトルの往復運動が、くり返されるにつれて、次第に不安定になるかのように、やがてもう一つの極が、突如出現し、そしてベクトル群が閉じる、そのようなばあいに、典型的に現われている。

三極対立も又、四極対立の最終的な構造に対比して、相対的安定にすぎず、くり返されるにつれて、次第に不安定になっていくのではないか。

『当麻』の分析結果によると、まず、始めのベクトル群は、次のように展開される。

$$\overrightarrow{A\bar{A}}+\overrightarrow{\bar{A}A}+\overrightarrow{A^{-1}A}+\overrightarrow{AA^{-1}}+\overrightarrow{A^{-1}A}+\overrightarrow{A^{-1}A}+\overrightarrow{A^{-1}A}+\overrightarrow{AA^{-1}}+\overrightarrow{A^{-1}A}+\overrightarrow{AA^{-1}}+\overrightarrow{A^{-1}A}+\overrightarrow{A^{-1}A}+$$
$$\overrightarrow{\bar{A}A}+\overrightarrow{A\bar{A}}$$

続いて、次のベクトル群が、こう展開されている。

$$\overrightarrow{\bar{A}A}+\overrightarrow{\bar{A}A}+\overrightarrow{\bar{A}A}+\overrightarrow{\bar{A}A}+\overrightarrow{\bar{A}A}+\overrightarrow{\bar{A}A}+\overrightarrow{A\bar{A}}+\overrightarrow{A\bar{A}}+\overrightarrow{A\bar{A}}+\overrightarrow{A\bar{A}}\ \overrightarrow{A^{-1}\bar{A}}+\overrightarrow{\bar{A}A^{-1}}$$

この二つの群には、$\overline{A^{-1}}$の極がない。

そこで次のベクトル群の展開は、こうなる。

$$\overrightarrow{A\overline{A^{-1}}}+\overrightarrow{A\overline{A^{-1}}}+\overrightarrow{A\overline{A^{-1}}}+\overrightarrow{\overline{A^{-1}}A}+\overrightarrow{A^{-1}A}+\overrightarrow{\overline{A^{-1}}A}+\overrightarrow{A^{-1}A}+\overrightarrow{\overline{A^{-1}}A}+\overrightarrow{A^{-1}A}+\overrightarrow{A\overline{A^{-1}}}+\overrightarrow{A^{-1}\overline{A^{-1}}}+\overrightarrow{AA^{-1}}$$

今までまったく現われなかった、$\overline{A^{-1}}$の極が、この十二のベクトルのうち、八つに現われている。とくに、そのはじめの三つのベクトルは、$\overline{A^{-1}}$の極に向けられているのである。$\overline{A^{-1}}$の極は、ここで、小林秀雄の得意のことば使いを借りれば、「突然」出現し、奔流のような勢いで、文章の形をとって語られたのだ、と考えられるのである。小林秀雄の思考の構造において、一つの極は他極を求め、二極はやがてもう一つの極を求めていたように、ここで、$\overline{A^{-1}}$の極は、求められ、そして現われたのだ、と考えられる。

いったんこうして出現した$\overline{A^{-1}}$の極は、他の二極とともに、三極対立のベクトル群をつくって閉じようとする。$\overline{A^{-1}}$の極を含む安定した構造は、モデルⅡであるから、必然的にその形をとるのである。

そして、続くもう一つのベクトル群は、次のように展開する。

$$\overrightarrow{A^{-1}\overline{A^{-1}}}+\overrightarrow{A^{-1}\overline{A^{-1}}}+\overrightarrow{A^{-1}\overline{A^{-1}}}+\overrightarrow{AA^{-1}}+\overrightarrow{A^{-1}A}+\overrightarrow{\overline{A^{-1}}A^{-1}}+\overrightarrow{\overline{A^{-1}}A^{-1}}+\overrightarrow{A^{-1}\overline{A^{-1}}}+\overrightarrow{A^{-1}\overline{A^{-1}}}+\overrightarrow{\overline{A^{-1}}A}+$$
$$\overrightarrow{A\overline{A^{-1}}}+\overrightarrow{\overline{A^{-1}}A}+\overrightarrow{A\overline{A^{-1}}}+\overrightarrow{\overline{A^{-1}}A}$$

前のベクトル群で、$\lceil \mathrm{A}^{-1}$の出現とともに始まった構造のエネルギーは、あたかも、それに先行する二つのベクトル群で、$\lceil \mathrm{A}^{-1}$の極を排除しつつ蓄えたエネルギーと等量であるかのように、ここで発散され、はじめの二つと、ほぼ対称的なモデルIIの構造をつくっているようにみえる。

以上のように説いてきた私の理解の仕方は、率直に言って、私の直観的な理解を越えている。分析結果に従って、そう考えられるのだ、と言うしかないわけである。

だが、直観的な理解を越えている、ということが、まさしく、本書における構造分析の手法を私にとらせたもっとも大きな理由なのであった。

# 第五章　小林秀雄の思考の構造の意味

## 一

2＋2＝4　とは清潔な抽象である。これを抽象と形容するのも愚かしい程最も清潔な抽象である。この清潔な抽象の上に組み立てられた建築であればこそ、科学といふものは、飽くまでも実証を目指す事が出来るのだし、また事実実証的なのである。この抽象世界に別離するあらゆる人間の思想は非実証的だ、すべて多少とも不潔な抽象の上に築かれた世界だからだ。だから人間世界では、どんなに正確な論理的表現も、厳密に言へば畢竟文体の問題に過ぎない。修辞学の問題に過ぎないのだ。簡単なことばで言へば、科学を除いてすべての人間の思想は文学に過ぎぬ。現実から立ち登る朦朧たる可能性の煙に咽せ返る様々な人の表情に過ぎない。（『Xへの手紙』）

私がこれまで説いてきた小林秀雄の思考の構造とは、ここで彼が言う「文体の問題」である。彼の言うとおり、「多少とも不潔な抽象の上に築かれた世界」の問題を、その「不潔な抽象」を武器として分析し、論理的に構築しようと試みたのである。

それは、「文学の問題」だけではない、と私は考える。「実証的」な「科学」も又、「多少とも不潔な抽象の上に築かれ」ているのである。「2＋2＝4」というような「清潔な抽象」だけの上に築かれている世界は、純粋な数学に限られる。純粋数学以外のあらゆる「科学」は、その組み立ての基本材料として、ことばを欠くことはできない。科学者は、ことばを手がかりとして現実をとらえ、数学を利用して論理的に構築し、仮説を立て、実証するのである。そして、ことばは、いかに厳密に定義づけられようと、定義づけた科学者の予想をいつかはきっと裏切る。裏切られるかも知れぬと思っても、ことばを避けて理論は語れない。もっとも数学に近いと考えられている物理学においても、「粒子」とか、「時間」とか、「波動」ということばの概念が、どれほど科学者を悩ませ、つまづかせたか。それは過去の話ではない。ことばの概念によって現実をとらえ、思考を進めていかなければならない「科学」の前途には、常に同じようなつまづきが待ち受けているはずである。

「科学」も又、「多少とも不潔な抽象の上に築かれた世界」であることを、免れることはできない。そして、他方、「人間の思想」や「文学」も又、「現実から立ち登る朦朧たる可能性の煙に咽せ返る様々な人の表情にすぎない」とだけで、すますことはできない。それは、ことばをかりて語られなければならない。ことばをかりる以上、ことばの論理に背を向けることはできない。「文体の問題にすぎない」と言い、「修辞学の問題にすぎない」と言うことは、ことばはどうにでも勝手になる、という意味では決してないのである。

私が、今まで述べてきたのは、このようなことばの論理、文体の論理を探るこころみであった。

## 二

小林秀雄は、若い時の発言以来、一貫して、「科学」を横目で睨んできた。純粋な科学を、それはそれとして、軽く触れながら敬して遠ざけ、他方、科学的思想というようなものを、いつも痛烈に批判し続けてきた。

それには、誤解もあった、と私は考える。私が今述べたように、科学は「清潔な抽象」の上にのみ築かれている、というような誤解である。

だが、それは、やはり理由のあることでもあった。科学の否応ない存在をいつも意識しつつ、科学的思想を目の敵として排撃し続けてきたことの、やむをえざる事情があった、と考えるのである。

思想や文学の場における小林秀雄の、科学や論理に対する敏感な反応は、科学や論理に対する、直観とか印象の対立の問題だからではない。直観や印象にとって、論理は真の敵ではない。それは、一つの論理に対するもう一つの論理の対立の問題なのだ、と私は考える。異質なものどうしの対立ではなく、同質なものどうしの対立であるから、厳しく、尖鋭になるのである。

それは、一口に言えば、絶対的な性格の論理に対する、相対的な性格の論理の対立の問題である。

小林秀雄の思考は、常に相対的に動く。一つのことばの意味は、そのことばが何と対立しているか、によって定められる。だから、定義された概念によって扱われなければならぬようなことばは、彼の思考の最大の障害物である。

小林秀雄の、一つの発言された文は、他のもう一つの文との対立関係の中で意味を持つ。だから、一つの文が、独立した命題として扱われるような思考法とは決して相いれない。

定義されたことばによって構築され、独立し、完結した意味をもつ文は、それをより所として、同じような種類の他の文と確かな関係を持つことができる。その関係は、次から次へ、次第に拡がり、連続的に展開し、発展する。

これに対して、相対的な意味のことばによってつくられた文は、同じような種類の他の文と、確定した、連続的な関係をもたない。文と文との対立関係は、本質的に飛躍である。それは、「突然」開けてくるような関係なのである。

確定した、連続した関係で結ばれた文と文とは、次第に発展する過程をたどる。その過程は、必ず始めがあり、やがて又必ず終りがある。公理があって、一連の定理の因果をたどって結論に達する幾何学の論証は、その典型である。

非連続な、対立した関係で結ばれている文と文との一連の集まりは、発展の過程を語らない。それは、一見結論に達したかに見えても、ふたたび前提が現われる。一連の対立関係について、論理的な始めや終りを考えることには、あまり意味はない。

本書における分析の中で、一見論理的な発展を物語っているような構造がよく現われた。モデルIで言えば、ベクトル$\overrightarrow{A\bar{A}}$と、ベクトル$\overrightarrow{\bar{A}A}$との往復運動から、やがて、ベクトル$\overrightarrow{AA^{-1}}$、又はベクトル

$\overrightarrow{\bar{A}A^{-1}}$が現われ、三極の閉じたベクトル群がつくられるばあいである。$A^{-1}$の極は、論理展開の結論に似ている。形式論理の展開よりは、弁証法の論理展開に似ている。

しかし、本書のうちでもくり返し述べたように、四つの極と、十二のベクトルとは、本質的に等価であると考える。たとえば、モデルIで言えば、二つのベクトル$\overrightarrow{A\bar{A}}$と、$\overrightarrow{\bar{A}A}$との往復運動から、やがて$A^{-1}$の極に至るような型は、確かに多い。が、別に、ベクトル$\overrightarrow{AA^{-1}}$と、$\overrightarrow{A^{-1}A}$との往復運動から、$\bar{A}$の極に至る型や、ベクトル$\overrightarrow{\bar{A}A^{-1}}$と、$\overrightarrow{A^{-1}\bar{A}}$との往復運動から、Aの極に至る型も見いだすことができるのである。そして、このように往復運動が、やがてもう一つの極へのベクトルとなったとしても、その極からふたたび始めの二極へ帰ってくるばあいも、決して少なくないのである。

## 三

論理とは、説得術でもある。というよりも、論理とは、本質的に説得術であるのではないか。

たとえば、数学の問題を解くとき、人は必ずしも、仮定から結論に至る論理的展開の順序では考えない。結論から逆に仮定へ至る道を考えたり、あるいは、道筋抜きに一挙に結論が現われてきたりする。論理が使用されるのは、むしろそれから後であろう。答えの正しさを人に説明し、説得するために、仮定から結論に至る整然たる過程を組み立てなければならないのである。

おそらく、思考の運動法則としての論理というものを考えるならば、それとは一応別に、説得のための論理があり、私たちがふつう論理と言うのは、この後者を指すのであろう。

説得のための論理は、演説や、文字による表現とともに育った。西欧の形式論理や、弁証法とは、この意味で本質的には説得のための論理であろう。

小林秀雄の思考の論理を私が問題とするとき、とらえられたのは、やはりこのような説得のための論理である。私は、彼が書き表わしている文字を通して、その論理を考えたからである。

西欧の形式論理は、本質的に、不特定多数の人々を説得するための論理である。不特定多数の人々が、まず共通に承認できるところから出発する。ことばの意味があらかじめ定義され、文の、命題としての真偽は、一つの文じたいとして問題にされる。

小林秀雄の思考の論理は、これに対して、特定少数の人々を相手に説得するための論理である、と私は考える。端的に言えば、一人の人を相手に、説得する論理である。第一人称の人間が、第二人称の人間を相手に語ることばの論理である。

ここに二人の人間だけがいて、説得が問題であるとき、説得のことばの意味は、二つの理解の仕方の間で動揺するであろう。一つのことばをめぐる二つの理解の断層は、不特定多数の第三人称を相手に説得するばあい以上に大きいに違いない。第三人称を相手の説得は、誰のものでもない、いわば抽象的人間に理解可能な意味から出発する。これに対して、第一人称と第二人称だけが問題である場では、共通の意味があらかじめ確定されていないのである。

ことばの意味は、こうして二つの理解の可能性の間でゆれ動く。しかし、説得は結局対話ではない。語られることばは、やはり口語ではなく、文字のことばなのである。二つの理解の可能性とは、一人の説得者によって想定された二つの理解の仕方なのである。

一人の説得者の頭脳の内部における、二つの想定された理解の可能性は、ああもあろうか、こうもあろうか、とゆれ動く。ゆれ動きながら、二つの想定された理解の可能性の、極端にまで至ろうとする。極端と極端とは、正反対に対立しながら、次第に近づこうとし、同時に又、次第に遠ざかろうとする。近づこうとしたとき、二つの極端と極端との間の断層は、もっとも鮮明に現われるからである。

小林秀雄の思考の構造の基本にある二極の対立は、このような第一人称と第二人称との間の説得の論理を語っているのではないか。彼の二極対立の論理は、いわば逆説の論理である、と述べた。逆説とは、相手の言い分を予想しつつ、その逆を言うのである。相手は、読者である。読者は、発言はできない。が、言いたいことは、すでに先取りされている。

小林秀雄の文章の魅力は、おそらくそこにあるのではないか。一対一で向き合っている人間の発言が、こちらにひびいてくるように、彼の思考の動きにともなって、読者の精神も又ゆれ動くのである。

# あとがき

小林秀雄は、私の青春時代における、書物を通しての師であった。はかり知れぬようなものを、私はこの師から学んだ。

本書は、その私の、一つの決算である。この決算書は、おそらく師に嫌われるであろう。仕方がないことである。率直に言えば、私なりの「恩返し」のつもりなのである。相撲界で使われるような意味で、である。

日本の思想や文化を、ことばを通して考える、というのは、私の一貫したテーマである。近年は、おもに翻訳の問題を探りつづけているが、この小林秀雄論も又、基本的には共通の視点からの仕事である、と思っている。

小林秀雄の文章のうちに、私は、フランス文学や、広く西欧の芸術、思想からの影響よりも、まず日本の伝統的な思想の、ある型を感じとるのである。それを、何とか明確にとらえてみたい、と、かねてから思っていたのである。

日本の伝統的な思想や文化は、あるところまでいくと、どうしても、意識的な明白な形でとらえられることを拒むような、動かしがたい傾向を持っているように思われる。意識的な表現の最大の手段である、ことばの世界でさえそうなのである。これから先は、ことばの問題じゃない、とはねつけられるのである。小林秀雄の批評文で言えば、思考の飛躍である。一口に、好き嫌いでものを言う印象批評、と言われる。もっと一般的に言えば、非論理的、直観的、あるいは実践的な性格の思想である。

それを、私は敢て、書かれたことばを手がかりとして、論理としてとらえたかったのである。

このような私の試みにとって、構造主義 stracturalisme の分析方法は有効であった。本書における私の分析は、重要な点で、構造主義の考え方や方法によっている。まず、私は、作品を、歴史的、社会的背景や、作者の制作にまつわる事情や動機などから切り離し、諸家の研究からも切り離して、作品じたいだけを問題とした。作品に表現されていることばだけを、私の考察の対象にした。そのことばの世界に、演繹的な構造を設定した。構造は、窮極的には無意味な記号に帰着するような、二元的対立を基礎としている。

このような方法、ないし思想は、フランスにおける構造主義のことば理論から始まって、思想や芸術、さらに社会科学、自然科学の分野にも及ぶ分析の理論として、説かれ、かつ広く行なわれているところである。もっとも、日本では、とくに文芸作品を対象として、徹底した形で行なわれた例は少ないが。

本書では、第一章と第二章は、私の考える構造主義の、私独自な性格が語られているところである、と思う。小林秀雄の作品における一つ一つの文の意味は、本質的に相対的である、と私はそこでとらえた。文の意味は、常に相対的な関係のうちにある。そのことを、私は、ベクトルの記号を借りて表現した。構造は、このようなベクトルの構造なのである。そのような理論を組む必然性を、始めの二章で説いたのである。

私がここで説いた理論に対しては、さまざまな批判があるであろう、と考えられる。まず考えられるのは、このような理論は、小林秀雄の全作品について、果たしてどこまで妥当するのか、無理が多いのではないか、というような批判である。私の説く理論が、必ずしも全面的に妥当すると主張しているのでない、ということは、本書の中でも、くり返しことわっている。私は、小林秀雄の全作品を貫くような構造を、できるだけ単純な形でとらえようとしたのである。個々の作品のそれぞれについて、もし、もっとこまかく、精密な構造をとらえるような分析をするならば、このような批判にこたえることができるだろう。およそ、抽象的な理論と、文芸作品との関係については、扉の、小林秀雄じしんの文句を参照していただきたい。

結局のところ、それは、私の説得力にかかっている、と言うしかないであろう。今後の批判にまたなければならないだろう。

私の理論構成、つまり構造じたいに関しても、他の考え方がなかったのか、というような批判が考えられる。一応考えられるところでは、たとえば、四極ではなく、三極の構造を考えることも可能であろう。〈批評〉の二つの極、$\overline{A}$と、$\overline{A^{-1}}$とを一つにして、三極の構造で考えるのである。すると、モデルⅠとモデルⅡとは、一つのモデルにまとめられるだろう。

本書の題名を「文体の論理」としたのは、本書の第五章で引用したように、小林秀雄じしんが、「人間世界では、どんなに正確な論理的表現も、厳密に言へば畢竟文体の問題に過ぎない」（『Xへの手紙』）と述べているのを受けている。確かに「文体」の問題である、だが、それは「文体の論理」の問題ではないのか、と私は言いたいのである。

なお、本書における引用文は、新潮社版『小林秀雄全集』によった。

本書は、寺小屋教室における講義にもとづいて書かれている。私の話を聞いてくれた会員たちの質問、批判、あるいは討論などから、貴重な示唆を受けることが少なくなかった。

こうして一冊の書物ができあがるには、法政大学出版局の松永辰郎氏に、いろいろと御助力を負っている。

一九七五年十一月

柳父　章

# 復刊にあたって

小林秀雄を読み始めたのは、二十歳過ぎてからであった。文学好きの若者としてはやや遅かった。それ以前、少年時代から本好きだったが、主な関心は、自然科学の分野だった。やがて二十歳前後の頃、哲学書に没頭した。小林秀雄に出会ったのは、その後である。そういう順を追ってくると、本書のような小林論が出来上がってくるおよその背景が理解していただけるかもしれない。

小林秀雄の噂は、私のフランス語の平岡昇先生が小林の同級生だったせいで、よく伺っていた。大学の仏文に入る前から、今度スゴイ奴がくるぞ、と噂されていたとか、授業中遅れて教室に入ってきて、まっすぐ辰野隆先生のところに来て、先生、お小遣い頂戴、と言ったとか、その辰野先生が、小林に先生と言われると、ギクリとすると言ったとか。

そういう評判は聞いていたが、まともに読み出したのは、二十歳過ぎ、病気で療養してからだった。療養中は、あらゆる種類の本を読み始めた。そしてとりわけ、小林に惹きつけられた。それは、それまでの自分の読書、そしておそらく自分の性向とは正反対の人物だったこともあるかもしれない。そしてその健康さ、小林の言う「元気」が、病床の自分には羨ましかったのかもしれない。いつも傍に小林の写真を貼って眺めていた。やがて復学してからもそれは続き、当時よく議論した友人からは、あいつの言っていることは、小林の本のどこかに書いてある、と言われたりした。学生新聞の懸賞論文に応募したとき、審査の先生から、この文章には小林秀雄の影響がある、と評されたこともあった。

やがて私は、自分の関心の向かう翻訳論の仕事に熱中するようになって、小林の著書からも遠ざかった。

小林秀雄論の講座を引き受けるようになったのは、それから大分後のことだった。かつて小林にのめり込んでいた思い出がよみがえった。しかし、見る視角がやや変わっていた。翻訳論というのは、言葉の基本的な構造を問いただす研究である。小林を見る視角も、自ずとその文章の構造に向かった。何で、この文章が人を惹きつけるのか、といった関心である。こうして、「文体の論理」ができあがっていったのである。

私は、自分の書いた文章が、しばらくたつと恥ずかしくなる。それで、自分の著書もほとんど手に取ったことがない。この著書は、とりわけ読み返してなかった。それで、今度松永さんから、復刊しますと言われて、とっさに、どんなことを書いたんだっけ、と思った。そして読んでみた。記号を読み返すのには、我ながら手間がかかった。ずいぶん勝手なことやってたんだな、と少々恥ずかしい。が、意外にも、まともなことが書いてあるじゃないか、と思い返した。

そして、いつもながら、出版局の松永辰郎さんには、いろいろお世話になりました。

二〇〇三年二月

柳父　章

著者略歴

柳父 章（やなぶ あきら）

1928年東京生まれ．東京大学教養学科卒業．翻訳論・比較文化論専攻．著書：『翻訳語の論理』『文体の論理』『翻訳とはなにか』『翻訳文化を考える』『秘の思想』『日本語をどう書くか』（以上法政大学出版局刊），『翻訳語成立事情』（岩波書店），『比較日本語論』（バベル・プレス），『翻訳の思想』（筑摩書房），『文化〈一語の辞典〉』（三省堂），『翻訳語を読む』（光芒社）他．

文体の論理　小林秀雄の思考の構造

1976年1月10日　初版第1刷発行
2003年3月25日　新装版第1刷発行



発行所　財団法人　法政大学出版局
〒102-0073　東京都千代田区九段北3-2-7
電話03(5214)5540／振替00160-6-95814
印刷／三和印刷　製本／鈴木製本所

Printed in Japan

ISBN4-588-43608-2